新潮文庫

美しい星

三島由紀夫著

美しい星

第一章

十一月半ばのよく晴れた夜半すぎ、埼玉県飯能《はんのう》市の大きな邸《やしき》の車庫から、五十一年型のフォルクスワーゲンがけたたましい音を立てて走り出した。エンジンが冷えていたので、音ばかり立てて発車に手間取るあいだ、乗っている人たちの不安な目はあちこちを探っていた。

この古い邸が安っぽい車庫を作り古車《ふるぐるま》を買ったのは、つい先頃のことである。朽ちかけた簓子塀《ささらごべい》の外れに、青いペンキを塗った車庫の扉《とびら》ができた。これはこの家が永い沈滞を破って活動期に入ったしるしであった。

しかし何の活動がはじまったのか知る人はほとんどなかった。飯能一の材木商で、大きな財産をのこした先代のような、あけっぴろげな、誰の目にもよくわかる世俗的な活動とは、まるでちがった種類の活動らしいことは推し量られた。黙りがちな美しい娘で、誰とも親しい附合をしない暁子《あきこ》が、ときどき夥《おびただ》しい郵便物を抱《かか》えて、つい二三軒先に土蔵のついた古風な郵便局があるのに、そこへ行かずにわざわざ駅前の本局まで出かけるのを、見咎《みとが》めて噂《うわさ》をする人がある。その中には諸方の外国宛《あて》の飛行便もまじっている。

車はどこもかしこも平坦《へいたん》で広い道の飯能の深夜を走った。運転をしているのは息子の一雄である。そのわきに妹の暁子が坐《すわ》っている。うしろの座席に大杉家の当主夫妻が坐っている。

「早く出て来てよかった」と当主の大杉重一郎が言った。「時間にずれのある場合があるから、少しでも早いほうがいい」

「そうですわ。もし私たちが遅れたら、お友達を怒らせることになるでしょう」

と妻の伊余子《いよこ》が言った。家族四人の目は、燈《ひ》を消した低い家並の間に徐々に夜空を展《ひろ》げる車の前窓へ、まっすぐに向けられていた。その目はみな澄んで美しく、この澄徹《ちょうてつ》した目が一家の特長をなしていた。

路上には全く人影がなかった。車は市の商工会議所の前をとおって右折し、警察署の宿直《とのい》のあかりがほの見えるところで左折して、間もなく市内バスの終点である新しい公会堂の前へ出た。四角いモダンな公会堂の純白の建物は、すぐうしろの羅漢山のくろぐろとした夜の塊《かたま》りから浮き出して見える。一家はその羅漢山へ登るのである。

海抜百九十五米《メートル》の羅漢山は、弘治《こうじ》年間、すなわち後奈良帝の治世に、能仁寺初代座主《ざす》斧屋和尚《おしよう》が愛宕山《あたご》と命名し、開山の基祖となったが、降《くだ》って元禄《げんろく》五年、五代将軍綱吉の生母桂昌院《けいしょういん》が、十六羅漢を寄進安置してから、羅漢山と呼び伝えるようになった。

一雄は人気《ひとけ》のない公会堂の大きな硝子《ガラス》窓の下に車を止めた。暗い硝子の内部の、途方もない高い天井と、数百の椅子《いす》席とに、外燈の遠あかりが仄《ほの》かに及んでいる。空《むな》しい椅子の半円の列が、空しい舞台の演壇に対している。その双の空しさが互いに反映して、人の詰った日の公会堂よりも、却《かえ》って緊張の釣合を見事に保っているように思われる。

一雄は一寸《ちょっと》そこを覗《のぞ》き込んでから、駐車した車のトランクをあけに行った。防寒用の毛布や食糧を入れたルュック・ザックを引きずりだす。これを一雄が背負う他《ほか》に、各人がカメラや双眼鏡や魔法瓶《まほうびん》を提げて登るのである。

助手台から軽快に跳《と》び下りた暁子は、灰いろのスラックスにスキー用の派手なスウエータアをふくふくと着込み、毛糸の襟巻《えりまき》の端を首から垂らしていた。その白い美しい顔立ちは夜目に鮮やかで、髪をおおったスカアフが細面の輪郭をよくあらわしていた。夜の冷気が暁子に活力を与え、光度をためしてあたりへ丸い光りの輪をふりまわしている銀いろの懐中電燈は、その素手の中の機敏な兇器《きょうき》のように見えた。

やがて下りてきた重一郎もスウェータアの上にジャンパアを着込み、和服の伊余子は厚地の東《あずま》コートの衿元《えりもと》に襟巻をのぞかせていた。大学の文科を卒業したのち、道楽に短期間教鞭《きょうべん》をとったことがある他には、別して知的な職業に携ったことはないのに、眼鏡をかけた重一郎の面長な立派な顔立ちは、知的選良の重みを窺《うかが》わせていた。秀《ひい》でた、やや肉の薄い鼻が、あたりに忽《たちま》ち、自分自身のふりまいた孤独と寂寥《せきりょう》の匂《にお》いを嗅《か》ぎつける。これに比べると伊余子の顔立ちは平凡であたたかく、それはそのまま、息子の少しも鋭さのない、物事を信じ易《やす》い顔立ちに伝わっていた。

一行は無言のまま、夜目にしらじらと羅漢山登り口と読まれる立札のあるところから、四つの懐中電燈の光りを足もとに交叉《こうさ》させながら、すでに鉾杉《ほこすぎ》に深く囲まれた坂の登りにかかった。これから先、外燈は一本もないのである。

平地では風がほとんどなかったが、登るにつれて夜の樹々《きぎ》のざわめきが凄《すご》くなった。そして杉木立の隙《ひま》の夜空は俄《にわ》かに井戸のように深まり、星はたちまち輝きを増して犇《ひし》めいた。先達《せんだつ》の一雄のたまたま遠く届いた懐中電燈の光りの穂先が、道のべの墓地の石群を浮び出させた。道はひろく、勾配《こうばい》は緩やかであった。慰霊碑のあるあたりで大きく迂回《うかい》して、中腹の広場へ出た。空しいベンチの列や、ちらばった紙屑《かみくず》の白が照らし出された。

鳥の声一つなかった。広場をすぎると、道もせばまり勾配も急な難路になった。横木の足溜《あしだま》りが埋《う》め込んではあるけれど、岩や木の根が左右から道を犯し、しかも懐中電燈の光りはこれらの凹凸《おうとつ》を誇張して、ゆくての岩根の影を誇大に揺らした。梢《こずえ》の風音はいよいよ凄くなった。

しかし一行はけだかい目的に心を奪われ、女たちも物に怖《お》じる気配がなかった。こんな山中eもし月があったら、かなり明るかったにちがいない。昨夜の月は夕景にあらわれて間もなく沈み、しかも、よし現われていても助けにはならない新月であった。四人は励まし合って難路を登ったが、昼間なら子供でも登れる道なのである。

漸《ようや》く出た窄《せま》い草地の一角に、頽《くず》れかけた四五段の石階が、懐中電燈に照らし出された。石階は暗い杉木立の間に小さな滝のように懸っていた。

「やっと辿《たど》りついた。これを上れば、もう頂上の展望台だ」

と息を弾《はず》ませて重一郎が言った。

「それでも登り口から二十七分で来ちゃったわけですね」

と腕時計の夜光の文字盤を、目もとへ近づけながら一雄が言った。

展望台は百坪ほどの岩だらけの地面を均《な》らしたもので、北は行幸記念碑とその背後の森にかこまれ、南は全くひらけて、二三のくねった松の枝や低い叢林《そうりん》の梢のほかには、天頂から地平まで、南の空の展望を遮《さえぎ》るものは何もなかった。眼下の東寄りの飯能の燈はまばらだったが、真東の地平にはジョンソン基地の緑や赤や黄いろの燈の堆《たい》積《せき》がすこしも衰えていなかった。

「何時だね」

「四時七分前です」

「四時前に着いてよかった。少くとも指定の時刻のはじまる三十分前には来ていたかったのだ」

着いた当座の汗が忽ち引くと、山頂の十一月の未明の冷気は、只事《ただごと》ではないのがわかった。一雄がルュック・ザックから粗末な毛布を出して地面に敷き、北側の森をともして吹き入ってくる風にあらがいながら、女二人も、そこを少しでも居心地のいい場所にするために働いた。伊余子は魔法瓶から熱い紅茶をプラスティックのカップに注いでみんなにすすめ、サンドウィッチの包みを解いた。そして漸く、一行はおのがじし星空を仰ぐ余裕を持った。

「こんなに晴れていて、しかも月もない。私たちは何て幸運でしょう」

と涙ぐましい声で伊余子は言った。

都会ではたえて見られない豪奢《ごうしゃ》な星空だった。星は夜空を豹《ひょう》の毛皮の斑紋《はんもん》のように埋めていた。異様なほどに大気が澄んでいるので、遠い星近い星が夜空の奥行をはっきりと見せる筈《はず》なのが、光りの集積があたかも靄《もや》のようで、そのために星あかりに霧《きら》う空は、見る人の目に投網《とあみ》を投げかけて来るかのようである。うるさいほどの星の数だ、と暁子は思った。天のどの一隅にも、まだ夜明けの兆《きざし》はあらわれず、天の川は地平と垂直に交わり、ペガススの大方形はすでに地平に沈みかかっていた。そして夥しい星のたえまのない燦《きら》めきは、夜空を過度に敏感な、絃楽器《げんがっき》の弾《ひ》かれたあとの絃のわななきのようなもので充《み》たしていた。

「でも残念なことに」と重一郎は、朗々とした、しかしいつも直線的な口調で言った。「今朝は私もお母さんも、自分の故郷《ふるさと》を見ることはできない。あの小さな一点の光りを見さえすれば、忘れていた記憶もいろいろと蘇《よみがえ》って来る筈なんだが。むかし、たしかに私は故郷の火星から、こうして地球を見ていたことがあるんだ」

「十一月には火星はまず絶対に見えませんね」と一雄はやや冷やかに応じた。「ほとんど太陽と同時に出て同時に沈むんだから。でもお母さんの木星は、宵《よい》の口には見えるんだがな」

「ゆうべは忙しくて見られなかった」と母親は嘆息した。「今朝ここでみんなのめいめいの故郷が一どきに見られたら、どんなに倖《しあわ》せだろうと思うんだけれど」

「私のはやがて見られるわ」

暁子はそう言うと、やさしく兄のほうを見返った。

「僕のもだ。地球人のやつらはそれに比べると……」

「しっ」と母親は笑いながら制した。「その言葉は禁句だったわね。ここでなら、誰もきいていないからいいようなものの、うっかり癖になって人前で使えば、どんな災厄があんたにふりかかるかしれないのよ」

背後の北風は丁度海の波の轟《とどろ》きに似て、松杉の梢をゆるがす具合が、一定の間隔を置いて迫《せ》り上り、急に雪崩《なだ》れて落ちるように吹きつけた。手がひどく冷えてきていたが、それぞれ機をとらえて双眼鏡やカメラを操《あやつ》る必要上、手袋をはめる者は一人もなかった。四人の背にはたえず落葉が吹きつけ、異様な音に聴耳《ききみみ》を立てれば、近くの無人の茶店のトタンの戸が鳴るのであった。

星座の徐《しず》かな移り行きは目には見えず、オリオンの三つ星は南西の中空《なかぞら》に、下方のリゲル星とをつなぐ線が、古代の凧《たこ》のような形に懸っていた。何らかの光りの動きに目を配っている四人は、しばしば取るに足らぬものに惑わされた。その一つは流れ星である。その一つは、今まで目につかなかった遠い南の山の航空燈台である。その一つは、燈火の乏しい飯能の町外れの県道を、ゆらゆらと移る自転車の前燈である。……

「四時半から五時までの間に、南の空に現われるというんだから」と重一郎は眼鏡の目をその方角から離さずに喋《しゃべ》りつづけた。「あと十分もすれば、いよいよその時刻が来る。

ああ、兄弟達は何を知らせにやって来るのだろう。どんな神秘を伝えに来るのだろう。

ソ聯《れん》はとうとう五十メガトンの核実験をやってしまった。彼らは宇宙の調和を乱す怖《おそ》ろしい罪を犯そうとしている。この上、もしアメリカがその顰《ひそ》みに倣《なら》えば、……もはや地球の人類の終末は目に見えている。それを救うのこそわれわれ一族の使命なのに、何とまだわれわれは非力で、世間は安閑としていることだろう！」

「お父さん、がっかりすることはありませんよ」と息子は双眼鏡をあちこちの天域へ向って動かしながら慰めた。「宇宙を支配する時間に比べたら、われわれの耐え忍ばなければならない時間などは知れています。地球人はそれほど馬鹿《ばか》ぞろいでもありますまいよ。いつかは自分たちの非を悟って、われわれの大調和と永遠の平和の思想に帰服する時が来ます。とにかくフルシチョフには、一刻も早く手紙を書いたほうがいいです」

「それは暁子が文案を練っているわ。もうあらかた出来上っているわね、暁子」

「ええ」

美しい娘は言葉すくなに答えて、視線を星空にさまよわせていた。

ついに四時半になった。一家ははたと言葉をやめ、緊張と期待に充ちて空を見戍《みまも》った。この時刻に数機の空飛ぶ円盤が姿をあらわすという予告を、きのうの早朝、重一郎が受けていたのである。

⁂

一家が突然、それぞれ別々の天体から飛来した宇宙人だという意識に目ざめたのは、去年の夏のことであった。この霊感は数日のうちに、重一郎からはじめてつぎつぎと親子を襲い、はじめ笑っていた暁子も数日後には笑わなくなった。

わかりやすい説明は、宇宙人の霊魂が一家のおのおのに突然宿り、その肉体と精神を完全に支配したと考えることである。それと一緒に、家族の過去や子供たちの誕生の有様はなおはっきり記憶に残っているが、地上の記憶はこの瞬間から、贋物《にせもの》の歴史になったのだ。ただいかにも遺憾《いかん》なのは、別の天体上の各自の記憶（それこそは本物の歴史）のほうが、悉《ことごと》く失われていることであった。

重一郎は無為の男だったが、思慮もあり分別もあったので、一家を衛《まも》るために一番重要なことは、自分たちが宇宙人だという秘密を世間の目から隠すことだと考えた。いかに隠すか？

重一郎の学んだ世間智《せけんち》は、人間の純潔や誠実は必死に隠さなければ必ず損《そこな》われると教えていた。彼はこういうことを思慮のない妻や、若い子供たちに呑《の》み込ませるのに骨を折った。宇宙人としての矜《ほこ》りを持つことは結構だが、少しでも傲慢《ごうまん》になれば、それだけ裸になることであり、世間から見破られる危険も多い。自分たちの優越性は絶対に隠さなければならぬ。世間は少しでも抜きん出た人間からは、その原因を嗅《か》ぎ出そうと夢中になるからだ。

重一郎自身にとっても、五十二歳になって突然こうして身に添うた自明な優越感は、思い設けぬことと云《い》う他はなかった。彼は劣等意識に苛《さい》なまれた青年期を持っていた。実利家の父からは罵《ののし》られ、温和なやさしい各種の芸術に救いを求めた。父が生きているあいだは怠けながら会社の仕事を手伝っていたが、死後はその必要もなくなったので、何もせずに暮した。ときどき東京へ妻を連れて芝居や展覧会を見に行き、息子と娘は東京の学校へ入れた。そして私鉄でわずか一時間のこの地方都市に、ものしずかな孤立した知的な家族を作った。

何の努力もなく、何の実績もなしに、或《あ》る日こうして恩寵《おんちょう》のような優越感がわがものになってみると、重一郎は齢《よわい》五十をこえてはじめて自分の使命ともいうべきものに目ざめた。目的もなく使命感もなかった半生は自分の過誤というよりも、宇宙的な真理がいつの日か彼を選んで使役するために、無疵《むきず》のまま保存しておいてくれた未成の状態ではなかったかと思われた。

かつて彼は、無為のうちで、たとえば庭木を見るにつけても、どうして梢が幹よりも細く、どうして葉を失った枝々があんなに繊細に青空に刺《さ》さっているのか、考えずにいられぬような性質《たち》であった。こうした欅《けやき》の巨樹の冬のすがたは、地図上の川の微細な支流を思い出させ、あたかも天に樹木の見えない源泉があって、その青空の分水嶺《ぶんすいれい》から無数の梢の枝々が流れ落ち、一つの黒い幹に落ち合って、それらが忽ち固まって木の形を成したように思われた。樹々は天から流れ落ちた繊細な川の晶化だから、再び天へ還流しようとして、枝葉を繁《しげ》らせ伸び上って行くのではなかろうか？

しかしこういう幻想は、彼の詩人的な素質を語るものではなかった。たえず、粉々に打ち砕かれた世界の幻影に悩まされていたので、一つ一つの事物の形態や効用が疑われた。彼は又たとえば、鋏《はさみ》の形について永いこと考えていたことがある。ひろげられた鋏は、一つの支点を中心にして末ひろがりに対蹠《たいしょ》的な空間を形成し、人の手中にありながら容易に世界を二分して、おのおのの空間にその方角の山や湖や都会や海まで包摂《ほうせつ》するのに、ひとたび鋭い金属的な音を立ててそれが閉じられると、広大な世界は死に絶えて、切り取られた一枚の白紙と、奇怪な嘴《くちばし》のような器具の形と、それだけしか残さない。

こうして世界は伸びちぢみ、突然蘇《よみがえ》り、又息絶え、われわれの周囲で、たえずいらいらと変様している。重一郎は片っぱしから、日常の道具の効用と、それらがたえずわれわれに強《し》いている卑小な目的とを疑った。雨の日には、傘が彼の頭上にわけのわからぬ黒い形態をひろげた。彼の手に握られているその彎曲《わんきょく》した把手《とって》のいやらしさ、頭上の鉄骨が黒い絹の布をむりじいにひろげているその無慈悲な過度の緊張、その上にふりかかり八方へ伝わり流れてやまない執拗《しつよう》な雨！

大杉家のちかくの露地の一角には桶屋《おけや》があって、晴れた日には人通りのない露地へまで筵《むしろ》を敷き、新しい風呂桶《ふろおけ》のまわりに二三の職人が釘音《くぎおと》を立てていた。重一郎は散歩の道すがら、その桶がやがて家族的な入浴に使われる日を思って悪感《おかん》を感じた。この木の桶へまたいで入る良人《おっと》や妻や子供たちの、ゆるんだ裸体と体毛と、腰のあたりに忘られて残ったシャボンの白い泡《あわ》と、怖ろしい生活の満足。

東京へ遊びに出かけるたびに、つぎつぎと新築される巨大なビルの、昼間から蛍光《けいこう》燈《とう》をともしている窓々が、重一郎に恐怖を与えた。人々は声高《こわだか》に喋りながら、確実にそれらの窓ごとに働いていた。何の目的もなしに！

重一郎はこの世界に完全に統一感の欠けていることを見抜いていた。すべてはおそろしいほどばらばらだった。すべての自動車のハンドルと車輪とはばらばらであり、すべての人間の脳髄と胃とはばらばらだった。

しかも彼のやさしい繊細な魂は、こんなに打ち砕かれた世界を無関心に眺め下ろすことを困難にしていた。冷戦と世界不安、まやかしの平和主義、すばらしい速度で愚《ぐ》昧《まい》と偸安《とうあん》への坂道を辷《すべ》り落ちてゆく人々、にせものの経済的繁栄、狂おしい享楽慾《きょうらくよく》、世界政治の指導者たちの女のような虚栄心……こういうものすべては、仕方なく手に委《ゆだ》ねられた薔薇《ばら》の花束の棘《とげ》のように彼の指を刺した。

あとで考えればそれが恩寵の前触れであったのだが、重一郎は世界がこんな悲境に陥った責任を自分一人の身に負うて苦しむようになった。誰かが苦しまなければならぬ。誰か一人でも、この砕けおちた世界の硝子《ガラス》のかけらの上を、血を流して跣《はだし》で歩いてみせなければならぬ。

幼児が自動車に轢《ひ》き逃げされて、血まみれの体を路上に横たえたというニュースをきくとき、数十人の死傷者を出した列車事故や、数百戸を一ト呑みにした洪水《こうずい》のニュースをきくたびごとに、彼は身をすくめて、自責の念におののいた。この同じ地上に住む以上、すっかり統一感を失った世界とはいえ、彼はやはりあらゆる犯罪、あらゆる不祥事に対して、無答責であるとは云えないのだ。そしてこういう身を裂く苦しみだけが、世界の全体感を回復するかもしれないのだ。彼がある朝、庭の生垣《いけがき》の茶の花の一輪を摘むときに、この地上のどこかでは、ふしぎな因果関係によって、（おそらく摘まれた茶の花が原因をなして）、誰かが十噸《トン》積のトラックの下敷きになっているかもしれないのだ。

それでも、なおかつ、彼の肉体が痛まないとは何事だろう！　一人の人間が死苦にもだえているとき、その苦痛がすべての人類に、ほんのわずかでも苦痛の波動を及ぼさないとは何事だろう！　こんな肉体的苦痛の明確な個人的限界につきあたると、重一郎は又しても深い絶望に沈んだ。どうしてあの原子爆弾の怖ろしい苦痛ですら、個人的な苦痛に還元され、肉体的な体験だけで頒《わか》たれることになったのだろう。あの原爆投下者の発狂の原因は、彼にはありありとわかるような気がした。苦痛のなさ、毛筋ほどの、痒《かゆ》みほどの苦痛もなかったことが、彼を発狂させたのだ。

こうして重一郎が自分の苦しみの卑小と限定性とに徐々に気づき、自分の思い上りを恥じるにいたったとき、ふとした機縁からロンドンで出版された「円盤の故郷」という本を読んだのである。

それまで重一郎はほとんど空飛ぶ円盤に関心を持ったことがなかったが、この本の、わけても有名なマンテル大尉《たいい》事件に関する記述を読んだときから、その信憑性《しんぴょうせい》は疑いの余地がないように思われた。

マンテル事件とは、一九四八年一月七日に、北米ケンタッキー州のフォート・ノックス、米空軍のゴドマン基地において、トマス・F・マンテルという大尉が、円盤を追いかけて行って命を落した、という事件を斥《さ》すのである。

その日の午後二時半ごろ、フォート・ノックスのMPは、国家警察の通達によって、異様な巨《おお》きな物体がゴドマンの方へ飛んで行くのを知った。警察は、ゴドマンから百五十キロ隔たるインディアナ州のマディソンで、この物体を認めており、マディソンの数百の市民もこれを目撃していた。

MPの連絡を受けたゴドマン基地の士官たちは、三時すこし前のこと、時折青空がわずかにのぞかれる曇天の基地上空を監視していた。突如、南の雲の切れ目に、一見金属性の巨大な物体があらわれ、一瞬太陽にかがやいたかと思うと、すぐに消えた。忽《たちま》ち命令が発せられ、マンテル大尉を長とする三機の追撃機が基地を飛び立った。

司令塔の士官たちの全部がそれを見ていた。それは巨大な円盤の形をし、上部は円《えん》錐《すい》をさかさまにしたようで、その頂点に、明滅する赤い斑点《はんてん》が認められた。三時八分に、マンテルの僚機二機は、正《まさ》しく間近にそれを認めながら、それにまかれてしまったこと、なお追跡をつづけているらしい隊長機を雲の裡《うち》に見失ってしまったこと、を司令塔へラジオで連絡してきた。

五分ほど経《た》って、マンテルの声が司令塔の拡声器に流れた。

「例の物体は上昇します。速度を増し、私の機と同じ速力で進んでいます。時速三六〇マイルです。私は七千メートルまで上昇します。それでもなお、あれを捕捉《ほそく》できなければ、追跡を断念します」

しかしこれが生けるマンテル大尉の最後の声になった。その後数分のうちに大尉機F51は空中分解を起したらしく、その残骸《ざんがい》は数キロ四方にちらばっているのが発見されたのである。

——これは多数の専門家を含む証人を従えた事件で、資料は精密であり、想像力の働く余地は厳密に排除されていた。重一郎はこの本を読むうちに、円盤の搭乗者《とうじょうしゃ》は他の遊星の住人であることを疑わないようになった。それ以来彼は円盤に関する本で入手できる限りのものを渉猟《しょうりょう》し、円盤の研究に憑《つ》かれたようになった。従順で知的な家族は、家長の本を廻し読みにして、日頃の話題も円盤や宇宙人のことばかりになった。こうして去年の夏の忘れがたい事件が、まず重一郎の上に起ることになったのである。

二階の座敷で寝ていた重一郎は、深夜何ものかの呼ぶ声に目をさました。伊余子は良人《おっと》が身を起したのを知っていたが、階下の厠《かわや》へ深夜に立つことは珍しくなかったので、そのまま又眠りに落ちた。

重一郎は寝間着のまま戸外へ出た。月は望《もち》に近く、路上は明るかった。近所の木工所の前に駐《と》めてある埃《ほこり》だらけのオート三輪の前窓が、その月のすがたをまともに映していたのを彼はおぼえている。

しばらく歩くと、西武電車の無人踏切に出る。線路の左右の赤い砂利が、磨滅した線路の銀粉にまぶされているのが、月に美しく光っているのに、そこを渡りながら重一郎は目をとめた。自分がどこへ行くのか知らない。何ものかの糸に引かれるように、迷わずに道を辿《たど》ってゆくだけである。

線路のむこう側にひろい空地がある。何かの工場の建設用地だが、生《お》い茂ったたいちめんの夏草のあいだに、用材をおおう汚《よご》れた天幕がひとつあるきりで、工事が緒に就いたというしるしは見えない。有刺鉄線の垣の破れ目から、夏草のなかへ踏み入ったとき、重一郎は足の甲が露に濡《ぬ》れるのを感じ、耳はおびただしい虫の声に占められているのを感じた。

突然、その虫の音《ね》が止《や》んだ。彼は空を見た。あたりの低い家々の屋根の上に、一機の円盤が斜めに懸っていた。

それは薄緑の楕円《だえん》に見え、微動だにしなかったが、見ているうちに片端からだんだんに橙《だいだい》いろに変った。それがものの四五秒のうちだったと思われる。急に円盤は激しく震えおののき、まったく橙いろに変り切ったと思うと、非常な速度で、東南の空へ、ほぼ四十五度の角度で一直線に飛び去った。はじめ満月ほどの大きさに見えていたそれは、忽ち米粒大《こめつぶだい》になり、ついに夜空に融《と》け入った。

重一郎は感動して、夏草のあいだに坐《すわ》ってしまった。しきりに涙がこぼれ、今のつかのまの円盤の出現が、自分のもっとも深い記憶の底に触れて、そこから何ものかを触発して行ったように感じた。

まず彼は、円盤が目に見えていたあいだの数秒間に、彼の心を充《み》たしていた至福の感じを反芻《はんすう》した。それはまぎれもなく、ばらばらな世界が瞬時にして医《い》やされて、澄明《ちょうめい》な諧和《かいわ》と統一感に達したと感じることの至福であった。天の糊《のり》がたちまちにして砕かれた断片をつなぎ合わせ、世界はふたたび水晶の円球のような無疵《むきず》の平和に身を休めていた。人々の心は通じ合い、争いは熄《や》み、すべてがあの瀕死《ひんし》の息づかいから、整ったやすらかな呼吸に戻った。……

重一郎の目が、こんな世界をもう一度見ることができようとは！　たしかにずっと以前、彼はこのような世界をわが目で見ており、そののちそれを失ったのだ。どこでそれを見たことがあるのだろうか？　彼は夏草の露に寝間着をしとどに濡らして坐ったまま、自分の記憶の底深く下りてゆこうと努めた。さまざまな幼年時代の記憶があらわれた。市場《いちば》の色々の旗、兵隊たちの行進、動物園の犀《さい》、苺《いちご》ジャムの壺《つぼ》の中へつっこんだ手、天井の木目のなかに現われる奇怪な顔、……それらは古い陳列品のように記憶の廊下の両側に、所窄《せま》しと飾られてはいたけれど、廊下の果ては中空《なかぞら》へ向っていて、つきあたりのドアを左右にひらくと、そこは満天の星のほかには何もなかった。そしてその廊下の角度は、正確に、円盤の航跡と合していた。

『俺の記憶の源はたしかにあそこにある』と重一郎は考えた。今まではただその事実から目を覆《おお》われていただけであったのだ。

その瞬間に彼は確信した。彼は決して地球人ではなく、先程の円盤に乗って、火星からこの地球の危機を救うために派遣された者なのだと。さっき円盤を見たときの至福の感情の中で、今まで重一郎であった者と、円盤の搭乗者との間に、何かの入れかわりが起ったのだと。

……ここまで考えたとき、彼はひどく眠くなり、その重い眠たさを支えていることができなくなった。立上って、もと来た道を朦朧《もうろう》と辿った。

あくる朝、彼が目ざめたのは、昨夜寝たときと同じ寝床の中であった。妻の伊余子はもとより彼の深夜の外出に気づいていなかった。

その日一日、重一郎の心は幸福に充たされながら、ゆうべの体験を家族に話そうか話すまいか迷っていた。ついに喜びは咽喉元《のどもと》までこみ上げて来るように思われたので、一家四人の揃《そろ》った夕食の席で話してしまった。暁子は一際《ひときわ》声高く笑った。

ところがその晩、一雄が同じような体験をし、つづく朝には、誰よりも早起きの伊余子が、すでに明るい朝空に銀灰色にかがやく円盤を見た。

暁子はなお笑っていた。

あくる日学校のかえりに飯能駅を下りてから、ばかばかしい家へまっすぐ帰るのがいやになって、八幡神社前で下りて、神社の杜《もり》へ登って行った。まだ日の残るすがすがしい境内《けいだい》で、あしたの予習をしようと思ったのである。あたりには人がなく、蜩《ひぐらし》の啼《な》く杉木立のかげはひんやりしていた。

暁子が北へ向って石段を昇ってゆき、奥の鳥居に達しようとしたとき、正面の拝殿の上の空に、白い閃《ひらめ》く点のようなものが見えた。それはたたなわる山々の高麗峠《こまとうげ》の方角と思われたが、はじめ暁子はまだ明るいうちから現われた星だと考えた。

しかし「星」は奇怪な動きを示し、忽ち暁子の頭上に迫って来た。すでに暁子は杉木立に囲まれた人気《ひとけ》のない神社の広庭に立っていた。頭上にあるのは銀いろにかがやく円形の物体であった。それはゆるく杉木立の空を廻っていた。暁子は戦慄《せんりつ》した。それは渦状《うずじょう》の動きで、だんだんに円周を窄《せば》めながら廻っており、銀灰色の下辺が宝石のような煌《きら》めく薄緑に染っていた。暁子は声をあげて叫ぼうとした。それはあたかも、今までの暁子の不信と嘲笑《ちょうしょう》を詰《なじ》っているように見えたのである。

と見ると、それは突然、掻《か》き消すように視界を没してしまった。

……その日から暁子は笑わなくなった。自分は多分金星から来て、惑星間の会合ともいうべき、この宇宙人の家族に属していることをとうとう肯《うべ》なった。

――爾後《じご》半年間、重一郎はひたすら一家のために、自分たちがこの世の人間ではないことを、世間に向って隠そうと骨折った。子供たちには学校の勉強や、とりわけ暁子には手芸や割烹《かっぽう》や、世のつねのしきたりをますます鞏固《きょうこ》に守り、この世の者らしく見せる習練を怠らぬように教えた。前にも述べたとおり、彼は誠実や純潔がいかに傷つけられやすいかを知っていたのである。

見た目の変化が特に著しくあらわれたのは暁子だった。自分が金星人であると知ってから、暁子は日ましに美しくなった。もともと美しい娘だったが、自分の美しさを意識しない間は身なりにも構わなかったのに、その美しさが金星に由来していると知ると、暁子の美しさには忽ち気品と冷たさが備わった。近所の人たちは、男ができたのだろうと噂《うわさ》したが、暁子はますます男たちに対して超然たる態度を示した。

一家は心ならずも近所の人たちへ笑顔を向けた。しかしこの孤立に馴《な》れた家族の微笑には、却って人々との距離を感じさせるわざとらしいものがあった。人々は前よりも離れてしまった。

「お父さん、僕は満員電車に揉《も》まれていても、前のように腹が立ちませんね。僕はずっと高いところから、この人たちを瞰下《みおろ》しているように感じるから。僕の目だけは澄み、僕の耳だけは天上の音楽を聴くことができると思うから。この汗くさい奴《やつ》らは何も知らないが、こいつらの運命は本当のところ、僕の腕一つにかかっているんだものな」

と一雄が朗らかに語ったとき、重一郎はさし迫った危険を感じた。もし一雄の心中を彼らが知ったら、彼らは決して恕《ゆる》さないだろう。それればかりか、俗衆は彼を殺すだろう。

「凡人らしく振舞うんだよ」と父親は懇《ねんご》ろにさとした。「いやが上にも凡庸らしく。それが人に優《すぐ》れた人間の義務でもあり、また、唯《ただ》一つの自衛の手段なのだ」

——半年後、今年の春になってから、重一郎は俄《にわ》かに態度を変えた。いたずらに秘密を怖《おそ》れないで、使命の実行に邁進《まいしん》するために、進んで同志を求めるべきだと言い出したのである。すでに地球の危機は近づいているのに、自分は古い家族感情にとらわれて、怯惰《きようだ》で引込思案でありすぎたと、重一郎は反省した。

思いあぐねた末に、三流雑誌の「趣味の友」の通信欄に、次のような広告を出した。

「◉に関心をお持ちの方、お便り下さい。相携えて世界平和のために尽しましょう」

◉は重一郎の考えた円盤の略画であった。ふしぎな感応によって、全国各地から届いた手紙の八割は、それが円盤を意味することを見抜いていた。

重一郎はパンフレットを作製し、一家が謄写《とうしや》印刷を手つだい、各地の会員との頻繁《ひんぱん》な交流がはじまった。この初夏に、重一郎は将来の活動のため、父親が残した株をすっかり整理して銀行預金に換えた。株は莫大《ばくだい》な値上りを示し、財産はしらぬ間に五倍にふえていた。ところへこの夏の大暴落があった。一家はもはや自分たちが天の力に護《まも》られていることを疑わなくなった。

今にいたるまで、しかし、円盤は家族四人の目に、いつも特殊な状況を選んで、個々別々にしか姿を現わさなかった。もちろんお互いがたしかに円盤を見ていることは信じていたが、一度も一緒に見る機会が与えられなかった。夏ごろから徐々に宇宙人との交信法を会得《えとく》していた家長は、一家があげて円盤に接する折を切望していた。

きのうの早朝、ついに重一郎はその予告を受けたのである。

＊＊＊

「フルシチョフとケネディは、早速会って、一緒に簡単な朝飯でも喰べるべきだ。御馳走《ごちそう》はいかん。御馳走は頭の働きを鈍くする」と、重一郎は空への注視と焦躁《しょうそう》に疲れたかのように、一人で喋《しゃべ》りだした。冷気にかじかむ両手を忙しくこすり合わせながら。「今すぐ卓上の電話をとって、『ワシントン』と一言言えばよいのだ。つまらない意地や行きがかりを捨てて、地球人の未来について真剣に語り合うべきだ。それから半熟卵の茹《ゆ》で具合について。ああいう人たちはあまりにも日常の具体的なものから離れてしまったから、世界に禍《わざわ》いが起きたのだよ。お父さんもかつてはそうだった。そうだったから、彼らの心事がよくわかるのだ。かつてのお父さんの身の廻りからは、鋏《はさみ》も蝙蝠傘《こうもりがさ》も庭の植木も野菜サラダも、すべてがよそよそしく逃げ去ってゆくような気がした。それは星たちが人間から逃げ去るのと同じことだったのだ。

核実験停止も軍縮もベルリン問題も、半熟卵や焼き林檎《りんご》や乾葡萄《ほしぶどう》入りのパンなどと一緒に論じるべきなのだ。宇宙の高みから見たら、どちらも同様に大切なのだ、ということを彼らに納得させなくちゃいかん。地球人は殺人を大したもののように思っているから殺人を犯し、その誘惑からのがれられない。

フルシチョフとケネディは朝食の落ちこぼれたパンの粉を包んだナプキンを卓上に置くと、二人で肩を組んで外へ出て行って、朝日を浴びて待っている新聞記者に、こう告げるべきなのだ。

『われわれ人類は生きのびようということに意見が一致した』と。

放鳩《ほうきゅう》も軍楽隊も何も要《い》りはしない。そう言ったとたんに、すがすがしい一日が辷《すべ》り出すのだ。地球がその時から美しい星になったことを、宇宙全体が認めるだろう。どうだ、われわれの力で、一刻も早く、彼らに手を握らせてやろうじゃないか」——しかし言い終るとすぐに、曇った声で附け加えた。「……われわれにその力があるとすればね。お父さんはこんな仮りの人間の肉体を享《う》けているのが悲しいよ。それも尤《もっと》も、宇宙の深謀遠慮なんだろうが」

妻や子供たちの答はなかった。皆が一心に南の空を注視していた。

現代の不確かな天文学によれば、木星の表面の温度は氷点下百度という寒さだそうだが、そこから来たにしては、これしきの寒さに何という意気地のなさだろう、と伊余子は、毛布にくるまって震えながら考えた。伊余子は政治にはほとんど興味がなかった。もし良人《おっと》のいうように世界が改善され、平和が確立したら、彼女はその改良された世界の整然たる家事を受け持つだろうと思われた。伊余子は地上の稔《みの》り多い穀物を愛していた。夏の麦畑の香《かぐ》わしい匂《にお》いや、秋のうなだれた稲穂の黄金《おうごん》は、地球人のために永久に保存しておく値打ちがあった。いずれは惑星の諸処方々に、彼女は台所を持つことになるだろう。しかし木星の台所と、地球の台所と、その二つですら、伊余子は自分が手落ちなく管理できるかどうか自信がなかった。

一雄は双眼鏡をあちこちへ動かしていたが、動かすたびに星の光りの残像が止《とど》まって、はっとして、円盤かと思ってあざむかれる。

精神を集中しようとすると、父のお喋りに邪魔をされる。彼の心は、無垢《むく》の善意と、地球に対する感傷的な愛情とに織り交ぜられた、一種の果断な権力意志に充《み》たされていた。彼は地上の恒久平和を維持すべき清浄きわまる権力を夢みていた。それは地上にはかつてなかったものだから、他の遊星がそれを教えるべきなのだ。しかも宗教的な精神的な権力ではなく、ちゃんと現実生活を支配する、新しいタオルのように汚《けが》れのない権力。

暁子は一人、みんなに倣《なら》わずに東の空を一心に見詰めていた。円盤の出現にもし時間のずれがあるものなら、方角のずれもないとどうして云えよう。

暁子は寒さに肩をときどき小刻みに震わせた。唇《くちびる》がひびわれるのを怖れて、手さぐりで口紅《くちべに》を濃く塗った。指先がかじかんでいて、紅が唇をはみ出す心配があるけれど、わざわざ懐中電燈で手鏡を照らして、親に見咎《みとが》められるよりはそのほうがましである。

暁子はもともと持していた快い怠惰な無関心を、自分が金星人だったと知ることで、ますます是認するようになった。仔細《しさい》に見れば、暁子の冷たさには、自足している怜《れい》悧《り》な小動物の快い怠惰な満足が窺《うかが》われた筈《はず》だ。欲のない娘でありながら、彼女には、むりに欲望を拒絶しているように見える利点があった。……暁子は地球に平和を与えるのには賛成だった。穢《きたな》い身なりの子供に菓子パンを与えるように。

五時に近づいているのに、南の空には円盤のあらわれる気配はなかった。四人とも焦躁を口に出して言うことはしなかった。

もしそこにあの懐《なつか》しい赤みがかった楕円《だえん》が飛来して、薄緑に色を変えて方向転換をしてくれれば、はじめて一家は共同の証人になり、地球救済の運動にも、格段に団結力を増すにちがいない。たとえ現われた円盤が新しい啓示をもたらさずとも、姿を現《げん》じてくれるだけで、どれだけ一家の力になるかしれない。四人は心の中で、おのがじしそう念じている。

背後の北風のざわめきは、なお凄《すご》くなった。一雄が夜光時計の文字盤に目を落した。水いろに光る長針は五時をさした。

「まだまだ。時間がずれることもあると前にも言った筈だ」

と重一郎が低い、痰《たん》のからまったような声で言った。しかしこのとき、今まで熱していた四人の心の中に、死んだ天体に吹きまくる風のような冷気が吹き込み、俄《にわ》かに四人がめいめいの孤独の片隅へ突き飛ばされたような感じを味わった。たえず琴の音《ね》のように彼らの内に鳴りひびいている諧和と統一感が、ふと絃《げん》が切れて音を発しなくなったような気がしたのである。

「見えたわ」

と暁子が澄んだ声で突然言った。

「え？　見えたか？」

三人は歓喜にあふれて、東のほうへ一せいに顔を向けた。

見えたのは円盤ではなかった。東の地平に赤くかがやく金星が昇って来たのである。

「私の故郷《ふるさと》が見えたわ」

と暁子は言い直した。平和な両親は咎め立てをするではなく、美しい娘の故郷の出現を祝福しながら、ふたたび永い忍耐の目を南の空へ戻した。一雄は、しかし、金星の左隣につつましい光りを放って同時に昇ってくる自分の故郷の水星を認めて、双眼鏡を目から離し、喜ばしげにこう叫んだ。

「僕のも見えたぞ」

その一点の燦《きら》めきを見たときに、彼は力を得た。

兄妹はもう東の空から目を離すことができなかった。金星と水星は粛々と儀式的な速度で昇ってゆき、金星の赤光はおもむろに褪《あ》せ、相携えて昇ってくる水星と同じ澄《ちょう》明《めい》な白い光りに変った。

濃紫《こむらさき》の横雲の上へ、この二つの星が抜きん出たころ、周囲の木々の影は次第に闇《やみ》から身を解き放ち、わけても東の空を背にした木々は、繊細な影絵になって、風に吹かれてそよめく一葉《ひとは》一葉の影は、ほとんどなやましく見えた。星は徐々に減りつつあったが、曙《あけぼの》の色はまだ不本意な小豆《あずき》色で、東の地平線には墨いろから紫にいたるさまざまな濃淡の横雲がわだかまっていた。

「明るくなってから出てもふしぎはない。お前の見た円盤だってそうだろう」

と重一郎は伊余子に言った。

「ええ、あれが出たのは、新聞配達の来たあとでしたもの」

そう言う伊余子の顔は、すでにおぼろげに見分けられ、彼女が身を包んでいる毛布の市松《いちまつ》模様も、重一郎の目にはっきりして来た。しかし、これほど心の表面を、一日の最初の明るみがけば立てて、空《むな》しい気持に追いやることになろうとは、彼の想像の他だった。

朝嵐《あさあらし》が吹き散らす黄葉《もみじ》もよく見え、地上の石の凹凸《おうとつ》もあきらかになった。すべてがよく見えはじめればそれだけに、登ってきたときは見えなかったものが一つ一つ存在を主張しだすのが、重一郎の心を不安にした。

「まだ早い。まだ諦《あきら》めるのは早い」

と独り言を言った。一方、伊余子は少しも諦めてなどいなかった。

五時半になると、一雄の腕時計は、夜光塗料の助けを借りずに、文字盤の刻みも鮮明に読まれた。東の横雲は葡萄いろになり、空はほの白く、南西の山々の稜線《りょうせん》はくっきりし、オリオンの三つ星が薄く残っていた。

「私の故郷が消えて行くわ。ほら、だんだん光りが……」

暁子はそう言って兄の肩を揺《ゆす》った。

「僕のもだ」

ためらいがちに射《さ》してきた曙は、はじめは橙《だいだい》いろに朱を燻《くす》ませた枯れた押花の色であったのが、すでに朱の一色になると共に、金星と水星の光りを呑《の》んだ。

暁子は冷え切った頬に涙を流した。

「私の星が……」

村の家々は麓《ふもと》の闇の中から屋根屋根をほの白く浮び上らせ、山の緑は緑らしく見えだした。五時五十分の西武線の始発電車が、明るい籠《かご》を延べたように山裾《やますそ》の木《こ》の間《ま》を走った。銅版画風な沈鬱《ちんうつ》さをなお湛《たた》えている南西の山々の果てに、富士が白い頂きをあらわしていた。

「何時だね」と重一郎は息子に訊《き》いたが、「ああ、もう私の時計でもよく見える。六時か。予告よりもう一時間すぎてしまった。もうこれで諦める他《ほか》はあるまい。……或《ある》いは、待っているわれわれの前に、とうとう現われなかったことが、円盤の与えている教訓なのかもしれない。これは一種の試煉《しれん》なのかもしれない。宇宙人としての勇気と忍耐を試《ため》すためのの」

「お父さん、折角ここまで待ったのだから」と息子は気持よく励ます声で言った。「せめて日の出までここにいましょう。こう言ってるあいだにも、ひょっこり現われるかもしれませんよ」

「そうだな。諦めるのは早いかもしれない」

街燈のあかりがまだ一列にのこる飯能の町から、六時の鐘音が昇ってきた。畑のみどりや蔵の白壁はみずみずしく、二三羽の鴉《からす》が目の前を斜めに叫びながら飛び過ぎた。西南には山王峠《さんのうとうげ》から南へ走る山々が揃《そろ》って現われ、天頂の雲もすでに緋《ひ》に染まっていた。

東はなお幾重の横雲に包まれていた。その雲間が裂けて、笑う唇の形に、鋭く赤光《しゃくこう》を放つ部分が現われた。

「とにかく、確信を失わないことですね」と日頃は思慮に乏しいのに、こんなときには古風な堅実さを示して、伊余子が言った。「人間なら、何かにつけて、一々動揺したり、がっかりしたりするものだし、確信を失いがちなのが人間の常だけれど、私たちは人間じゃないんだからね。それを片時も忘れないようにしなくては」

ついに日は雲をつんざいて眩《まば》ゆい顔を出した。この最初の一閃《いっせん》を受けて、投げられた矢を発止《はっし》と受けとめるように、西南の富士の頂きの雪は、突然薔薇《ばら》いろに変貌《へんぼう》した。

第二章

暁子《あきこ》がフルシチョフ氏宛《あ》てに書いた英文の手紙の原稿は、一家が山頂にのぼった二三日あとにできあがった。文案を暁子が練り、重一郎が文飾を施した上で、英文科の暁子に英訳させたのである。英語だとロシア人の反感を買うおそれがあったが、一家にロシア語の知識はなく、又、人に頼める筋合のものでもなかった。

『ソヴィエト聯邦《れんぽう》第一書記フルシチョフ閣下。

先頃貴殿が敢行された五十メガトンの核爆発実験を聞き及び、憂慮にたえず、お手紙をさし上げる次第であります。私どもは極東の日本に居住しており、実験後早くも人体に危険な程度の放射性物質が、降雨の中に含まれてきたという新聞報道に接し、ますます憂慮を深めているわけでありますが、この書簡は決して一日本人としての民族的見地からではなく、ひろく人類、否《いな》、全銀河系宇宙からの要請と警告にもとづいて、敢《あえ》て書きつづったものであることを、最初に申上げねばならぬと思います。殊《こと》に諸惑星の地球における代表者として、われわれは貴殿の御振舞を、黙過しがたきものと考えるのであります。

　ああ、しかし閣下、われわれは閣下ひとりの罪を責めようとは思いません。これは人類の文明の大問題であり、ひいては宇宙の静謐《せいひつ》なる秩序にとっての大問題であります。今や人類は自ら築き上げた高度の文明との対決を迫られており、その文明の明智《めいち》ある支配者となるか、それともその文明に使役された奴隷《どれい》として亡《ほろ》びるか、二つに一つの決断を迫られているのでありまして、貴殿にとっての敵はアメリカではなくて正に貴殿自身であり、人類にとっての最大の敵は人類自身であります。今もし貴殿が、己れに克《か》つことによって地球と人類を破滅から救い、いわゆる偶発戦争、ボタン戦争の危機を永久に払拭《ふっしょく》するために、一大勇猛心を振われれば、貴殿は正に人類史上の最大の恩人たるべき光栄を担《にな》われるのであります。すでにアメリカは、広島への原爆の投下によって、自らの手を汚《よご》しました。これは彼らの歴史の永久に落ちぬ汚点となりました。何を以《もっ》て閣下は、アメリカと競うて、自らの手を汚そうとされるのですか。何ゆえに、閣下は、賢明な御思慮を以て、人類に対する拭《ぬぐ》いがたい罪を犯した者としてアメリカを孤立させ、自らの手を清くしておこうとはなさらなかったのですか。……まだ遅くはありません。われらの星は、天上から地球の運命を日夜見守っております。すでに半ば汚濁に染った地球の姿を嘆きつつも、いつかそれが太古の美しい星の姿に戻るという希望を捨ててはおりません。……』

――手紙の半ばに当るここまで読み進むと、重一郎はいつもの調子で、冷静な顔つきで自画自讃《じさん》をした。

「この手紙を狂信者流の高飛車な口調でなく、時には相手の顔も立ててやり、功名心もそそり立ててやるように書いたのは賢明だったね。信じる者同士の口調で語ってはだめなのだ。人間にはあくまで人間の論理と心理に従ってものを言ってやらねばならん。おろかな犬をあやして、芸を仕込むだけの忍耐が要るのだ」

「もし返事が来なかったらどうします」

と一雄が言った。

「来なかったら来なかったでいいじゃないか。返事そのものは重要じゃない。この手紙がフルシチョフの心に、インキのしみのようにしみついて離れないことだけは確かなんだから」

四人の家族はタイプされた手紙の末尾に、それぞれの故郷の星のしるしを描き、そのしるしの横に署名を列《つら》ねた。もう一度手紙を廻し読みにして、その効果をあれこれと予測してたのしんだ。これはいかにも怜悧《れいり》な星が物を言っているという感じの手紙であった。

あくる日は、英国史の教授が休講なので、暁子は学校が休みである。そこで手紙を本局へ出しにゆくのが、暁子の仕事になった。

「今夜は御飯のあと、みんなで温かいお汁粉《しるこ》を食べましょうよ。郵便局のかえりに、村田屋へ寄って、小豆《あずき》を、そうね、五合ほど買って来て頂戴《ちょうだい》」

母はいつでも勘《かん》で分量を決め、四人家族の汁粉に五合の小豆は多すぎたが、暁子も別に異論を唱えなかった。

郵便局の局員はろくろく宛名には目も止めずに、尋常な航空郵便をうけとった。いつも暁子が外国宛の郵便を出しに行くと、この局員が一言二言お愛想《あいそ》を言う。暁子はそうして親しみを増した気持になっている局員が、だんだん暁子の出す手紙に興味を持って、詮索《せんさく》をはじめはしないかと気にしている。しかしまだその気配はなくて、若い局員は暁子の顔だけに気をとられているのである。

暁子はバスに乗って家の近くで下り、村田屋という雑貨屋のほうへ歩いた。飯能の町はどこも平らで、ひろい未舗《ほ》装《そう》の道が多い。初冬の午前の日があたたかく射《さ》した白い道の上へ、その店の紅と青の日覆《ひおおい》が、人の背丈《せたけ》よりも低く張り出している。

バス停留所から買物籠《かいものかご》を下げてゆっくりと来る暁子の姿を見ると、少年店員はあわてて駈《か》け込んでおかみさんに言った。

「大杉さんのお嬢さんが来ますぜ。白っぽいコートに赤いベレエをかぶって」

「昂奮《こうふん》するんじゃないよ」とおかみさんは子供たちにかまけながら言った。「なるたけ高く悪いものをつかませるんだよ。あの家じゃ誰もわかりゃしないんだから」

夏前に株をすっかり売った大杉家の噂《うわさ》は、大暴落で五万円もすったおかみさんの耳に自然と届いていて、大杉家が何らかの予知の手蔓《てづる》を持っていたものと思い込み、ひどく怨《うら》んでいた。そして鷹揚《おうよう》なその一家の買物に何とか傷ものをつかませようと躍起になり、かたがた少年店員の太郎に命じて、一家の秘密を探ろうと工夫を重ねた。こんなわけでおかみさんは、伊余子にも暁子にも格別に愛想がよかった。

『できることなら、毒でも盛ってやりたいもんだ』とおかみさんは考えていた。『狡《ずる》いことをしてお金を儲《もう》けていながら、浮世の塵《ちり》には染まらないというような顔をして、一家そろってお高くとまって暮している。ほんとに気障《きざ》ったらしい家ったらありゃしない。亭主は学者気取、奥さんは賢夫人気取、息子は低能の女たらしで、娘と来たら、虫も殺さない顔をして、東京のあちこちで男を引っかけているらしい。それにあんな腰つきの娘は、決して子供を孕《はら》まないで淫乱《いんらん》なんだわ。家《うち》みたいな地道な働き者の一家は大金をすり、インテリ気取ののらくら一家が大儲けをする。世の中の仕組には狂ったところがあるんだわね。二三日前にも、あそこの一家は真夜中に車を出して、どこかへ揃《そろ》って出かけたらしい。麻薬の仕事でもやっているんじゃなかろうか。いいわ、今に尻尾《しっぽ》をつかんで、一家が数珠《じゅず》つなぎになって警察のお世話になるように運んでやるから』

村田屋は林檎《りんご》箱や蜜柑《みかん》箱を並べた上に板をわたし、季節の果物や玉葱《たまねぎ》や馬鈴薯《ばれいしょ》や、漬物、沢庵《たくあん》、紅生姜《べにしょうが》、煮豆、駄菓子、チューインガム、即席カレーなどを並べ立て、夏の間にはアイスクリームも売っていた。低い日覆のためにほの暗い店内は、色さまざまな漂流物に充《み》ちた河口の澱《よど》みのような、重苦しい匂《にお》いを放っていた。

暁子の白い顔が日覆のわれ目からのぞいて、澄んだ美しい声でこう言った。

「あの、小豆あります？」

「ああ、お嬢様、毎度どうも。小豆は丁度、極上のがございます」と、奥からおかみさんが言った。「どのくらい差上げましょう」

「五合ですって」

太郎は毎度ながら、美しい暁子のために、品物の質や量目をごまかすことに生甲斐《いきがい》を感じた。この少年は、彼女に気づかれぬように騙《だま》すことで、却《かえ》って秘密を頒《わか》ったようなな気持になり、自分の面皰《にきび》に対する絶望を、こんなけちくさい悪意で埋《う》め合わせているような気になっていた。そして暁子の顔を見るたびに口吟《くちずさ》む歌を、口の中で不明瞭《めいりょう》に歌いながら、小豆を量った。

……どうせ叶《かな》わぬ恋だもの

おいらマドロス浮寝鳥……。

――こうして暁子は、粃《しいな》だらけの小豆を、一合三十円で売りつけられ、その上たのみもしないのに、粒の揃わぬなめこの罐詰《かんづめ》を、倍値の二百円で押しつけられた。『何ていい人たちでしょう』と、店を出てから、近道を辿《たど》って家のほうへ歩きながら、暁子は思った。『家じゅうがいつも愉《たの》しそうに、活気に充ちて働いている。子供たちは穢《きたな》いけれど、おかみさんと子供たちは、葡萄棚《ぶどうだな》と葡萄のように、やさしくもつれ合っている。そしてあのにこにこした気持のいい応待！　私には拒まれているけれど、あそこに地球人の生活の善意と幸福があるんだわ。私たちの力で、どうしてもあの人たちを水素爆弾から守ってあげなくては』

まことに澄んだ初冬の美しい午前で、暁子のゆく小径《こみち》の両側には茶の木の生垣がつづき、枯れて萎《しぼ》んだ小さな白い花が、埃《ほこり》だらけの葉かげに残っていた。空には枯枝をしならせている夥《おびただ》しい柿《かき》の光沢があった。シャツを干している農家の広庭が垣ごしに見え、八ツ頭《がしら》の大きな葉や、すがれた菊の一叢《ひとむら》ものぞかれた。暗い頽《くず》れかけた納屋《なや》が垣根に迫って、山羊《やぎ》の匂いがしていた。

暁子は満足していた。羅漢山上に円盤は現われなかったけれど、少くとも今日、自分たちは宇宙人として、なすべきことをしたのだと。

しかし、迂回《うかい》してゆく小径の先に、話しながらゆく男女のうしろ姿を認めると、彼女の顔は曇り、足は止った。それは見しらぬ娘と歩いている、今の時間は当然学校へ行っている筈《はず》の一雄であった。

『又やっているんだわ。人もあろうに、地球人の女なんかと！』

暁子の頰は怒りのために赤くなり、心は慎しみを忘れてしまった。兄がその女の純潔をではなく、暁子の純潔を瀆《けが》しているような気がしたのである。

たしかに兄は重一郎の教訓を悪用していた。「凡人らしく振舞うんだよ。いやが上にも凡庸らしく」という父の訓誡は、果してこんなことを意味していただろうか？

あの朝、東の空から粛々と登ってきた金星を見たときに、暁子は自分の純潔の根拠地をはっきりと見極めた気持になった。

金星《ヴィーナス》の純潔とは一つの逆説である。しかし暁の冷気に浴してあらわれたその姿は、フェニキヤの沖の緑の泡《あわ》から生れ出た時の女神と同様で、愛慾《あいよく》のおぞましい法則をまだ何一つ知らぬげに見えた。何が彼女を捕えて、惑星運動の法則以外の、別の法則のうちに置くことができただろう。太陽を焦点とする楕円《だえん》の軌道を運行し、太陽と惑星とを結んだ線が一定の時間に動いて画く扇形の面積はいつも等しく、その公転周期の二乗と太陽からの平均距離の三乗との比は一定でなければならぬという厳密な法則に。

この法則だけが暁子の倫理であったから、彼女の純潔の特性は、卑小な道徳に縛られた地上の女たちの純潔とはちがって、あらゆる倫理を超えた硬い輝く星のような純潔だった。純潔！　純潔！　暁子の内部にはいつも一つの音楽のようにこの言葉が鳴りひびき、通学の満員の電車のなかでも、十六番教室の米文学史の講義のあいだにも、この言葉は鳴りやまなかった。

たとえば窓の光りの反映で、位置によって、黒板が半ば光って、白墨の字が読みにくいことがある。大きな乱雑な書体で、ナサニエル・ホーソンと書かれた横文字の、そのホーソンの部分が光りの中に融解されているように見えるとき、暁子は窓から入ってきた光りが、その翼で白墨の英字をひしひしと蔽《おお》い隠して、そこに暁子にだけははっきり読める「純潔」の文字を、嬉々《きき》として書きなぐっているように感じる。

たとえば又、学友たちと行き馴《な》れぬ喫茶店に入り、その店が由《よし》ありげにゴムの樹《き》を沢山置き、ラテン音楽のレコードをやかましく鳴らし、暗いボックスに男女の客が昼間から寄り添っているのを見るときに、暁子はすぐ席を立って店を出るようなことはしないが、しばらくじっと目を閉じて椅子《いす》の背にもたれている。

「どうしたの」

と学友が訊《き》く。

「疲れたの、目が。しばらくこのままにしといて」

そうしていると、猥雑《わいざつ》なレコードのサンバの、あやしげな叫喚《きょうかん》のリフレインが、急に澄み切った声になって、「純潔！　無垢《むく》！　おお、おお、無垢！」と叫んでいるようにきこえてきた。すると忽《たちま》ち、暁子の閉ざされた目のなかに、小さな暗い喫茶店は相貌《そうぼう》を変え、小さな冷え冷えとした聖所のようになり、そこは暁の冷気に充ち、壁という壁は暁の薄明を湛《たた》え、人々は白い光る裾長《すそなが》の服を着て敬虔《けいけん》に坐《すわ》っていた。『ここは金星の喫茶店にちがいない』と暁子は思った。やがて紛れもない金星産のコーヒーが運ばれてくるだろう。

……思い出せば限りがない。

この晩春の東方最大離角のころ、宵《よい》の明星だった金星を、ラッシュ・アワーの西武電車の窓から、野の果てに認めたことがある。男たちのむさくるしい体臭に押しつぶされ、吐く息のなまなましさに顔をそむけ、鞄《かばん》を提げた手を動かすこともならず、身を斜めに、足は電車の動揺につれてよろめきながら、人間どもの頑固《がんこ》な鈍感な無礼な肉のひしめきに身を砕かれるように感じていたとき、暁子の白い澄んだ顔は、汚れた肩のあいだから睡蓮《すいれん》の花のように浮んで、車窓の野のかなたに現われた金星を見つめていた。電車が揺れるとき、金星は揺れるように見え、疾走する電車を追って、星は駈けて来るようにも見えた。そしてその毀《こぼ》ちようのない純潔の輝きを、晩春の夕空に掲げつづけた。……

――小径《こみち》はやがて二筋道になる。まっすぐ行けば大杉家の角へ出る。しかしそこで兄と女は右へ曲った。暁子は振向かれたときの用心に、生垣に身を接して歩きながら、あとをつけた。買物籠の中の五合の小豆と罐詰は手に重かった。

右へゆく道は、稲荷《いなり》神社の横へ出るのである。兄は鞄をぶらぶらさせながら、何か愉《たの》しげに笑って女の頰をつつき、女がひねった体を軽くぶつけて来ると、事もなげにその胴へ腕をまわした。濃紺のトレンチ・コートの誇張した仕立が、兄の肩幅をおそろしく広く見せる。

女は小柄で、このごろはやりの男もののスウェータアの、わざと身幅の合わないのを豊かに着て、袖《そで》をたんと捲《まく》り上げて粋《いき》がっている。しかし一雄を見上げるときに覗《のぞ》かれる横顔は、子供らしく柔らかで、唇《くちびる》から顎《あご》のあたりが脆《もろ》い繊細な線を見せている。

暁子と同年か、一つ二つ年下かもしれないが、紅を塗った唇は熟した艶《つや》やかな唇で、何もしないでいてもそこらの空気にぴったり吸いついているような感じがする。そして紫いろのタイト・スカートの尻《しり》が日を浴びて、そぞろに歩く尻はその日影を、左右へなめらかに転《ころ》がしている。

二人は稲荷神社の参道の横の、杉や桜の古木がそそり立つ広庭へ出た。木々の間にベンチがあり、木々の外れにはブランコや遊動円木があって、子供たちの喚声がきこえる。焚《た》きつけの杉落葉をひろっているねんねこおんぶの母親もいる。二人はどのベンチに坐るべきか思案している様子である。結局木立の下の冷たい影を避けて、「鶏初鳴咸」と刻んだ手洗石のかたわらの日の当るベンチに腰かけた。

暁子は杉の木の間を伝わって身を隠し、目立ちやすい赤いベレエは脱いで買物籠にしまった。徐々に兄たちの背後へ近づいた。一つの杉の幹を楯《たて》にしてきいていると、二人の会話も今はつぶさにきこえた。

「あんた、学校休んで家にわからないの」

「平気さ。休講のときも、時間だけきちんと出かけるし、今日だって本当は休講なんだぜ。風邪《かぜ》がはやってるから、老いぼれ教授はみんないちころさ。それにさ、僕は家へ学校友達を連れて来たことがないんだ。みんなあれをやるから、友達がおふくろに誘導訊問《じんもん》なんかされちゃって、ばれないでいいこともばれるようになるんだ」

「あたまね」

と娘は愉しそうに相槌《あいづち》を打った。この相槌が一雄のあまり鋭くない横顔を、ひどく喜ばせていることが背後からもわかった。

「一《かず》ちゃんって知能犯みたいなところがあって、油断も隙《すき》もありゃしない」

「それほどでもないさ」と明らかに満足の窺《うかが》われる声で一雄は言った。「しかし東京で遊ぶのもいいけど、こうしてお互いの家の近くをぶらぶらしてるのもスリルがあっていいな」

「スリルなんていかさないな。私、安定した厚い大きな座蒲団《ざぶとん》みたいな幸福が好き。ほら、お坊さんが坐るような、きんきらきんの大きな厚いやつ」

「巧《うま》いことを言うよ。でも、僕は、君みたいな小さなふくふくした座蒲団のほうが好きだな」

「まあ最低ね」

きいている暁子は怒りにかられた。しかし飛び出そうとしたはずみに、二人が接吻《せっぷん》をはじめたので気勢を殺《そ》がれた。兄の接吻の姿などははじめて見る。押された唇が歪《ゆが》んで、世にも愚かな顔になった。

暁子は固く目を閉じた。闇《やみ》のなかに幾百の金星がはじけて散った。彼女は買物籠の中に手を深くさし入れて、ベンチへ近づいた。女は接吻に我を忘れ、目を閉じた顔は仰向き加減になっていた。その顔へ、手いっぱいにつかんだ小豆をぶちまけたのである。

女は悲鳴をあげて飛び上り、よろめきながら二三歩逃げてから振向いた。暁子は微笑していた。急に女は泣きじゃくり、

「ひどい人！　やっぱり女がいたのね」

と繰り返し叫んだ。

「ちがうったら。妹だよ」

「もう知らない！」

女は背を向けて、四歩五歩ゆるやかに歩み、それから怖《おそ》ろしい勢いで、さっき来た小径の奥へ駈《か》け去った。

一雄は意外に平静であった。ベンチに腰かけたまま、小豆の粒をつまんでこう言った。

「何だ小豆か」――それから睫《まつげ》の長い、半ば眠たげな目をあげて、「どうしてこんなことをしたのだい、暁子」

暁子はそれには答えずに、大廻りをしてベンチの前に廻って、兄の傍《かたわ》らに静かに腰を下ろすと、買物籠から赤いベレエを出して、きっちりと耳の上まで冠《かぶ》った。

「どうしてだい、暁子」

「私が知らなかったと思ってるの。お兄様が何人も女の子たちをだましているのを。でも現場を見たのははじめてだわ」

「それでかっとしたのか」

「ううん、……でも地球人の女なんかと……」

兄は黙った。風がほのかに立って、蝕《むしば》まれた桜の落葉を兄妹の膝《ひざ》に散らした。これは云《い》うに云われない甘美な瞬間であった。

「そんなら僕の気持も話そう」と一雄はあたりを軽く窺ってから喋《しゃべ》りだした。「とにかく僕は女たちに自分の秘密を打明けたことは一度もない。君は秘密の洩《も》れるのを怖れているんだろうが、親爺《おやじ》も言ってるように、僕が宇宙人だと気附かれることは百害あって一利ないんだ。いつも忘れてはならないことは、地球の平和を護《まも》るという僕たちの使命は、宇宙的使命であって、地球からの頼まれ仕事ではないということだ。僕たちは地球に対して何の義務も負わず、何の最終的責任も負っていない。人間どもとはちがって、僕たちは、地上の人間や事物に対して絶対に無答責なんだよ。もちろん人間を殺すことなんか、何ら僕たちの倫理には牴触《ていしょく》しないのだが、そうすれば地球人の法律制度との間にごたごたを起すから、慎しんでいるだけなんだ。親爺もそういうごたごたを避けるために、税金だってきちんと払っている。

しかし人間の女どもとなると、僕はどうしたって手を出さないわけには行かない。僕の目には、彼女たちはすべて異国的に、ものめずらしく、風情《ふぜい》ありげに、それからいかにも原始的でぴちぴちして見えるんだから。角度の問題もあるんだな。人間の男どもは下のほうから女を見るのが好きなんだけれど、僕たち天界の人間はどうしても上から覗《のぞ》く傾きがある。そうすると大抵、あの白いふっくらした胸のなだらかな谷間がいやでも目に映る。

本当のところ、こんな誘惑はそれほどシリヤスなものではないんだ。僕は自分が責任を負わないでもいいことを心得ているし、その心得ていることを女たちに隠し了《おお》せる自信もある。そしてたとい女が妊娠したって……」

「え、妊娠した女がいるの？」

と暁子は悲痛な叫びをあげた。

「安心しな。『たとい』と言ったじゃないか」

「『たとい』でも怖ろしいことだわ。宇宙人と地球人の混血児が生れる。その子が生涯にどんな苦悩を負うか、お兄様は考えてみたことがあって？　それは怖ろしい禍《わざわ》いだわ。その子は地上の責任を負い地上の法律に縛られながら、心の中には父親の宇宙的自由の名残《なごり》が羽搏《はばた》いていて、自分には何事も許されている、自分は地上の善悪の彼《ひ》岸《がん》にいると感じるでしょう。ああ、そんな子供はどんなに怖ろしい受難と苦悩の生涯を送ることになるでしょう」

「取越苦労だよ」とのどかに兄はつづけた。「たとい妊娠したって、その後の苦労は地球人の母親が、何とか地球的な母性愛で片附けるだろう。依然として僕には、これっぽっちも責任がないんだ。……そして母子ともどもあんまり苦しむようだったら、巧くこっそりと、母子とも殺してやればそれでいいんだ。僕のために、僕のおかげで、苦しむなどということの、完全な無益を知らせてやるためにさ」

「それはその通りだけれど」と暁子は意外に素直な同感の意を表した。「私の気持を言えば、お兄様には同郷の星のすばらしい恋人がどこかにいる筈《はず》だと思うの。こんな地上の俗悪な動物的な恋とはちがって、お兄様の心の中には、天界の清浄で高い恋愛の記憶が残っている筈だし、もしそれが残っていなければ、地球人の悪い毒物のような影響に、お兄様が染《そま》ってしまったとしか考えられない。それが悲しくて、さっきもあんな、思い切ったことをしたんだわ。今夜のお汁粉が少くなっちゃった。でもそれはお兄様のせいよ」

　こうして議論は一段落ついたように思われたので、一雄はほっとして、今度は悪戯《いたずら》らしい目を美しい妹に注《そそ》いだ。

「おい、白状しろよ。君は僕まで君の流儀に引きずり込もうとするつもりなんだろう。金星人って独善的なんだな」

「それ何のこと」

「知ってるよ。金沢に住んでる金星人の男と手紙のやりとりをしているんじゃないか。それが『天界の清浄で高い恋愛』という奴《やつ》なのかい」

　暁子はこれをきくと真赧《まっか》になった。しかし生真面目《きまじめ》な暁子は、冗談を返す余裕も失《な》くし、真情をからかわれ辱《はずか》しめられた思いに逆上して、怒りをこめた目で兄を見返した。その澄明《ちょうめい》な目は凄《すご》いほど青み、一旦《たん》燃え立った頰からは血の気が引いて、暁子の整った顔立ちには、この明るい午前の光りの下で、急に星を鏤《ちりば》めた夜空の冷たさが刻まれた。

　一雄は妹の本当に怒ったときの顔を知っていたので、言葉の過ぎたことを悔んだが間に合わなかった。暁子は美しい唇の端に、あらわな侮蔑《ぶべつ》をのぞかせてこう言った。

「何よ。偉そうに言ってるけれど、お兄様は実は真赤な贋物《にせもの》かもしれないんだわ」

「何を言うんだ」

妹の言葉の裏を察して、一雄も急に怒りに駆られた。これは一度も口に出して言われたことのない疑惑だったが、遠慮のない兄妹喧嘩《きょうだいげんか》のはてに、相手の一等痛いところを狙《ねら》おうと妹が身構えたからは、兄も同じ手に出るほかはなかった。

「真赤な贋物だって言ってるのよ。お兄様はただの地球人かもしれないんだわ。水星人だなんて言ってるけど、女のお尻ばっかり追っかけまわしてる水星人なんて、きいたこともないわ。お兄様がそもそも円盤を見たなんていうの嘘《うそ》なんでしょう。お父様やお母様が見たもんで、自分も見たような顔をして、あわてて便乗したんでしょう。つまりバスに乗り遅れまいとしたんだわ」

「僕はちゃんと見たんだ。君こそ怪しいもんだ」

「私はこの目でちゃんと見たのよ。第一最後まで疑って笑っていたのは私じゃないの。その私にさえ、八幡様《はちまんさま》の森で現われたから、信じるようになったんじゃないの」

「じゃ、証人がいるのか」

「証人はいないけど」と暁子は言い淀《よど》んだ。「そちらはどうなの？」

「そりゃあ証人はいないが、見たことは確かだ。第一、君のその窮屈な宇宙人気取は怪しいよ。本当の宇宙人ならもっと自然な筈だ」

「地球人の腐ったようなことを言わないで。その言い方からして、地球人の厭味《いやみ》がぷんぷんしてるわ」

「君は本当に僕のことを疑ってるのか」

「疑ってるわ」

とものの勢いで暁子は言い切ったが、そう言い切ったときに何ともいえない悲しみが来て、暁子の目には涙が点じられた。

目を落とす。乾いた地面の亀裂《きれつ》が足もとに見える。手洗石の四角い影がその先に落ちている。その石にも水は湛《たた》えられていず、ちぢれた落葉に埋まっている。石の肌に子供たちの赤いクレヨンの跡が、血管のようについている。ちゃんとした絵を描こうとしたのではなくて、行きずりにクレヨンを引いて歩いたらしいその跡が、不吉な陰惨な紋様をなしている。遠くの遊動円木の立てる軋《きし》りが、杉の木の間を伝わって、病人の歯ぎしりのようにきこえる。

兄妹は沈黙に落ち込みながら、不快な無秩序な世界をちらと垣間《かいま》見た。それはたしかに父の重一郎がしばしば見て悩まされたのと同じ世界で、事物は意味を失って乱雑に投げ散らされ、諧和《かいわ》も統一も欠けている世界だった。

「疑ってるわ」

と暁子が叫んだ瞬間に、それまで兄妹の住んでいた美しい結晶体のような世界が崩壊して、ぞっとするような形の別な世界が地中からもち上げた背中が見えたのである。蒼黒《あおぐろ》い斑点《はんてん》のある不気味な背中が！

兄妹は夜まで口をきかなかった。食事のときには仕方なしに口をきいた。母の心づくしの食後の汁粉は空疎《くうそ》な味がしたけれど、少しずつ心の融《と》けていた兄妹は美味《おい》しく食べた。夜、兄の部屋を暁子が訪ねた。瓦斯《ガス》ストーヴの匂《にお》いがこもっているので、一雄は窓をあけ放ち、空気の入れ換えをしているところだった。

南にむかった窓は壮麗な星空を展《ひら》いていた。オリオンはまだ見えず、蠍座《さそりざ》は既に西に沈み、射手《いて》座もその跡を追おうとしていた。これに隣る山羊《やぎ》座は頭と尾だけをあらわし、中央には水甕《みずがめ》座が、三等星アルファーの美童の頭と、左に四個の四等星で水甕の形を描いていた。その口から星々の水は南へ滴《したた》り落ち、魚座は滴りを受けてこれを飲んでいた。

この星空を黙って見ているうちに、兄妹の心は全く医《い》やされた。星の秩序がかれらの信頼を回復させ、もう詫《わ》び言や弁解は要らなくなった。

「私たちはあの空から来たのに間違いないわ。でもその思い出がときどき薄れて……」

「そうだよ。だからその思い出を昔の濃度に戻すために、ときどきこうやって星空を眺める必要があるんだ」

と兄は重々しく言って、嚏《くさめ》をした。

＊＊＊

久々に高等学校の同窓会があるので、重一郎は丸善へ円盤関係の洋書をたのみに行きがてら、日本橋ちかくの小料理屋の二階でひらかれるその席へ出る気になった。

飯能《はんのう》駅で下車する派手な身なりの若いハイカーたちと入れちがいに、重一郎は改札口をとおって電車を待った。飯能市は奥武蔵《おくむさし》自然公園の玄関口に当っていて、四季を通じてハイカーの絶え間がなく、「自然の神秘」に対するかれらの安っぽい見解は、その虹《にじ》いろのマフラーにも、半長靴にも、大げさな防水つき腕時計にもよくあらわれていた。池袋までの一時間の車中、重一郎の心は、世界に蔓延《まんえん》する狂気と戦うためにはどうすればよいかという考えに占められた。

――丸善のかえりに、前のデパートで、妻からたのまれた小さな買物をして時間をつぶすうちに、この地上の物産の豊かさに目を奪われ、つい閉店時刻まで店内をぶらついた。くさぐさの商品は何と蠱惑《こわく》的だったことだろう。乾葡萄《ほしぶどう》のまばゆい金いろの箱や、ふくよかなスウェータアや、花もようの縫取のあるパンティーや、停車場もトンネルも鉄橋も完備した汽車のおもちゃや、美しいおむつカバーは、たえず人々の心を生活の魅惑へと引き戻す力において、人類文明の傑作だった。それらのめいめいが自分の用途をよく弁《わきま》え、その目的を少しもはみ出すことなく、混乱した半ば狂気のお客たちの心に、生活のこまごまとした効用を丁寧に教えていた。箒《ほうき》は箒の形をし、靴は靴の形をして、それぞれの分を守り、人間をしっかり人間の生活に縛りつけておくための巨大な縄の一環をなしていた。

『ここにいれば安全だ。ここにいさえすれば』と重一郎は考えた。『人間の狂気は、しばらくの間でも医やされる。デパートはそのための病院のようなものだ』

彼は地球人の病的傾向をよく承知していた。民衆というものは、どこの国でも、まことに健全で、適度に新しがりで適度に古めかしく、吝嗇《けち》で情《じょう》に脆《もろ》く、危険や激情を警戒し、しんそこ生ぬるい空気が好きで、……しかもこれらの特質をのこらず保ちながら、そのまま狂気に陥るのだった。

――重一郎が小料理屋の二階へ上って行ったとき、すでに大半集まっていた客は、久しく会わない同級の友を賑《にぎ》やかに迎えた。

彼の存在は一つの神秘であった。誰も戦後の彼の生活について知っている者はなかった。誰かが彼の名を言い出して、ためしに飯能の旧住所へ案内を出してみたところ、意外な出席の返事を受けとったのである。そこで重一郎が姿をあらわすまで、集まった人たちは、何かと臆測《おくそく》を逞《たくま》しゅうしていた。

高等学校のころ、重一郎ははなはだ生彩のない学生で、したがって彼に関する級友たちの記憶は模糊《もこ》としていた。文芸部に属してよくわからない変な詩を書き、美術部に属してやさしい温和な風景画を描き、音楽会へは欠かさずに行った。そのころ、昭和三年の三・一五事件以後、マルクス主義文学運動が大同団結して、学校にもその影響を受ける者が少からずあったが、飯能の富裕な材木商の息子は、あらゆる風をよけて目をあげずに歩くという様子をしていた。

弊衣破帽がきらいで、比較的身ぎれいにしていたことが、いくらか目に立つ特色と云《い》えば云えたであろう。外界に対する関心を頑《かたく》なに拒否して、センチメンタルな友情には薄笑いで報い、冬の暖かい日には、校庭のアカシヤの大樹の下の日だまりに、群から離れて、黒いマントの背を丸めてうずくまっていた。だから「冬蠅《ふゆばえ》」という渾名《あだな》があった。しかし彼には、苦悩や憂鬱《ゆううつ》の証跡は少しもなかった。友だちにノオトを借りるときには、他人行儀におずおずと頼み、友だちに金を借りられると、相手の顔を見ずにいそいで渡した。そして重一郎にはロマンスというものがまるきりなかった。

こんなわけで重一郎は、集まった級友たちの心に何の強い印象も残さず、却《かえ》って誰の心にも、そこだけは記憶の手が巧《うま》く届かない小さな空白みたいなものを残していた。記念写真の中の一人の顔だけが、制帽の下に目鼻のない顔を浮べているようだった。そしてそういう記憶のいらいらした努力の底には、他の誰彼のように若さのなまぐさい自己嫌悪《けんお》の種子《たね》となるようなものを何一つとどめない、彼のみごとな青春の空白感への、嫉《ねた》みに近いものがひそんでいた。

「影の薄い奴だったがな。細く長く生きていたわけだな。『憎まれてながらふる人、冬の蠅』の反対か」

俳句の素養のある、東西電機の総務部長の里見が、其角《きかく》の句を引いてそう言った。

「いや。それもわからんよ。大人《おとな》しい男が案外家の中じゃ暴君で、細君や子供の鼻つまみになってることもあるから」

と大日本人絹の取締役の前田が言った。

「そりゃあ君のことじゃないのか」

とがみがみ屋の弁護士の榊《さかき》がからかった。

とこうするうちに、重一郎が唐紙《からかみ》をひらいてあらわれた。むかしは一度も人気者でありえなかった男が、喚声《かんせい》を以《もっ》て賑やかに迎えられる羽目になった。

「やっぱり白髪か。残念だな。俺は禿《はげ》のほうへ賭《か》けておったのに」

と見事な丸禿の、銀座に名だたる呉服屋の主人の大津が言った。

重一郎はあいていた上座へ招ぜられ、含羞《がんしゅう》をおもてにあらわして、ホームスパンのズボンの膝《ひざ》を折った。一同の目が、女のように、彼の身なりの良し悪《あ》しまでも評定して、集まった。こういう身なりなら、金を借りられる心配はなさそうだった。多分こんな二十数年ぶりの出席は、息子の就職を控えて、顔つなぎのためでもあろう、と皆の目が判断した。その程度のことなら、誰も安心してよかったのである。

これで一応顔が揃《そろ》ったので、幹事が挨拶《あいさつ》をして、それから一人一人の自己紹介の段取になった。

「私は只今《ただいま》大蔵省の政務次官をしておりますが」と玉川が立上って言った。「来年度の減税につきましては、ひたすら皆様の御期待に沿うように、本省の内部に喰い込んで、粉骨砕身いたしておりますから、どうか御安心下さい」

「だまされんぞ！　こら」

「ええ、家庭は、二男三女、いずれも親爺《おやじ》ゆずりのビリケン息子ビリケン娘で、私の胤《たね》であることにまちがいはございません」

そうだ。玉川はビリケンだった。人々はその顔をいろいろと修正してみて、禿げ上った額にふさふさと黒い髪を施し、目の下のたるみを除き、頬をすべらかに、唇を引き締めて、親しみのある若々しい笑顔をその中から掘り起した。六月のアカシヤの梢《こずえ》をわたる風や、三寮の万年床の匂いまでもそれに添えて。……すると老いが若さの戯画であるのか、若さそのものが戯画であったのか、もう茫漠《ぼうばく》として、誰にも見分けがつかなくなった。

やがて重一郎の番になった。彼は立上り、沈痛に口をひらいた。

「御見忘れであろうと存じますが、大杉重一郎でございます。無職。一男一女。家内も達者でおります。他に何も申しあげることもございませんので、簡単ながらこれだけで……」

いつも凡庸に見せることを忘れない筈《はず》の彼にしては、こういう挨拶は、却って的《まと》を外れたようであった。人々は笑いもならず、しんとして、拍手をすることも忘れてしまった。

自己紹介は次々とつづき、日本の各界のもっとも働きざかりの人たちの、めいめいの事務机の大きさが、目の前にひしめき合うように思われた。酒がはじまり、いちいち演説並の大声で交《か》わされる会話がひろがった。

「俺んところはこの夏は例のトロピカル・シャツで儲《もう》けたよ。糸ヘンもアイディアと技術革新次第で捨てたものでもなくなるという好例だね」

「永井事件の弁護はまあ金にならん仕事だがね。事実審理で手こずっているうちに、こっちが有利になるさ」

「うちの株を買いたまえ。夏の扇風機は五十五万台売れたが、今はもう電気ストーヴがどんどん動いてるよ。暖冬異変なんてこの冬にはありえないよ」

「今のままじゃ池田さんも危ないねえ。しかしまあ経済政策の失敗で倒れた内閣はないんだから……」

「君、糖尿病はあの方がだめになるというが、例外もあるんだね」

「あんたの会社の肝臓保護剤は愛用してるんだが、店の者に嚥《の》ませてやりたいから、卸値《おろしね》で分けてくれないかね」

「電話がつかない？　なぜ僕のところへ来ない。明日つけてあげるよ、明日」

「俳句というものは、一口に花鳥諷詠《ふうえい》というが……」

「不況？　結構じゃないか。日本経済の健康法だよ。西式の健康法と同じでね、熱い湯に入って、又、冷たいシャワーを浴び、又、熱い湯に入って、そのあとで冷たいシャワーを浴びる。これが、あんた、日本経済の心臓を強化するんだ」

「柳橋のたい子も、三年前の御目見得のころは……」

こんな会話の只中《ただなか》で、重一郎は孤立していた。しかし人々のわめき立てる声は自然に耳に入り、近くにいる玉川政務次官の甲高《かんだか》い声音《こわね》から、彼をとりまく数人のしている噂話《うわさばなし》が、わけて粒立ち纏《まと》まって耳に響いた。この人たちは、閣僚には入っていないが首相の椅子《いす》を狙《ねら》っている高名な政治家の噂をしていた。

「黒木さんはあれで人情家の一面があるからな。僕の女房の通夜《つや》のときに、忙しい中を駈《か》けつけて、焼香しながら泣いているんだよ。あれだけの自然な涙は……」

といかにも黒木との友達附合を誇るように、一人が言った。

「いや、あれは怪物的名優ですよ。清廉《せいれん》潔白で青年層を惹《ひ》きつけ、事実保守党であれだけ身辺のきれいな人もめずらしい。それでいて、清廉潔白でありさえすれば、節操なんぞどうでもいいというところがある。それも一つの行き方だし、浅薄な人気の源もそこなんだがね」

黒木は重一郎よりも二つ三つ若く、青年層の人気は首相をも凌《しの》ぐかと見え、かたがた青年のための私塾をひらいて、「新教育」に力を注いでいた。これは「日教組の毒《どく》牙《が》」から、日本の未来の若者たちを護《まも》るための大事業で、彼自身が今は亡《な》い古い保守政治家の、死後も忠実な子分であった。

彼は痩《や》せて鋭利な風貌《ふうぼう》をし、運動で鍛えた青年の軀《からだ》をしていた。華麗な演説の才能をもち、彼がテレヴィジョンに出ると、その烈《はげ》しい眼差《まなざし》と弁舌に、女たちは酔ったようになるという噂がある。

「そんなに困ったんなら、何故《なぜ》僕のところへ来ない。電話の絶対数はそりゃ不足だよ。しかし他ならぬ野津君のオフィスなら……」

重一郎は次第に狂おしい気持になり、ここへ来たことを後悔した。『何故私はここへ来る気になったのか。もしか使命が無意識の裡《うち》に私を推して、ここに集まった俗界の有力者たちの目をひらかせてやるという仕事を与えたのではないか。そうでなければ、これほどにも世界の統一と諧和《かいわ》から離れた場所に、私がわが身を置く気になった筈がない』

彼はふと、さっきまでいたデパートでの、あの美しい商品の堆積《たいせき》と秩序とを思いうかべた。考えてみれば、あれはみんな、こういう連中の生産にかかるものだった！

重一郎は一瞬のうちに、この人たちが、着ているものはみな吹き飛ばされ、赤裸で地に伏して、呻《うめ》き苦しんでいる姿を思い描いた。体の皮膚は半ば剝《は》がれ、かきむしる髪はその手に残り、目は焼けただれ、立上る力も失《な》くして、折り重なってときどき頭をもたげては、ききとれぬほどの声で助けを呼んでいた。かれらの冷房装置や電話機は、ねじ曲ってそこらに四散していた。又、崩れた壁にしみ込んでしまった肉体から、赤いネクタイだけが融《と》け込まずに、舌のように垂れてひらめいていた。鳥の群のように、焼けのこった沢山の書類が空いちめんに飛んでいた。……

重一郎は抑《おさ》えがたい衝動にかられて立上った。

「皆さん」と薄い胸から、篠竹《しのだけ》をつきだしたような声で叫んだ。「皆さん。どうか聴いて下さい」

一同はびっくりして鳴りをしずめ、やや蒼《あお》ざめた重一郎の面長な眼鏡の顔と、高い肉の薄い鼻を見戍《みまも》った。

「皆さん。われわれの世界は今や危機に臨んでいます。明日にも世界の破滅が来るかもしれません。もはや電話機を融通したり、卸値で薬を買ったり、次の内閣の心配をしたり、電気ストーヴを俳句の季題にしたり、……そんなことをやっている段階ではありません。われわれが手を握り、一致協力して、人類の愚昧《ぐまい》を戒《いまし》め、思想に目隠しされている人間の目からは思想を取り除き、宗教に盲《めし》いている人間の目からは宗教を拭《ぬぐ》い去り、人々の目を澄みやかにして、人間を本来のあるべき姿に戻さなくてはなりません。そうしなくては大へんなことになります。今地上に永遠の平和を確立しなければ、人類の前には大きな暗い墓穴が口をあけているだけです。今すぐ日常の雑務を忘れて、私と一緒に、地球を救済する大使命のために、第一歩を踏み出して下さい」

この演説のはじめの部分は冗談と受けとられて、大方の好評を博したようであった。しかし演説が進むにつれて私語が高くなり、或《あ》る者は不快そうに顔を背《そむ》け、或る者は体をつつき合って笑いをこらえた。そのうちに中年の男たちの濁った力強い笑い声は次第にひろがって、笑いは小料理屋の襖《ふすま》をゆるがすばかりになった。ついに幹事が重一郎の腕をとらえに来た。

重一郎は澄んだ眼差で、幹事の手を払いのけてこう言った。

「私は狂人じゃありませんよ」

この低い一言は、反応を窺《うかが》って音《ね》をひそめていた一同の耳によく響き、いよいよ募る笑いのなかに、一人は青年時代の危険な演説会での警官の叱咤《しった》をまねてこう叫んだ。

「弁士中止！」

幹事は心得た穏当な人物だったので、重一郎をむりやり廊下に押し出すと、まだ笑い声のつづいている襖のかげでこう言った。

「いや、許して下さい。みんなああいう俗物なんだから、あなたの演説なんぞ聴く耳を持たないんです。私は実に感銘深く伺ったんで、こんな席でなくて、又席を改めて、ゆっくり伺いたいと思ってるんです」

「会費はいくらです」

「え？」

と幹事はおどろいて、目の下の肉のたるみが幅を増したような顔つきをした。

「いや、今日の会費ですよ。私はもう失礼します」

——重一郎は飯能駅から車に乗らずに、ゆっくりと歩いて家へかえった。星空をときどき眺めて歩を止めると、新しい勇気が湧《わ》いた。しかし時々心に蘇《よみがえ》る笑い声は、頭上の星の隙《ひま》からも響きを落して来るように思われた。重一郎は風邪《かぜ》を引いた。二三日熱があった。熱の高い夜の眠りには、夢がたびたび堰《せき》を切って、洪水《こうずい》のように溢《あふ》れ出し、彼の享《う》けた人間の肉体と感受性との、そのすべての度し難い弱さを慰めた。

第三章

十二月一日、暁子《あきこ》は特急「白鳥」が直江津《なおえつ》で進行の向きを逆に変えて、今まで山肌の黄に枯れた草や、瘦《や》せた小さい末枯《うらが》れたポプラばかりを見せていた車窓が、雲間を洩《も》れる水のような日ざしに照らし出された荒涼たる広野を展《ひろ》げるのを見た。

それは暁子のはじめての一人旅であった。父も母もこの一人旅に反対を唱え、若い娘の向うみずな振舞に呆《あき》れ、その身を気づかって引止めに躍起になった。暁子は両親のこんな人間的な配慮や危懼《きく》に業《ごう》を煮やした。母の伊余子は羅漢山頂の夜明けに、あれほどまではっきりと、

「私たちは人間じゃないんだからね。それを片時も忘れないようにしなくては」

と言ったではないか。

「だってもしその金沢の金星人だという若い人が、実は真赤な贋物《にせもの》で、あんたを騙《だま》そうとしている『人間』だとしたらどうします。あんたのような箱入り娘は一たまりもありませんよ」

「あの人が『人間』の筈《はず》はありません。ただの人間が私にこんなに感応を及ぼす筈は

ないんですもの」

「文通だけの感応がそれほど確かなの」

「少くとも会って最初に目を見ればすぐわかるわ。怪しいと思ったら、その場からすぐ引返して来ます」

暁子の旅立ちの動機には、口に出しては言われぬ父への不信がひそんでいた。十一月の間に父が得た円盤出現の予告は三度に及び、三度とも裏切られた。しかも暁子たちはその予告を麗々しく謄写版《とうしゃばん》に刷って、全国の「宇宙友朋会《ゆうほう》」の会員へ配布したのだ。

父のテレパシーによる交信は、深夜人知れず行われたが、方法のあやまりか、能力の不足か、家族たちには知る由《よし》もなかった。父ほど永いこと世界のばらばらな状況に直面せず、又それからの快癒《かいゆ》をねがったこともない暁子は、むしろ疑いようのない共感や、動かしようのない証拠が欲しくなったのである。

暁子は地球人の視覚上の共感を羨《うらや》まずにはいられなかった。たとえば卓上の一輪差《いちりんざし》の薔薇《ばら》がある。地球人の画一的な教育によって、薔薇の名と概念を一度学んだ者は、十人が十人、それが薔薇であることを疑ってみようともせず、事実、誰の目にもそれは薔薇に見えるのだ。すると薔薇という言葉による詩が成立ち、詩人がどんなに孤独を装《よそお》っても、言葉というものの共有の性質から、片隅《かたすみ》の詩もそれ相応の共感を呼ぶのである。

しかし暁子の詩は、伝えがたいものだった。家族にさえ！　これが芸術家なら、たとえばゴッホのように、自分の見た異様な太陽をそのまま一つの作品にして、人の共感を呼ぶこともできるだろう。が、暁子は断じて、故郷の金星や、その使者の乗っている円盤を、芸術なんぞにしてしまってはならないのだ。

暁子は次第に地球人向きの自分のお化粧にも厭気《いやけ》がさし、もし金星人の目に自分が美しく見えないなら、舶来《はくらい》の白粉《おしろい》や口紅《くちべに》を三面鏡の前に並べ立てることがどんな意味があるのか疑わしくなった。毎年の流行色や、スカアトの長さの推移も無意味であった。人間どもは自分を美人だと言ってくれるが、金星の審美学からは、もしかしたら稀代《きたい》の醜女《しこめ》ではないかという疑いが湧《わ》き、その反証を得るためならどんな犠牲を払ってもいいような気がした。こうして世界中の人間が美しいと言ってくれても満ち足りない暁子の贅沢《ぜいたく》な美は、同時に、みじんも媚態《びたい》を伴わない孤立した美になったのである。

金沢の金星人の竹宮という青年の手紙は、もちろんまだ顔を見たこともない暁子におもねるような手紙ではなかったが、自分は円盤の出現の予報の能力を持っており、それはかなり地域的限定をうけた予告であって、金沢に関する限り外れたことがないと揚言していた。もし暁子がその日に金沢へ来てくれれば、自分と共に円盤の来訪に接することは確実だ、とたびたび書いてよこし、次の日は十二月二日の午後三時半だと明記していた。暁子は、両親の反対を押し切って、承諾の返事を出した。これを知った兄の一雄は、何も言わずににやにやしていた。

このごろ化粧を等閑《なおざり》にしていた暁子は、旅に出るために流行の黒ビロードの服を誂《あつら》え、化粧も地球人の見地から一等美しく見えるように工夫を凝らした。『これであの人の目を試《ため》し、又、私が自分の標準をよく知るようになるでしょう。もしあの人が、金星人の見地から、そんな私を絶対に醜いと言ってくれれば、私一人ばかりか人間全体の審美眼をひっくり返すことになるのだし、又もし、あの人が美しいと言ってくれれば、人間どもの趣味もまんざらではないことがわかるんだわ』

ついぞマニキュアをしなかった暁子が、足の爪《つめ》まで桜いろに染めていた。汽車の隣席は幸いに眠そうな中年女だったが、暁子が一人で食堂へ出ると男たちの目が集まった。素人《しろうと》天文家たちの沢山のちゃちな望遠鏡で眺められている星のように。

——その日は朝から曇っていて、車窓に見る景色はしばしば雨に濡《ぬ》れた。しかし列車が日本海沿岸に近づくにつれて、雲間を洩《も》れる日ざしを見、富山湾の灰色の海面を右方に望んだとき、左方にあかあかと重い雲間に炉のように炎《も》えている西日が見られた。しかし地平はなお密雲に包まれ、山と空との境界は定かでなく、山腹の雪の白い襞《ひだ》だけが鮮明な幻覚のように浮んでいた。

暁子は読みさしの原書を膝《ひざ》の上に伏せた。そして遥《はる》かに届く西日を、双の手の爪の光沢に受けて見比べた。爪は美しく居並んでいた。人間の女の美しさに対する兄の熱烈な異国趣味が思い出された。これらのことが暁子には、矜《ほこ》りのふしぎな屈折、ほのかな快い屈辱とまざり合った感じで、何となく満更ではなかった。

午後五時の燈《ひ》ともし頃に、特急「白鳥」は金沢駅に着いた。暁子は列車番号と服装を知らせておいた。タラップを下りるか下りぬに、

「大杉さんですね」

と息を弾《はず》ませた声が耳もとに起った。暁子の乗っていた一号車が止ったホームの外れは露天になっていて、燈火《とうか》が乏しかった。

「ええ」

とホームに下り立って暁子はしずかに言った。手にしていた鞄《かばん》はすでにその男に奪われていた。

「よくいらっしゃいました。僕、竹宮です」

この日頃の金沢は異例の暖かさであったので、煖房《だんぼう》の汽車から降りても、そこで吸う生れてはじめての土地の空気は、最初の瞬間から、何ら暁子の感覚に逆らうものを含んでいなかった。

こうして遠い金星の故郷を同じくする二人の宇宙人が出会ったのである。暗いホームの片隅で人目にはありふれた密会のように見えただろうが、折しも天頂からは白鳥座やペガススの大方形が、露天のホームで今し行われる、宇宙にとってはまことに公的な出会《であい》を見下ろしていた。列車はすでに去り、ホームのざわめきも消え、賑《にぎ》やかな駅にも時たま訪れる鋭敏な静けさがあたりに在った。ために色とりどりの信号燈の捧《ささ》げ持つ夜空をわたる風音も耳にきこえ、そのひそかな風の音は、天頂のきらめく証人たちが、二人の出会を誌《しる》した神秘な証書の頁《ページ》をひるがえす音かときこえた。

二人とも相手の美しさに対する驚きから醒《さ》めるのには手間取った。暁子は竹宮が、こんなに美しい青年だと想像したことは一度もなかったし、この点は竹宮も同様だった。さりとて竹宮の若々しさには奇矯《ききよう》なところは少しもなく、ほかの人間の青年たちと比べて、外見の異常や変質は全く見られなかった。そういう金星人を美しいと暁子が思うならば、暁子の美しさもまた、金星的見地から醜悪であろう筈もなく、この発見が暁子を大そう幸福にした。

　青年は白い肌に濡れたような黒い豊かな髪を持ち、憂《うれ》いを帯びた眼差《まなざし》と、形の良い引き締った唇《くちびる》をしていた。体軀《たいく》はのびのびとして、紺のトレンチ・コートの衿元《えりもと》に洋紅のネクタイを、結び目を神経質に小さく締めていた。ただ一つ人間らしくないところと云《い》えば、その朗々としたさわやかな声の奥底に、ほんのわずか、何か錆《さ》びた金属をこすり合わせるような無機的な響きが入りまじってきこえることだけであった。

「お宿は犀《さい》川を見下ろすいいお部屋がとってあります。そこへまず御案内しましょう。家へお泊めできればよかったんですが、家族も多いし、手窄《てぜま》ですから」

「御家族って、あなたの、御自分の？」

　竹宮は質問の意を察して顔を赤らめた。

「いや、僕はもちろん独身ですが、お宅とちがって、両親や兄弟や伯父伯母がみんな人間なんですよ。それが厄介のもとなんです」

　そう言っている竹宮の目を暁子は見た。大杉一家の目はみんな澄んでいるので、澄んでいる目自体にはおどろかないが、竹宮の目の美しさは正《まさ》しくこの世のものではなかった。その黒目は夜空の結晶のようで、そこに映る地上の事物はすべて浄化されて、天上の相を宿すにちがいないと思われた。これこそ同郷人の目だと暁子は確信した。

二人の乗ったタクシーは香林坊《こうりんぼう》の雑沓《ざっとう》を避けて、長土塀《どべい》づたいに犀川へ向って南下し、やがて犀川大橋を渡って、川の南岸の名高い宿に着いた。川を見下ろす茶室風の部屋は、すでに温められて、香が焚《た》かれていた。

青年は暁子を上座に据え、畳に手をついて深いお辞儀をした。額に垂れたつややかな髪は、真新しい畳に届きそうになった。暁子は東京の青年で、今どきこういうお辞儀をする人を見たことがなかった。水星人の兄のあの行儀の悪さは何事だろう！

そこへ宿の内儀が挨拶《あいさつ》に来た。内儀は竹宮と懇意な口をきく。その二言三言の話でわかることは、内儀が竹宮と謡曲の相弟子であるらしいことである。

「お謡《うたい》をなさるの？」

と暁子はびっくりして訊《たず》ねた。

「はあ、竹宮さんはお仕舞もなさいますし、この春には宝生《ほうしょう》の舞台で、『道成寺《どうじょうじ》』のお披《ひら》キをなさったほどの腕でございますもの、私などはとてもとても」

と半ば白髪の小肥《こぶと》りの内儀が言った。

この宿での最初の夕食を、竹宮と二人で摂《と》った。女中が紅葉《もみじ》の一葉を添えた干《ひ》くちこ、青梅の紫蘇《しそ》巻《まき》、甘海老《あまえび》などの前菜の皿と、熱燗《あつかん》の地酒《じざけ》を運んで来た。暁子は目の前の近代的な顔立ちの青年の顔に、深井《ふかい》の面《おもて》、長鬘《ながかずら》を冠《かぶ》せ、赤地の唐織《からおり》の壺折《つぼおり》を着せてみようと、想像の裡《うち》で試みたが、この試みは巧《うま》く行かなかった。

女中を退《さが》らせると、竹宮は何かを話したげであったが、永いためらいがありありと見えた果てに、急に果断な微笑をうかべて語りだした。

「あなたが、僕が謡をやるときいて、面喰《めんくら》っていられるのはよくわかります。しかしこれには人に言えない大秘密があるのです。そもそも僕が、自分が金星人であることの端緒をつかんだのは、この春の『道成寺』の披キからで、その後の宇宙人とのコンタクトも、ふしぎな話ですが、みんな能面に関《かか》わりがあるのです」

この奇怪な話は暁子の好奇心を大いにそそり立て、その後の青年の礼儀正しい沈着な話しぶりが、もどかしく思われるほどであった。竹宮の話はこうである。

竹宮一家は未《いま》だに古い武家屋敷に住んでいる金沢の名家の一つで、竹宮はこの町の一般の風習に従って、いやいやながら謡曲を習わされた。

金沢藩における謡曲の民衆への滲透《しんとう》は、藩主が工人の呼吸と芸能の呼吸との霊妙な一致に注目して、御作事方《おさくじがた》に謡の稽古《けいこ》をさせたことにはじまっている。御作事方とは、城内に設けられた工人の養成所で、刀鍛冶《かたなかじ》、絵師、彫師、経師《きょうじ》、白銀《しろがね》師などの職別を持っていた。参覲交代《さんきんこうたい》の御国入りの折には、藩主は京都から一流の能役者を招き、数日にわたって興行し、町人にもお能拝見がゆるされ、時には藩主自らが能を演じた。

明治維新以後、一時この風はすたれたが、程なく復興して、各町内の許し物をうけた小さな師匠のもとには、植木屋や魚屋も謡曲の稽古に集まった。料理屋などでも仕事がすむと、番頭たちが前垂《まえだれ》をかけた姿で帳場に集まって、「さあ、羽衣《はごろも》をやろう」などと言うのである。棟上《むねあげ》式の大工も「長生殿《ちょうせいでん》」を謡い、通夜《つや》や法事の席では「弱法師《よろぼし》」が謡われる。旧幕時代からのいわゆる加賀宝生は、強吟《つよぎん》が多く豪壮な謡い口であったが、二十年ほど前から東京風の謡に蝕《むしば》まれるようになった。

竹宮は習俗や旧慣にしゃにむに反抗する型の青年ではなかった。少年時代から美の静かな性質に深く傾倒したが、その美が自分を救いもせず変えもせぬことには、一向失望を感じなかった。他の少年たちとはちがって、決して自分を救済してくれたりする懼《おそ》れのないものに傾倒したのである。

彼は孤独を好み、散歩をし、北国の海の色を愛し、この北の古い町に埋もれた人間として果てるだろうと予感した。世界に少しも知られずに、埃《ほこり》だらけの美の中に埋没してしまうこと、それは彼の若さの慰めとなる考えだった。

北の国の空気の澄明《ちょうめい》、この陶器で名高い町の白い陶《すえ》のようなひえびえとした清潔な頽廃《たいはい》、釉《うわぐすり》をかけた屋《や》根瓦《ねがわら》のおだやかな反映、すべてが古い城下町の、それ自体が時間の水底《みなそこ》に沈澱《ちんでん》したような姿にふさわしかった。彼はどうしても人間に接触することができなかった。人間は遠いさわがしい存在だった。やがて彼の内部には孤独の安楽な核が作られ、死の観念はますます豪奢《ごうしゃ》になり、金泥や朱の高肉《たかにく》の九谷焼《くたにやき》の茶碗《ちゃわん》のような、堆積《たいせき》した美の澱《おり》に似たものになった。金泥のけばけばしさ、死、美しい孤独の青春、彼は自分の孤独が美しく見えることをよく承知していた！　そして近寄って来る女たちをみな遠ざけた。

青年たちの熱情や、北方の人間のしつこい「進歩的」思想や、そういうものは猥雑《わいざつ》でしかなかった。彼が興味を寄せるのは、個人的醇化《じゅんか》、例外的な夢、反時代的な確証に尽きていた。彼があるべきだと考えるものは、決してこの世に存在しない。しかし何かが存在しないなら、それが存在すべきだった。これは美の倫理でもあり、芸術の倫理でもある筈《はず》だったが、彼が芸術家でなかったら、どうすればよいのか？　すでに存在しているものに存在への夢を寄せ、それらを二重の存在に変えてしまい、すべてを二重に透視すればよいのだ。

子供のころいやいやながらはじめた謡曲の冷たい豪奢な章句に、彼は北の国の人間らしい愛着を寄せるようになった。その装飾過剰の綴織《つづれおり》の文体は、北国では、暗い冬の室内との対照において、華やかすぎる九谷焼や高蒔絵《たかまきえ》と同様に、暗い鬱屈《うっくつ》した感受性との平衡を保つものになるのだ。

金沢はまた星の町であった。四季を通じて空気は澄明で、ネオンに毒された香林坊の一角をのぞけば、町のどの軒先にも星はやさしい点滴のように光っていた。しかし竹宮が幼時から殊《こと》に星や天文学に親しんだというのではない。学校へ星座早見表を持って来て、自慢げに説明している友達もいたけれど、彼は特にそういう級友の影響を受けたというのではない。が、あとから考えると、星に対する彼の関心は、おそらく意識の遡《さかのぼ》ることもできない古くから、丁度萍《うきくさ》に埋められた池の底深く沈んでいる星の投影のように、彼の裡《うち》に眠っていたのにちがいない。そしてこの春の「道成寺」の披《ひら》キに当って、はじめて星が彼の心に彼の目に顕現したのである。

あれは四月の、北陸の春のさかりであった。花も梅も一時に咲き、あやめ、躑躅《つつじ》、桃、杏《あんず》も一せいに咲き乱れ、古い武家屋敷の兎《うさぎ》を描いたおもしろい棟端瓦や、麻の葉模様の瓦も陽光にかがやいていた。

彼はひえびえとした鏡の間で衣裳《いしょう》をつけ、出を待った。その心の清浄な緊張にあふれていたこと！　おそらく竹宮は、自分の存在に没入しようとする幸福な瞬間におり、音楽的な陶酔が錦《にしき》の揚幕のかなたから、はや漣《さざなみ》のようにひたひたと寄せて来て、彼を包もうとし、彼をあんなにも永く浮動させていた存在の二重性から引き離して、自然との合一へ促そうとするのを感じていた。

彼自身が今や人々の夢に成り変ろうとしているのだから、彼の澄明な心はもう何物にも夢を寄せる必要がなかった。木彫の足のような純白の足袋《たび》の爪先《つまさき》が、磨《みを》き立てた橋ガカリへ滑《すべ》り出た。

…………。

「あら嬉《うれ》しや、涯分《がいぶん》舞を舞ひ候《さうら》ふべし」という詞《ことば》のあとで、シテは一旦《たん》後見座にくつろいで、物着《ものぎ》をする。すなわち、前折烏帽子《えぼし》を被《かぶ》るのである。それから橋ガカリ一の松に立つところで、「嬉しやさらば舞はんとて」の乱拍子《らんびようし》の件《くだ》りに入る。

小鼓《こつづみ》の一調《ひとしらべ》の、深淵《しんえん》の吐息のような掛声がかかる。竹宮は右足の親指を立て、やがてこれを浮かし、扇は横に構えて、ものの二十分の余もかかる難かしい乱拍子をはじめた。能舞台の空間には、大きな紫緞《どんす》子の鐘が重たい苦悩のように静まっている。

ふたたび小鼓の、烈《はげ》しい、曠野《こうや》を吹きまくる風に似た掛声がかかる。竹宮の深井《ふかい》の面《おもて》の小さい目の穴。そこからのぞかれる不確定な外界。その外界は彼にとってほとんど意味を失っていた。中世の延年の乱拍子の面影をとどめたこの乱拍子は、小鼓の手に合せて足を動かす気合の一致に、すべてがかかっている。演者は呼吸を調《ととの》えながら、たえず間《ま》を測っている。……

面《おもて》の古い裏側の木肌は彼の汗ばんだ頬骨にさわり、息は面のうちらに籠《こも》って、彼の心持に苦患《くげん》の酩酊《めいてい》をもたらした。目は場内のあいまいな光りに射られているのに、彼は面の内側に、深い広大な闇《やみ》を感じた。小鼓の木枯《こがらし》のような掛声はこの闇のかなたこなたを吹きまくっているのにちがいない。

面の裏側と彼自身の顔との間におけるこのような闇が識《し》られると、彼にはふしぎな体験が起った。つまり彼自身には見えぬ美しい深井の面の表側こそ彼の顔であり、その内側に広大な闇を隔てている彼自身の本来の顔は、顔であることを失って、彼の無意識の「存在」の形になり、まだ知らなかった深い記憶の奥底から、それがこの闇の広野《ひろの》に直面しているのだと感じたのである。

音楽に充満した彼の肉体。彼の足を縛《いまし》めている清浄な足袋。たえず体の平衡を保とうとする努力から生れる心の澄み切った空虚。彼は正《まさ》しく美の中にいたのだが、突然、能面の小さな目の穴からのぞかれる世界は変貌《へんぼう》した。

宙にゆらめく紫緞子の鐘や、舞台と客席にみなぎる不確定な光りは消え去った。そのとき能面の目の穴から、彼は別の世界をのぞいたのだ。面の裏側の広大な闇の曠野を、彼はするどい颱風《はやて》の音をききながら、徐《しず》かに、一歩一歩を踏みしめながら歩いて行ったのだと思われる。ずいぶん遠く、足は疲れていた。しかし彼の存在の核は、闇のむこう側に、ひときわ親しい、存在の故郷のようなものを予見していた。彼は歩いた。空気に罅《ひび》を入れるような怖《おそ》ろしい音楽が鳴っていた。そして時たま笛の鳴る声。魂《たましい》に火熨斗《ひのし》をかけるようなあの笛の声。……彼は歩いた。能面の目の穴は近づくにつれて次第に大きくなった。そこから洩《も》れてくる光りは手前の闇を犯した。

どこで竹宮が星を予感していたかというと、この笛の音《ね》をきいた時からだったと思われる。細い笛の音は、宇宙の闇を伝わってくる一条の星の光りのようで、しかも竹宮には、その音がときどきかすれるさまが、星のあきらかな光りが曙《あけぼの》の光りに薄れるように聴きなされた。それならその笛の音は、暁《あけ》の明星の光りにちがいない。

彼は少しずつ、彼の紛《まご》う方ない故郷の眺めに近づいていた。ついにそこに到達した。能面の目からのぞかれた世界は、燦然《さんぜん》としていた。そこは金星の世界だったのである。

「どうだったの？　金星の世界はどんなでした？」

と暁子は息せき切ってたずねた。

「何とも言いようがありません」と竹宮は、目もとに悩ましい思いを漂わせて言った。「実にすばらしいところです。言葉ではとてもあらわすことができません。何と言うか……、美の極致というのはああいうのでしょう」

「でも、どんなだったの？　あなたの見たとおりを言って頂戴《ちょうだい》」

「御存知のとおりですよ、大杉さん、あなたも金星人の一人なら」

と竹宮は厳《おごそ》かな口調で言って黙ってしまったので、暁子はそれ以上たずねるわけに行かなかった。竹宮の話はつづいた。……


――竹宮はその日から、自分が金星人であることをおぼろげに信じるようになった。まだ確信は来なかった。演能の日から一週間後、床屋へ行った彼は、たまたま新刊の娯楽雑誌をめくって「趣味の友」の通信欄をすずろに眺めていた。そのとき、

「◉に関心をお持ちの方、お便り下さい。相携えて世界平和のために尽しましょう」

という「宇宙友朋会」の通信を読んだのである。

この種の事柄について、大した知識のない竹宮であるのに、ふしぎな直感から、◉の符号が宇宙機に関《かか》わりのあることを知った。これが彼と暁子との永い文通の端緒になった。彼女自身金星人であることをつゆ疑わない暁子の確信に魅せられて、彼はおずおずと自分もまた金星人であることを打明けた。しかし能面の体験については、その後も数々のふしぎがあったが、手紙では理解されにくいことを懼れて伏せておいた。

次第に彼は、家蔵の深井の面を顔にあてるごとに、宇宙の遠い呼び声をきくようになった。

竹宮家の深井の面は、越智《えち》の作と伝えられている名作である。越智吉舟は室町初期の女面の名人で、越前《えちぜん》越智山の住僧であったのでこの名がある。

彼はしばしば、一人部屋にこもって、この面を顔に被った。するとついに円盤の飛来の日時と場所を告げる声がひびいてきた。それは六月十六日の晩の八時で、内灘《うちなだ》の砂丘のあたりに、金星からの円盤が三機飛来するというのである。彼はそこへ行き、定められた時刻に、当然のように視界に映る円盤をとらえた。これが彼の円盤を見たはじめであった。

竹宮はこの秘密を家族にひたかくしにしていた。人間の理解力については、かねて軽蔑《けいべつ》的な意見を抱いていたからである。彼はこれを誰にも明かさず、月にほぼ一回、正確に予告どおりの場所と日時にあらわれる円盤を一人で迎えた。

そして十二月の明日の出現を、はじめて暁子と二人で迎えようというのである。

……竹宮の長い話はおわった。

暁子は深い吐息をついた。彼の話には、世間普通の人なら一笑に附するだろう挿話《そうわ》のなかに、暁子にだけは、疑いようのない確信と共感をもたらす力が含まれていた。彼の見た円盤こそは本物だった。『何かが存在しないなら、それが存在すべきなのだ。』彼の円盤やそれにまつわる奇蹟《きせき》のすべては、こういう美的要請によって出現したものだったのである。

さるにても竹宮の思想や体験は、父のそれとは全くかけはなれていた。竹宮のが本当の金星の思想で、父のはただ、火星の思想にすぎないのではなかろうか。火星の思想が、(ただ家族の一員だからというだけの理由で!)、金星の思想まで統制することができるものだろうか。

父はひたすら人類の平和をのぞんでいたが、竹宮にはそういう世話好きなところは少しもなかった。彼にとってはこの世界は虚妄《きよもう》であり、確実なのは円盤の存在と、金星の世界にあまねく漲《みなぎ》る輝かしい美だけであった。竹宮と暁子の異常な美しさは、金星における自然の高度の恵みを物語っており、そこでは二人の美貌も十人並みなのかもしれなかった。

——一通りの話がおわると、竹宮は礼儀正しく、暁子の旅の疲れを気づかって、宿を辞し、明朝の十時にここへ迎えに来ると告げた。暁子は竹宮がかえったあと風呂《ふろ》に入り、自分の白い美しい肉体をしみじみと眺め、金星が彼女のために選んでくれた地球のもっとも純良な材料だけで組立てられた肉体を仕合せに感じた。暁子はその晩、快い深い眠りに沈んだ。

＊＊＊

あくる朝、内灘《うちなだ》へ行くまでには十分時間があったので、竹宮が快晴の市中見物の案内をすることになった。二人は土曜の雑沓《ざっとう》のまだはじまらぬ香林坊をゆっくり歩き、電車通りから一段奥まったところにある尾山神社の有名な神門を見に行った。

二人は肩を並べて、誰の目からも恋人同士のように歩いていた。道ゆく人は二人の美しさにおどろき顔に、何度か振返った。どうして二人が恋人同士に見えていけない理由があっただろう。彼らは世に稀《まれ》な同郷人で、又それを矜《ほこ》りにしていたのだから。

暁子は昨夜から竹宮の残した清冽《せいれつ》な印象を、今朝もまた、何一つ裏切るもののないことを喜んだ。みごとな晴天で、町なかにいても澄み切った空気が肌にしみた。地球人のじめじめした官能を思わせるものは何一つなかった。晴れた冬空は、一枚の絶対の純潔の青い延べ板のようだった。

「きのうはじめてお目にかかったとき、僕はこれこそ久しく探しあぐねていた人だと思いました。金星の感応ですね」

こんな重大なことを、竹宮は世にも平易に言った。その表情には少しも乱れがなかったので、

「私もよ」

と暁子はらくらくと同意した。そう同意するとき、暁子はこんな平静な会話そのものを、美しい花環《はなわ》のように、二人して矜り高く空へ捧《ささ》げ持っているような気がした。地上の醜さに絶望していた暁子は、こんな会話に、人間どもへの蔑《さげす》みをたっぷり含ませているつもりになった。つまり彼らが不純な目的で頻繁《ひんぱん》に使う偽善的な会話を、今こそ自分たちは、天界の文法に従って使っているのだと。……使っている言葉はそっくり同じでも。……

ああ、人間どもの言葉をそっくりなぞって交す会話はすてきだった。美しい言葉はみんな嘲笑《ちようしよう》をひそめ、月並な愛の言葉自体に、しっかりと侮蔑の銀の裏打ちがついていた。竹宮がいきなり、「あなたを愛しています」と言っても、暁子はつゆ愕《おどろ》かなかっただろう。そんな表現は、天上の友愛と、地球人への手きびしい嘲笑との、二重に組み込まれたユーモラスな話術であった。

二人はこうして神社の神門のもとに達した。神門はまことに奇抜な意匠で、明治八年オランダ人ボルトマンの指導によって建てられた南蛮趣味の最後の名残《なごり》だった。三

層の巨大な門のすみずみまで、崇高なところは一つもなく、左右の一対の唐獅子《からじし》が、竜宮城を思わせるその子供っぽい建造物を護《まも》っていた。しかも煉瓦《れんが》づくりの唐門の三つの穹窿《きゆうりゆう》は、松に鶴《つる》の伝来の透彫《すかしぼり》の欄間に区切られ、支那《しな》風の意匠のいたるところに梅の紋章がちりばめられ、第三層のオランダ風の窓には緑や青や赤のギヤマンが嵌《は》め込まれていた。そのギヤマンの五彩の裡《うち》には、むかしは銅板四注造《しちゆうづくり》の高揚燈が光芒《こうぼう》を放ち、遠く日本海をゆく船路《ふなじ》の目じるしにさえなったのである。

「僕はときどき思うんだけれど」と竹宮は、茶色と白の横縞《よこじま》の柱を繊細な指先で叩《たた》きながら、「これを建てたオランダ人の目的は、きっと五彩にきらめく燈台の建立《こんりゆう》に在ったんだ。彼はきっと当時の日本人の、支那や西洋が頭の中でごっちゃになった悪趣味な注文に業《ごう》を煮やしながら、心はきっと陰鬱《いんうつ》な北の海のはてしのない夜のほうへ向いていたんだ。彼もまた円盤を見た一人だったかもしれない。あの第三層の部屋にひっそり籠《こも》って、五彩の光りをいろいろと工夫して、夜の海の上を飛んで来る円盤と交信をしていたのかもわからない」

「そのころあなたは金星にいたわけね」

「あなたもだ」

たえず現在の感情の源泉を確かめ合う努力が、二人の心にすずしい緊張を与えた。

どんな小さな共感も、たとえば散歩の道すがら、咽喉《のど》がかわいて喫茶店で注文する飲物が同じであること、ふと店の中をのぞいて目を惹《ひ》かれる九谷焼の花瓶《かびん》が同じであること、スーパー・マーケットの看板が「幸福を売る店」と名乗っているのを見て思わず微笑の顔を見合わせること、そして神門の石段を上る歩調が期せずして合っていること、こうしたどんな些細《ささい》な共感も、ひとつひとつがみんな金星に由来していた。二人ですごす時が長くなるにつれ、遠い金星からまっすぐにつながっている見えない糸で、二人が操《あやつ》られているという感じはいよいよ濃くなった。

竹宮はタクシーを止めて兼六《けんろく》公園へ急がせた。ここは金沢を訪れる人が必ず立寄るところである。

公園の登り口は金沢城石川門の白いけだかい櫓《やぐら》と相対し、あたりの砂利道には遠い紅葉の落葉が届いていた。二人はその広い砂利道のゆるやかな勾配《こうばい》を、公園の木深《こぶか》い高みへ向って登った。

登るにつれて、暁子の心には、未知の場所へではなく、むかしから親しんだ場所へ一歩一歩足を踏み入れてゆくときの感動に似たものが湧《わ》き起った。通路の左右の樹々《きぎ》の一本一本にも、消しゴムで消したあとにのこる淡い鉛筆の線のように、一旦埋もれた記憶の輪郭が消え残っていた。青空へさしのべた松の一枝の、たなびく煙のような形も、かつて暁子が朝夕見馴《みな》れていたものだと思われた。

丘の頂きの霞《かすみ》ヶ池のほとりに達して、水にあそぶ数羽の白鳥を見たときに、暁子のこの感じは動かしがたいものになり、とうとう口に出してこう言った。

「あら、私たしかに一度ここへ来たことがあるんだわ」

「だって金沢ははじめてでしょう」と竹宮は冷静に言った。「わかった。僕の内面がそっくりあなたの中に映りだしたんだ」

もし竹宮の言葉が当っているなら、金星には孤独はないのだろう。あれほど人間の孤独に苦しんだ父は、金星人になるべきだったが、不幸にして彼の故郷は火星だったのだ。暁子と竹宮は記憶をさえ共有していたのである。

しかし共有される記憶は金星の世界にまで及ばず、それが暁子に歯痒《はがゆ》い思いをさせた。地上の記憶でさえ、こまかい生活の記憶には及ばなかった。それは厳密に、かつて何度か竹宮が美しいと思った風景の記憶や、詩的記憶に限られているのであろう。たしかにかつて竹宮が美しいと思ったのも道理で、霞ヶ池周辺の風光は、暁子の眼前に、記憶の親しみと印象の新鮮を兼ね備えた、類《たぐ》いない静寧の美をひろげた。

目《ま》のあたり三羽の白鳥は、それぞれあらぬ方《かた》へ朱《あか》い嘴《くちばし》を向けて、ゆるやかに泳いでいた。池の対岸に張り出した内橋亭の茶室の、閉《た》て切った障子の白さが目にしみた。

琴柱《ことじ》燈籠《どうろう》のところで池と接する細流《ささなが》れは、清らかな水を運んで倦《う》まなかった。池心の蓬萊島《ほうらい》の松のみどり。その雪構えの新藁《しんわら》の色のあざやかさ。……

こんなに人間の影が背後にすっかり隠れている庭ならば、人間の作った自然も満更ではなかった。そこにはさまざまな人間的な特質、憎悪《ぞうお》も嫉妬《しっと》も吝嗇《りんしょく》も隠され、天上の平和のみごとな模写が、澄んだ大気の中に浮んでいた。

口こそ多少狎《な》れ狎れしくなっても、腕もとらず手にも触れない竹宮のお行儀が、暁子の気に入っていた。それは多分慎しみ深さではなく、況《いわ》んや礼節でもあるまい。心がこれほど触れ合っているのに肉がまた触れ合い、心のすることを肉がなぞる必要があるだろうか。肉の交わりはそもそも心の交合の模倣《もほう》であり、絶望から生れた余儀ない代償ではないだろうか。

二人の心は風景を共有し、次々に目に映るもの、白鳥たちの游泳《ゆうえい》、池に映る空、紅白の山茶花《さざんか》の花、すべての美しい断片を共有していた。もう言葉さえ要《い》らなかった。たとえば池辺のベンチに腰かけて憩《やす》むにも、どちらからともなく腰を下ろし、歩行の疲れが癒《い》えて、また旅人のたえず新しいものへと鼓舞される衝動が暁子に湧き起ると、二人は同時におのずから席を立った。

さて、池を遠ざかって、亀甲形《きっこうがた》の戸室石をかりがねの形に連ねた雁行橋《がんこう》を渡り、細流れの東側へ出た。そこに在る名高い旭桜は、黄いろい葉を心もとなげに風に揺らしていた。二人は丘の北東にひらけた展望台へゆき、そこかしこを指呼する竹宮の言葉につれて、暁子は広大な眺望を思うさまたのしんだ。

それは純粋な旅のたのしみであった。暁子は地上の雑事ばかりか、それぞれ別の惑星から来て性格もちがえば思想もちがう飯能の家族の煩《わずら》いから、遠く離れたよろこびを味わった。それから又学校をめぐる都会の生活につきものの、あの時々刻々の「純潔の危機」からも。

「いい気持だわ。こんなにうららかで、風がちょっと冷たくて」

暁子はスカアフを手提《てさげ》にしまって、香油を滲《し》ませた髪が微風になびくのに任《まか》せていた。髪の間にさまよう風は、彼女の小さな形のよい耳を冷気でほてらせ、いつも人が冷たいというその整った顔立ちは、柔らかい温和な日ざしに融《と》かされていた。

「春になると、子供のころよくあそこへ、蕨狩《わらびが》りに行ったもんです」

と竹宮が北東の浅野川の向うにそびえるなだらかな卯辰《うたつ》山を指さして言った。土地の人はこの山を「向う山」と呼び、詩人がこれに「夢香山」の字を宛《あ》てた。その山頂近く白いヘルス・センターの建物が目立っていた。

眼下には金沢市街の古い屋根屋根の瓦《かわら》が釉《うわぐすり》を光らせ、寺院の甍《いらか》がそびえる傍《かたわ》らには、新しい中学校のビルもあった。電信柱と電線の網の目が、これほどふさわしく見える町はなかった。明治風の白煉瓦の銀行にも、鏡のこまかい亀裂《きれつ》のように、電線は交わって見え、冬の日ざしのくっきりと半ばする電車通りを、黄いろと赤に染め分けた市電が一心に走っていた。

「いい町ね。たしかにあなたと昔ここに住んでいたことがあるみたい」

「それは将来もここに一緒に住みたいということですか」

暁子は多少愕《おどろ》いて竹宮の顔を見上げたが、竹宮の美しい顔にはあいかわらず少しの乱れもなかった。そこで暁子は、この会話を天界の文法に従って訳してみた。彼はただ、暁子がずっと、「地球」に共に住む気があるかどうかを訊《き》いているだけだったのである。

「将来って、そうね、地球が粉々になるまでの短い間はね」

と暁子は洒落《しゃれ》たさわやかな返事をした。

「ごらん、あれが河北潟《かほくがた》」

と竹宮は北の方はるかにおぼめく海の一線を指さした。

そこまでは日の当った黄いろい平野がひろがり、その中にちらばる工場の稀《うす》い煙が見え、これほど晴れていても境界の霞んだ水平線は、明るい枯野の果てのつづきとしか思われなかった。

＊＊＊

二人は再び香林坊へ戻って、狸《たぬき》茶屋という店で小さいステーキの午餐《ごさん》を摂《と》った。いよいよ内灘へ行くべきときが近づいていた。暁子は卓上に旅行案内をひろげて、竹宮にきいた。

「そこまでは粟《あわ》ヶ崎電車で行くの？　それとも北鉄バスで行くの？」

このとき、今朝からあれほどまでに繊細に働いていた二人の間の共感が、ふと絶たれたような感じがした。竹宮は決してあいまいな表情を見せたのではなかったが、美しい眼を呑《の》み残しの珈琲《コーヒー》の苦い澱《よど》みの中へ落した。

「そうね。やっぱりタクシーで行きましょうか。むこうで一時間ぐらい待たせればいいんですもの」

暁子はそう言って、こんな言葉で、強引に二人の間の共感を取り戻した。むしろ非は暁子にあった。金星人はほんの一瞬でも、こうした地上の卑賤《ひせん》な思惑を働かせるべきではなかった。それが共感の絶たれた原因だったのだ。――暁子は父から多額の小《こ》遣《づかい》をもらって来ていた。黙ってタクシーに乗り、黙って数時間のメートルを仕払えばよかったのだ。思えば今朝から、竹宮は一文も出していなかった。それは至極自然に運び、暁子は自然に払う側に廻った。珈琲代も、タクシー代も、おそらくこの午食のビルも。……

内灘まではタクシーで市中から三十分ばかりの距離である。浅野川は二つの支流に分れ、一本は日本海へ、一本は河北潟へ注ぐのだが、車はこの前者の岸沿いに、おおむね北鉄バスの路線を行くのである。

二人がタクシーに乗ったのは二時であった。今まであれほど残りなく晴れていたのが、北陸の変りやすい空は、車に乗ると間もなく、町の一角から濃い黒雲を俄《にわ》かにひろげた。雲はたちまち空の半ばをおおい、浅野川の下流の黄ばんだ刈田に囲まれた流域へ出たころには、河原の石の色も暗んだ。しかしすぐ雨の来る気配はなかった。

二人は累々《るいるい》たる雲の下のなだらかな宝達《ほうだつ》山を右手に望んだとき、近づく海と、近づく神聖な時を想って、無言になった。暁子は何度かの父の悲しい失敗を思いうかべた。十一月の羅漢山頂の夜明けの寒さを。失われた望みのように白んでゆく空に粛々と昇ってきた金星を。

大杉家は人間界の孤独は脱したかもしれないけれど、その代りに惑星間の孤独を知った。家族の誰一人として、「一緒に」円盤を見た者はいないのだから。——暁子は今、自分が金星に生れたことの幸いと、その仕合せもあとわずかのちに崩《くず》れ去るかもしれないという不安と、二つの感情に挟《さしはさ》まれて黙っていた。竹宮の無言も、暁子には、同じ不安と緊張から来ていることがわかるのである。

「あれが砂丘だ」

と金属性の声の底冷えをあらわにして、竹宮は車の前窓を区切る、つきあたりの平らな丘陵を指さした。

そこまではすぐだった。タイヤが砂に喰われるのを怖《おそ》れた運転手は、砂丘のかなり手前で止って客を下ろした。二人は砂地の貧しい葱畑《ねぎばたけ》や、わずかな臙脂《えんじ》の菊の畑の間に、まっすぐに砂丘を貫いて海へむかう広い道を歩きだした。そこはかなり堅固な道で、足ごたえは常の道と渝《かわ》らなかった。

砂丘の自由な起伏が見られるまでには、もっと歩かなければならない。まだ見えない海へ向って、道の左右には単調な小松原がつづいていた。やがて道が少し高まると、はじめて黒い海の一線が見え、左方の丘には、光りを含んだ曇天に刺《さ》さるアカシヤの林の繊細な枯枝がつづいていた。梢《こずえ》はそうでも、幹のあたりは、別な趣の、もっと沈痛な光りに充《み》ちた空を透かしていた。暗雲と地平線との間の晴間を、神さびた雲がぎっしり充たしていて、その雲の縁《ふち》が強烈な光りを放っている。

丘と林は、ふしぎな力で暁子を惹《ひ》きつけた。アカシヤは鋭い乾いた棘《とげ》だらけの灰白色の枝々から、すっかり葉を失っているのに、その丘だけは下草があたたかい緑で、この緑は遠くから目立っていた。

「一寸《ちょっと》その丘へ上ってみない？」

と暁子が言った。

竹宮は躊躇《ちゅうちょ》していた。腕時計を見ながら、こう言った。

「そうだな。まだ時間はあるけど。……でも、時間にずれのある場合があるから、少しでも早いほうがいいいんだ」

これは偶然あの深夜の父の言葉と同じであったので、暁子はもう不安に堪えられなくなった。悲しみと失望の予感が躍動する力になった。彼女は青年の援《たす》けも借りずに、道端の崖《がけ》を駈《か》け昇った。仕方なしに竹宮もついてきた。

しかし、上ってみた丘はさほどのこともなかった。伐採の跡がほうぼうにあり、倒れたままの木が巨獣の白骨のように緑を敷いていた。竹宮はコートのポケットに両手をつっこんで、所在なさそうに立っていた。

暁子は自分が美しい林に認めた詩情の誤りにすぐ気がついた。こんな際に、彼女は宇宙的な詩を等閑《なおざり》にして、ロマンチックな詩を求めたのだ。そう思うと、梢にいっぱい止っている雀《すずめ》の囀《さえず》りも俄かにうるさく、がらんとした枯木の林は、何の意味もない場所に見えだした。暁子はしかし、確実に何かを待っていた。それは円盤だろうか。それとも何か他のものだろうか。暁子はこの林の索莫《さくばく》たる風情《ふぜい》が、彼女の満たされない心を映しているのに気づかなかった。一方、暁子は健気《けなげ》に、心の中で声高《こわだか》に叫んでいた。『私は幸福だ！　こんなに純潔で、自由に純潔の中を泳いでいる。人間たちのばからしい習慣は、ここからどんなに遠くにあるだろう！』

――二人が丘を下りて、いよいよ海辺の砂丘へ足を踏み入れたのは、三時をやや廻るころであった。労働者の影一つ見えないけれど、路傍には左のような立札が読まれた。

「河北郡　内灘村
内灘試射場補償事業防風林工事
　昭和三十六年八月着工
　昭和三十七年三月竣工《しゅんこう》予定」

暁子は目を輝かしてこれを読んだ。海へ向う道にトラックの轍《わだち》が何本も深くめり込んでいたのは、このためだったのだ。

「わかったわ。円盤がここへ現われるのは、これと関係があるわけね。人間たちのあの有名な血みどろの闘争の跡に、今は平和な防風林の植林がはじまっている。そこに円盤が現われれば、現われたというだけで、その象徴的な意味がはっきりするわけだわ。それがそのまま平和のメッセージになるんだわ」

「さあ、僕はそうは思わない」と竹宮は冷静に首を振った。「そんなことはないでしょう。人間どもの無意味な歴史と、僕の円盤と何の関係があるんです。ただ僕の円盤は、北の海が好きなだけなんだ」

暁子は黙った。すべては円盤の出現にかかっていた。

ここの名高い大砂丘は、今やこまかい植林の苗囲いに分断され、見わたすかぎり起伏のなりに篠垣《しのがき》がつづいていた。砂には瓦や小石がまじり、トラックの轍はなお海へ向っていた。ここからは砕けかける波頭は見えるが、波打際《なみうちぎわ》は砂丘に隠れ、砕ける波音はかなり遠かった。

二人は篠垣を背にして腰を下ろした。

累々たる雲。緑灰色の凝《こご》ったような海。西方の空の一部分だけが光りを放っていて、その下の海だけが濃い茄子《なすび》色をしている。右方に遠く能登《のと》半島の端《はな》が浮んでいる。

刻々変ってゆく雲。鴉《からす》の遠い啼《な》き声。

風は砂を捲《ま》き上げるほどではないが、たえず耳朶《じだ》を打って、ときどき耳にうるさく囁《ささや》きかけるような感じがした。

二人は膝《ひざ》を抱いて、身を倚《よ》せ合って坐《すわ》っていた。着ているものをとおして、はじめて相手の体温や鼓動がほのかに伝わった。金星人であれ、地球人であれ、かれらは生き物で、生き物の匂《にお》いもしていた。どんなに精妙な肉であれ、ちゃんと肉が介在していた。しかしそんなことはどうでもよかった。……鼓動は一つになり、独楽《こま》の澄むように、朝から養い育ててきた共感はいよいよ澄み、二人はもう何ものも待たない状態にいて、そのままに自足していた。

この上何を待つことがあっただろう！

世界の静けさ。人間たちとの距離。揺れ轟《とどろ》いている北の海の、その実、死のように不動のすがた。空の一部の金襴《きんらん》の袈裟《けさ》。二人の美しさ。……

――そのとき暁子は、黒い雲の堆積《たいせき》の只中《ただなか》にきらめく一点をみとめた。彼女は竹宮の肩をゆすって注意を促した。

一点は二点にふえ、それが又三つになった。ぐんぐん大きくなって海の上へ下りてきた。編隊を組んでいるのである。斜めになって三機が近づいたとき、はじめて明瞭《めいりよう》な円盤の形をとった。西空の光りを受けて半面はきらきらし、頂点の緑いろの蓋《ふた》のゆるやかな廻転もつぶさに見えた。それらはほんの四五秒、海上を遊弋《ゆうよく》すると、三機ともいっせいにぴたりと空中に止り、黒い雲の三つの妖《あや》しい瞳《ひとみ》のようになった。……するうちに、三機はおのがじし激しく身を慄《ふる》わせ、灼熱《しゃくねつ》するように機体がみるみる杏子《あんず》いろに変って、……さて、突然、海面と直角に、おそろしい速度で翔《かけ》り上って見えなくなった。

第四章

暁子《あきこ》は何事もなく帰京し、両親は安心した。しかし暁子は竹宮と一緒に円盤を見たことは黙っていた。一つには父の自尊心をいたわって。一つにはそれが金星人だけに属する秘密のように思われて。両親もまた、それについては何も訊《き》かなかった。一つには暁子の沈黙が何よりも明らかに竹宮の予報の失敗を語っており、一つにはその失敗に対する揶揄《やゆ》が却《かえ》って暁子の心を竹宮へ傾けはせぬかと怖《おそ》れて。……こうして彼らは、星座の運行のように、お互いにうまく身を除《よ》けてすれちがった。

――年が改まった。重一郎が近々天界に起るべきいちじるしい現象について語った。

それは科学的に正確な予見であったが、世界中の占星学者の大問題になっていた。来《きた》る二月三日から五日にかけて、太陽、月、火星、金星、木星、土星、水星、および見えざる遊星ケトウの八天体が、黄道第十宮の磨羯宮《まかつきゅう》に集まるが、水星を除くこれらの星が同様の配置になったのは、実に四千九百七十四年ぶりのことだというのである。

「インドあたりじゃ、この日が世界の終りだとさわいでいるらしいが」と重一郎は、冷静な直線的な口調で言った。「われわれにとっては、忙しい一家が久しぶりに茶の間に顔を揃《そろ》えた、というだけのことじゃないかね。しかし、いずれにしろ久々のことだから、私はその日の一家団欒《だんらん》をたのしみにしているんだが……」

一雄が今日たまたま学校のかえりに、七年ぶりに小学校の同級生とばったり顔を合わせ、彼と別れて乗った電車の中で、又別の、七年ぶりに会う同級生に肩を叩《たた》かれた、というふしぎな偶然について話した。

「お前は偶然というものを信じるかね」と聡明《そうめい》な父親は言った。「偶然という言葉は、人間が自分の無知を糊塗《こと》しようとして、尤《もっと》もらしく見せかけるために作った言葉だよ。偶然とは、人間どもの理解をこえた高い必然が、ふだんは厚いマントに身を隠しているのに、ちらとその素肌の一部をのぞかせてしまった現象なのだ。人智《じんち》が探り得た最高の必然性は、多分天体の運行だろうが、それよりさらに高度の、さらに精巧な必然は、まだ人間の目には隠されており、わずかに迂遠《うえん》な宗教的方法でそれを揣摩《しま》しているにすぎないのだ。宗教家が神秘と呼び、科学者が偶然と呼ぶもの、そこにこそ真の必然が隠されているのだが、天はこれを人間どもに、いかにも取るに足らぬもののように見せかけるために、悪戯《いたずら》っぽい、不まじめな方法でちらつかせるにすぎない。人間どもはまことに単純で浅見だから、まじめな哲学や緊急な現実問題やまともらしく見える現象には、持ち前の虚栄心から喜んで飛びつくが、一見ばかばかしい事柄やノンセンスには、それ相応の軽い顧慮を払うにすぎない。こうして人間はいつも天の必然にだまし討ちにされる運命にあるのだ。なぜなら天の必然の白い美しい素足の跡は、一見ばからしい偶発事のほうに、あらわに印《しる》されているのだから。

恋し合っている者同士は、よく偶然に会う羽目になるものだ。それだけならふしぎもないが、憎み合っていて、お互いに避けたいと思っている同士も、よく偶然に会う羽目になるものだ。この二例を人間の論理で統一すると、愛憎いずれにしろ、関心を持っている人間同士は否応《いやおう》なしに偶然に会うということになる。人間の論理はそれ以上は進まない。しかしわれわれ宇宙人の鳥瞰《ちようかん》的な目は、もっと広大な展望を持っている。そこから見ると、関心を抱《いだ》き合いつつ偶然に会う人の数とは比べものにならぬほど、人間どもは、電車の中、町中で、何ら関心を持ち合わない無数の他人とも、時々刻々、偶然に会っているのだ。おそらく一生に一度しか会わない人たちと、奇蹟《きせき》的にも、日々、偶然に会っているのだ。ここまでひろげられた偶然は、もう大きな見えない必然と云《い》うほかはあるまい。仏教徒だけがこの必然を洞察していて、『一樹の蔭《かげ》』とか『袖触《そでふ》れ合うも他生《たしよう》の縁』とかの美しい隠喩《いんゆ》でそれを表現した。そこには人間の存在にかすかに余影をとどめている『星の特質』がうかがわれ、天体の精妙な運行の、遠い反映が認められるのだ。実はそこには、それよりもさらに高い必然の網目の影も落ちかかっているのだが……。

　この地球の無秩序も、全然宇宙の諧和《かいわ》と異質なものではないのだから、われわれは絶望的になることは一つもない。一つの家の離れで琴を奏《かな》でる美しい古風な娘、そのときそこから二三町も離れた電信柱から突然墜死する若い電信工夫、同時に或《あ》る家の庭の砂場では子供たちが砂の中から、去年失《な》くした美しい虹《にじ》いろのビー玉を再び見出《みいだ》す、一方、洗った髪を窓辺で乾かしていた女が、突然その髪の中へ飛び込んできた蝶《ちょう》のために、折角洗った髪が黄いろい鱗粉《りんぷん》で染められてしまったのにおどろく、……こんな奇蹟的な聯関《れんかん》は、たとえばうららかな春の午後の数分間に、誰にも気づかれずに、こっそりあちこちで起っている。音楽の陶酔と死と、失われた財宝の発見と、対象のない淫蕩《いんとう》のたゆたいと、……人間が必然性で織り成したと考えているすぎし日の歴史上の大事件も、つまりはこれと同じ原料で組み立てられている。そしてわれわれはその一つ一つの原料に、遠い星の名を冠することができるのだ。

　そうだ。このごろ私にはようやくわかりかけて来たのだが、かつてあれほど私を悩ました地上の人々や事物のばらばらな姿は、天の配慮かもしれないのだ。というのは、宇宙的調和と統一の時が近づくに従って、天の必然が白熱した機械のように昂進《こうしん》し、そのことが却って、人間の考える論理的必然的聯関ではどうにも辻褄《つじつま》の合わぬほど、玩具箱《おもちゃばこ》を引っくりかえしたような状態を地上に作りだしてしまったにちがいないのだ。そのためわれわれも身のまわりにたえず注意を払って、一見ばかばかしい偶然の発生を記録しておいたほうがいい。小さな事物のつまらない偶然の暗合が、これから地上には加速度にふえて行くだろうと私は見ている。アメリカでも最近こんな例が起った。或る大都会でジェームス氏という中年男が、軽い自動車事故を起した。ところが相手の車を運転していた男もジェームス氏という名だった。第一のジェームス氏は、それから二時間もたたぬうちに、又別の車に衝突した。ところが二度目の事故の相手も、ジェームス氏だったのだ」

＊＊＊

期末試験が迫って来ていたし、少くとも二月の三四五の三日間はなるべく家にいるように言われていたので、一雄も暁子も週末を家にこもって過した。五日の月曜ぐらいは映画でも見たいと思ったので、兄妹は学校のかえりに池袋で待合せて人世坐《じんせいざ》で古物映画を見、夕食に間に合うように家へかえった。西武線の飯能《はんのう》行は三十分おきであった。ホームで行列を作って待つうち、薄曇りの西空には、燻製《くんせい》のような日が沈んだ。

その入日を横目に見ながら、

「おい。今日で世界は終りの筈《はず》だぜ。電車は何をぐずぐずしていやがるんだ」

と兄は言った。

「お父様はそんな迷信は信じていないらしいけど、……でも、こんなに日常的な静かな世界の終りだったらすてきね。もうあの太陽も二度と見られないのね、もしそうだったら」

ホームに増す人々の顔には、帰宅をいそぐ焦躁《しょうそう》が見られ、この人数だけの数の夕食が、郊外の夕暮の野にひろがるまばらな燈《ひ》の一つ一つの下に、今用意されている静かな皿音までもきこえて来そうだ。暁子にとっては生活とは依然として難問であり、一雄は一雄で、それらの皿をみんな同じ意匠に統一してしまう権力を自分に夢みた。

よそのホームには近距離電車がたえず発着していた。豊島園行、各駅停車清瀬《きよせ》行、急行所沢《ところざわ》行。……来ないのは飯能行だけで、線路のはてにおぼめく夕靄《ゆうもや》の中に、信《しん》号燈《ごうとう》の赤は次第にあでやかになった。

一雄は靴の踵《かかと》を踏み鳴らし、流行歌を口吟《くちずさ》み、それから舌打ちをしてこう言った。

「なあ、暁子、人間の女はみんな嘘《うそ》つきだな」

暁子は黙って笑っていた。兄のこんな哲学的考察が面白かった。こんな考察は、明らかに一種の不可知論に基づいており、それは人間のこしらえた甚《はなは》だ人間くさい思想にすぎない。

「ばからしいわ」と暁子はついに腹を立てて言った。「私たちにとって、人間に謎《なぞ》なんかある筈がないじゃないの」

「謎じゃない。嘘と言ってるんだ」

と一雄は不服そうに手提鞄《てさげかばん》を前後に揺らした。

「だまされる人がいるから、嘘も成立つわけね」

——そのとき電車が入ってきて、向う側のドアから客を下ろしはじめたので、乗客たちの列はドアの前にひしめいて身構えた。

兄妹はちゃんと坐《すわ》れた。電車が走りだすと、しばらく黙って、暮れてゆく田園のすがたを眺めた。大泉学園あたりから、夕空を透かす欅林《けやきばやし》の影が多くなり、さびしい野の果てにきらめきだす燈が鮮やかになった。所沢をすぎると、すっかり暮色に包まれ、杜《もり》かげの水田ばかりが、夜道に落した一枚の手巾《ハンカチ》のように際立《きわだ》った。

「君にとって金沢の男は謎じゃないのか」

と一雄はまだこだわっていた。

「謎だわ。だってあの人は人間じゃないもの」

一雄は妹の変貌《へんぼう》を探ろうとして、いつも大へんな遠まわりをして彼女をつついた。

又以前のような喧嘩《けんか》に持ち込みたくなかったからだ。しかし金沢へ行ってから、逆に暁子はいよいよ頑《かたく》なに自分の中に閉じこもったようにみえた。冗談にも揶揄《やゆ》にも、あるいはやさしい物言いにも、巧緻《こうち》に仕組まれた跡が見えて、彼は妹の前ではすぐに疲れた。

「黒木さんが家へ遊びに来いと言ったぜ」

とそこで急に別な事を言った。

「黒木さんてだれ」

「あの有名な政治家さ。学校へ講演に来たとき、大へんな人気だったのに、一部の左翼学生が暴れたんだ。僕が講演委員だったから、壇上に上って、うまく治めたんだ。あとで控室で、黒木さんが僕にひどく注目して、ぜひ一度遊びに来てくれ、って名刺をよこしたよ」

と一雄はパス入れから、

『衆議院議員　黒木克己《かつみ》』

という大きな名刺を出して暁子に示した。

「それで、遊びに行くつもり？」

「ああ、行くさ」と一雄は事もなげに答えた。「フルシチョフみたいな大物をいきなり狙《ねら》うのは莫迦《ばか》げてる」

「私たちの事業のことも言うつもり？」

「おいおいね。いや、どたんばまで言わないかもしれない。僕は自分の政治的野心は、最後まで隠しておく主義なんだ」

とある駅の外れに、田舎の暗い駅前広場の闇《やみ》をつらぬいて、眩《まば》ゆい一軒の明りが見えた。それは電機器具店で、色さまざまな旗を軒につらね、店内にはテレビや煖房《だんぼう》や照明の器具が、一種刺すようなきらきらしい光りの溢《あふ》れる中に輝いていた。電車がその店を背後に残してのちも、木々の闇の中のその輝きは目に留った。暁子は竹宮がとうとう語らなかった金星の世界の光りを夢みた。そこは多分宇宙の広大な闇に懸《かか》って、田舎の電機器具店のように明るく眩ゆく……。

——飯能市は区画整理の行き届いたがらんとした町である。駅を下りる。バスに乗る。家の最寄《もよ》りの停留所で下りると、そこには暗い人通りのない広い道がひらけている。道の左右には、行燈《あんどん》にパーマと書いた仕舞屋《しもたや》の美容院がある。立てかけた材木の上辺だけを橙《だいだい》いろに照らした材木屋がある。クリーニング屋の窓格子《まどごうし》に、アイロンの立てるほのかな湯気がまつわっている。

二人は村田屋の前をとおりかかった。店の雨戸をあらかた閉《た》てて、一条の光りを路上に投げている。

二人がとおりすぎると、おかみさんが来ていた客にこう言った。

「あれが息子さんと娘さんですよ。こんなに早く家へかえるのは、何か魂胆があるんでしょうね」

来ていたのは、懇意の駐在の巡査と、本署の公安係の巡査とで、おかみさんが呼び寄せたのである。

彼らはのろくさした態度で身を起し、闇の道を去ってゆく兄妹のうしろ姿をのぞいた。その頭上には繊《かぼそ》い新月が沈みかけ、それが若い兄妹の背に澄んだ思想的犯罪の影を落しているように思われた。公安係はこんな閑散な田舎町《いなかまち》で、この種の思想的犯罪に渇《かつ》えていた。それは彼の詩であり、稀《まれ》にしか見つからない宝石だった。池袋での取締がきびしくなってから、愚連隊は西武沿線にちらばりだしていたが、それは公安係の仕事ではなかった。彼の仕事はもっと高度な、目に見えないものに属していたのである。

「郵便局員から聞き込んだところじゃ、大杉は去年の十一月にフルシチョフに手紙を出している。党の秘密活動をやってるのかもしれんし、株で儲《もう》けた金も何に使ってるのかわからんが、頻繁《ひんぱん》に引き出されている。とにかく怪しい一家だね」

と彼は言った。おかみさんは確信を以《もっ》てこう言った。

「麻薬か共産党ですよ。それ以外には考えられませんよ。それに第一、あの一家の取り澄した、人を見下すような態度が気に喰わないんです。そりゃあ向うも丁寧に挨拶《あいさつ》は返しますけど、笑っている顔も何か薄い膜《まく》をかぶったみたいで、こちらに融《と》け込むということがないんです。近所の奥さん方もみんなそう言ってますわ。あれだけ大きな家でお手伝いさんを置かないのも変じゃありません？」

「女中を置かないだけじゃ犯罪にならんよ」

「あら、旦那《だんな》ぐらい勘がよかったら、それだけでもうピンと来てもよさそうなもんですね。あの人たちには人並の感情の持合せがなく、何か大へんな秘密を抱《かか》えているんです。あの家の床下から白骨屍体《したい》でも出て来たらどうします」

「そんな莫迦な」

「インテリで小金持というのが、一等悪いことをするんですよ。私たち庶民は、善良で、心がやさしくて、損ばかりしているんですものね。この世の正義を支えて、寝るにつけ起きるにつけ、まともでない気持はみじんも持たず、同情深く涙もろく、いやらしいことには敏感に顔をそむけて、生きているのは私たちですもの。私だってあの一家を憎んでるわけじゃない。何とか泥沼から引張り上げて、正道に戻してあげたいという一心からなんですわ」

夕食のあいだも、重一郎は何度か瞑想《めいそう》に沈み、瞑想からさめると、こう言った。

「今夜は諸君も、夕食のあと、この茶の間で一緒に試験勉強をやらんかね。この茶の間を磨羯宮《まかつきゅう》に見立て、五千年ぶりの交会の最後の夜をたのしむのだ。火星、木星、水星、金星が、こうして太陽や月と共に、一堂に会するのも、あと五千年はないことなんだからね。お母さんも皿洗いはほどほどにして、ここで編物でもしているがいい。私は、一雄の春休みを利用して、一雄の運転で出かける講演旅行の地図でも調べていよう。静かに口をきかないでいれば、勉強だってここでできるだろう。われわれは今夜こうして、神聖な家族の役目を果すのだ」

父の宇宙交信の邪魔になるというので、決してテレビをつけないこの一家では、こうして四人がそれぞれの仕事に励み出すと、茶の間の明るい燈下には、本やノオトの頁《ページ》をめくる音のほかは、何の物音もしなくなった。

火星から来た父は、地上のドライヴ用地図の煩雑《はんざつ》さにおどろいていた。都市から都市へ最短距離を行く道は一つもなく、細くなったり太くなったりしながら、くねくねと気まぐれな流れを描いていた。

母は息子のための春向きの軽い毛糸のスウェータアを編みながら、地球の春をはじめ、諸惑星の春の悉《ことごと》くを、編み込んでしまいそうな勢いだった。その指は小まめに動いて、膝《ひざ》の上の毛糸の玉を徐々に痩《や》せさせ、芽吹く樹々《きぎ》や草の下萌《したも》えの色、春先の不透明な空、小鳥たちの汚《よご》れやすい胸毛、したたかな雨の繁吹《しぶき》……これらの地球の春に加えて、諸惑星の炎やガス体や氷や異様な植物にかかわる春を、小さな肥《ふと》った手の中へ編み込んでゆき、それぞれの大地を解《ほど》いて、自分の好む小さな形の中、つまり息子のためのスウェータアの形の中へ融かし込んでしまっているように見えた。

息子は国際法のノオトをめくりながら、その子供らしい抽象的な立法、そのおずおずした遠まわしな規定、その古ぼけた国際協調主義にいや気がさした。作られつつある宇宙法も、地表すれすれの空間の田舎くさい交通規則にすぎなかった。彼は全世界に峻厳苛酷《しゅんげんかこく》な、宇宙憲法の施行を要求した。人間の逃げ口上である貧寒な現実主義を、彼の立法が打破しなければならなかった。未来の世界政府は、毎朝、全地球の人間をおのおのの町の広場へ引張り出して、今日一日の平和を誓わせなければならぬ。つまり二十四時間の平和が無限に続けばいいわけだから。そしてこの誓いを拒む人間は、たちどころに舌を切られるのだ。

娘はポオの詩の勉強をしていた。
教師は平板な説明を与えていた。このバラアド風な詩「黄金郷《エルドラドオ》」は、理想を求め求め憊《つか》れ、無限に遠い理想に絶望しながら、なお探求をやめられない人間の宿命を象徴したものだ、と言っていたが、そんなことは子供にだってわかる。ポオはおそらく、宇宙人の故郷について歌ったにちがいないのだ。「ユーレカ」の著者としては、さもあるべきことだ。

“Over the Mountains
Of the Moon
Down the Valley of the Shadow,
Ride, boldly ride,”
The Shade replied,—
“If you seek for Eldorado!”

この黄金郷《エルドラドオ》とは、金星のことではないだろうか。竹宮がたしかにその目で見た……。そうだ、この詩の「月の山々」とは、荒涼とした月の裏側の山々を斥《さ》し、その山々を乗り越えたところに仰ぐ金星の姿を暗示しているのにちがいない。

――四人はこうして物静かにそれぞれの思念にひたり、宇宙的な時間が茶の間をすぎて行った。卓袱台《ちゃぶだい》の小豆《あずき》いろは滑《なめ》らかに映え、新しい畳の目は、四人の間に青々とした規則正しい起伏を刻み、鉢《はち》に盛られた蜜柑《みかん》はかがやいていた。重一郎は完全な調和に充《み》ちた世界を肌身に味わった。これは誰も夢にも見ることのできないような理想的な家庭であり、煩《わずら》いも不安もなく、冬の夜、瓦斯《ガス》ストーヴの暖い焔《ほのお》に守られて、お互いの愛と信頼のその上に、宇宙の闇に包まれた各自の孤独をも保っていた。それは人間の家庭のお手本でもあり、地上の平和の雛型《ひながた》でもあった。ノオトの上にふりかかる暁子の美しいつややかな髪にも、編棒にまつわって動く伊余子のわけ知りらしい柔軟な指にも、電燈の光りはやさしく注いで、生活がそのまま神聖な儀式に化したかのようだった。

重一郎はふと目をつぶって、暗澹《あんたん》たる青年時代を思いうかべた。そのころの彼は、幸福という観念を疫病《えきびょう》のように怖《おそ》れていた。自分の無為に苦しみ、激しい劣等感に襲われて、無為が自分を蝕《むしば》んで殺してくれることを夢みた。しかし無為は彼を殺さなかった。そのためには自殺が必要だった。そして自殺のためには努力が。……そのころ彼の目に映っていた世界のすがたは、登攀《とうはん》のよすがもなく、ただ直面しているほかはない巨大なつるつるした球体だった。それは醜くさえなかったのだ！

結婚して子供が生れてからも、彼は安穏な良人《おっと》ではあったが、どれほど妻や子供を愛することができただろう。彼らを愛することができたのは、つい最近のことだ。つまり彼らが別々の惑星からやって来た存在だと知ってからだ。そのときすべては恕《ゆる》すべきものになり、すべては恵みになった。……

玄関のベルがひびいた。

「今ごろ、誰でしょう」

と伊余子が編物を置いて立上った。

「客の約束はないね。もしかしたら、宇宙友朋《ゆうほう》会の会員が、気まぐれに飛び込んできたのかもしれない。あれだけ面談はお断りと会則にも書いておいたのに」

やがて伊余子は暗い顔になって、名刺を持って帰って来た。それには、「飯能市警察署公安部　高橋六郎」と刷ってある。

重一郎は寒い応接室で高橋巡査と会った。私服の平凡な男で、言葉は丁寧である。丁寧なばかりか、卑屈にさえ見える。ただ、話のあいだに主人の顔や室内を見まわす目だけが、明らかに敬意を欠いている。

「ひとつ率直に申し上げますが」と巡査は、言って損なこととそうでないこととを、篩《ふるい》でふるい分けるような言葉つきで、「実は妙な投書がたびたびありまして、御宅が真夜中にお揃《そろ》いで自動車で出かけられたりすることにつきまして……」

彼は信書の秘密を楯《たて》にとられるのを怖れて、フルシチョフ宛《あて》の手紙のことは言わなかった。

「ああ、あれは星を見に行ったんです」

と重一郎は言下に答えた。

「星を？」

「私共は星の研究をしているのです。それが何か法律に牴触《ていしょく》しますか？」

「いえ、そんなつもりで申上げたのじゃありません」

「それというのも、私は世界の平和について一方ならず心配しているからです」

「ははあ、平和主義という奴《やつ》ですな」

「このままで行ったら、地球は大へんなことになります。あんた方はそれにお気づきでない。そもそもあんた方、民主警察の使命は何ですか」

「市民の生活を護《まも》ることですな」

と高橋巡査は胸をそらせて言った。

「そうですか。それじゃ私の使命と全く同じだ。われわれは握手するべきですね」

巡査は胡乱《うろん》な目つきで見返したが、冷《さ》めかけた番茶を勢いよく一啜《すす》りしてこう言った。

「それであなたはどうやって市民生活をお護りになるんです」

「私共は人類を破滅から救おうとしているんです」

「人類はつまり市民と同じですか」

「大きな見地から云《い》えば、人類とは、小さな町の市民にすぎないのです」

「そこがちがいますな。私共の仕事は市民には関係がありますが、人類までは手が届きません」

「ほんの一寸《ちょっと》手を伸ばしさえすれば、届きますよ。一例が、たとえばどこかの動物園の檻《おり》に人間が入れられているところを想像してごらんなさい。どんな気がします？」

「おそらくいやな気がするでしょうな」

「ごらんなさい。それが人類的反応なんです。それは決して市民的怒りではありません。人間が檻に入れられている事態は、あんたの人類的常識と自尊心を傷つけるんです。ところで今は、全人類が危険な檻に入れられているんですよ。外側から鍵《かぎ》をかけられ、逃げ場もなく」

「少くとも飯能市民は檻に入っておりませんな」

「檻の目があんまり遠くて、あんたの目に入らないだけです。私のやろうとしていることは、その鍵を壊して、みんなを逃がしてやることなんですよ」

「どこへ？」

この短い質問で、重一郎は言句に詰った。彼はそのとき広大な宇宙空間を夢みていたのだが、その星にきらめく夜空の方向は秘密に属していた。そこは警察の管轄《かんかつ》外だった。

一方、巡査は主人の目が高く上げられて、自分の頭上の、超警察的な領域へ向けられているのを直感した。いずれにしろ、それは危険な思想であった。

「つまりあなたの思想は、『平和』と『解放』という二字に尽きるんですな。御承知のとおり、これは二つとも共産主義の用語です。もちろん言論の自由は大切ですが、何か破壊的な活動に向うような考えをお持ちだと……」

重一郎は思わず感情にかられて、こう言った。

「冗談じゃない。破壊はあんた方の遣口《やりくち》じゃないか」

このあんた方は、彼の用法では、まことに率直に、「人類」を意味していた。しかし云うまでもなく、これは誤解を生みやすい用法で、巡査は、たちまち次のように反応した。

「警察が破壊活動をやってると仰言《おつしや》るんですな。こりゃ警察に対する明らかな侮辱ですね。共産主義者じゃなくちゃ、そんな考え方はしないものですがね」

しかし巡査は、次の瞬間、顔の皮が一皮剝《む》けたように、冷静なにこにこした顔に戻った。深追いはしない主義で、今夜の会見の目的は達したと考えたのである。

重一郎は、暇《いとま》を告げる巡査を、暗い玄関へ送って出た。靴を穿《は》く巡査の背へこう言った。

「制服制帽で歩かれることはないんですか」

「いや、公安部は私服が規定でして」

「制帽にはたしか星がついていましたね」

「ええ」

高橋巡査は立上って、格子戸《こうしど》へ手をかけながら振向いた。重一郎の秀《ひい》でた薄い鼻梁《びりよう》のあたりに、世にも悲しげな影が漂うのを巡査はみとめた。

「星の徽章《きしよう》をつけながら、その意味を御存じない。あんた方は星の心を忘れてしまったんです」

――巡査を見送ると、疲労のあまり重一郎はそこにうずくまった。胃の奥に軽い痛みがきしんでいた。今夜の平和な磨羯宮の団欒《だんらん》もおしまいだった。

＊
＊＊

試験がすんで、春休みになる。二月下旬の空には、はや黄いろい温かい風が吹き荒れている。

重一郎は東京一円の講演会の準備に忙しかったが、一雄は運転手の役目も断り、何かと手助けを渋っていた。彼はそういう活動が黒木克己の目にとまって、折角の殊遇をふいにするのが怖《こわ》かったのである。父は偶然の頻発《ひんぱつ》を予言していたし、そんな縁もゆかりもなさそうな会場で、黒木に会うことだってないとは云えなかった。

そこで運転手も準備係も、暁子が引受けることになった。父の意向は、大きな会場で大講演会を一回打つというのではなくて、東京や東京近郊の、区公会堂や公民館のようなところを、あちらこちら巡演して、できるだけ回数を多く、しかも小人数の聴衆に親しみたいというのであった。暁子は会場の予約や宣伝を一人で引受け、伊余子はそのスケジュールが出来上るそばから、会員にその旨《むね》を知らせる会報の謄写《とうしゃ》に忙しかった。そして暁子は入場料をとることをすすめたが、父は何もかも自弁で、入場無料にしなくてはならぬと言った。講演会の名は、

「空飛ぶ円盤の垂示により

世界平和達成をねがう
大杉重一郎講演会
主催・宇宙友朋会」

と名附けられた。

一日、暁子は東京都内の三つの会場だけの予約をすませるために、朝から車を運転して東京へ出て、手附を打って二つを了《お》え、三つ目のM区の公会堂へ着いたときは四時ごろになった。

遠くから見えるその公会堂は、新築のモダニズム建築で、小体《こてい》な親しみやすい会場という父の目論見《もくろみ》からは外れていたが、M区は東京の知識層の聴衆を得るには、逸することのできない地域である。

その日は南風の強い薄曇りの日で、午後にはしばしば春雷が轟《とどろ》いた。公会堂の前庭へ暁子が車を乗り入れたとき、入口を囲んでいる夥《おびただ》しい花環《はなわ》におどろいた。それは黒リボンをひらめかし、黒白の布を巻いた細い脚を並べている。入口の奥まで、張りめぐらされた鯨幕《くじらまく》が風にはためいている。

暁子は公会堂事務所へ行ったが、窓口は閉めていて、中の机はみんな空っぽで、たった一人喪章を腕に巻いた初老の事務員が帰り支度をしている。暁子が窓口の硝子《ガラス》を叩《たた》く。

「今日はだめ」

と遠くから手を振った。そのとき窓口に浮んだ暁子の仄白《ほのじろ》い美しい顔に気づいたらしく、近づいて来て鍵を廻して、窓だけあけた。框《かまち》に吹き込んだ埃《ほこり》のために、あけられる小窓はきしんだ。

「会場の予約ですか。今日は生憎《あいにく》だめなんです。明日又来て下さい。何しろ区長の区民葬がすんだばっかりなんだから」

「何とかおねがいできないでしょうか」

「明日いらっしゃい。予約はそんなに混んでないから大丈夫ですよ」

「じゃあ……会場だけでも見せていただけないでしょうか」

事務員は一寸《ちょっと》考えていたが、その初老の受け口の汚れた唇《くちびる》から、考えている息がひどく臭《にお》った。

「いいでしょう。……その廊下の突き当りのドアから行けますよ。私はもう帰らなくちゃならないので、案内はできないけど」

暁子は礼を言って、廊下の外れのドアを押した。場内は後片附けの最中だったが、大そう暗いので高窓を見ると、しらぬ間に空がすっかり黒雲に覆《おお》われている。

鯨幕はすでに取払われているが、花環はまだ半ば残っている。椅子《いす》が外されているので、収容人員がわかりにくい。暁子は一人、靴音をひびかせて歩き、所在なげに花環の送り主の名を読んだ。中に「金沢市」というのがある。「金沢市商工会議所」というのもある。死んだ区長は遠い金沢の出身であるらしい。そう思うと、暁子の胸が急にさわいだ。この場所、この葬式と、どこかで竹宮がつながっているような気がしたのである。

雷かと思ったのは、舞台裏にしまわれていたグランド・ピアノを引きずり出す音だった。ピアノは疎略《そりやく》に扱われていた。さっきまで棺《ひつぎ》が置かれていた筈《はず》の場所に、その黒い巨《おお》きな光る翼をひろげた形が据えられた。一人の若い衆が、戯《たわむ》れにその蓋《ふた》をあけて、高音部をでたらめに叩いた。

その音をきいたとき、暁子はたしかに竹宮の存在がこの近くに身をひそめていると感じた。ピアノの音は高い天井にまどかに響き、暁子の心の奥底に滴《したた》った。

あれから三月《みつき》、二人は頻繁に手紙のやりとりをしていたが、金星の同じ故郷、円盤を見た共同の秘密が、いつも二人の心を一つに結んでいた。暁子は竹宮の美的な教義に蝕まれ、父の社会的活動を疎《うと》んじていたが、彼は又、今しばらくは父に無心に協力すべきことを教えてきた。この三月のあいだ、暁子は竹宮に会いたいと思うと、金沢で交換した彼の小さな写真に語りかけた。それはいつもパス入れの中にしまわれて、彼女と一緒に通学していた。

　肉体が離れて暮していることが、いかに魂の接近を不断に保つ力になるか、暁子も今は、竹宮に教えられるまでもなく、愕《おどろ》きを以《もっ》て発見していた。彼は又、二人にとってこの世が仮象にすぎないなら、二人の間の距離を埋める夥しい仮象は、見えもしなければ存在もしないも同様で、海上から遠く望まれた神門の五彩の燈台《とうだい》のように、二人の目にはただお互いの金星的実在だけが見える筈だ、と書いて来ていた。金沢と東京を隔てて、この男女の金星人は、人間界の澱《よど》んだ夜の雲を抜きん出た一対の燈台のように屹立《きつりつ》していたのである。

　夥しい造花、その銀紙と白の蒼《あお》ざめた花、蠟《ろう》に突っ張った冷たい花弁、……葬式のあとに残る、たとえば焚火《たきび》のあとのような、すがすがしい死の匂《にお》い……、そして気まぐれな流星のように耳朶《じだ》を打つピアノの高音……、こういう状況の裡《うち》になら、必ず竹宮、あのふしぎな美しい青年は現われる筈だった。暁子は黒雲に覆われた一つの高窓から、突然、竹宮の輝く顔が覗《のぞ》き込みそうな気がして、そこをふり仰いだ。

　すると暁子には、魅するような不吉な疑いが生れて来た。金沢で、二人は記憶を共有し、美しい風景を共有し、感情のおののきを共有し、ついには空飛ぶ円盤の出現を共有し、その無上の陶酔を共有した。しかし暁子が、どうしても共有することができなかったものが一つある。それは竹宮が深井《ふかい》の面《おもて》の目の穴からのぞいたという絶美の世界である。彼がとうとう言葉でさえ語ることのなかった金星の風景である。……暁子は今にして疑った。竹宮が見たのは、死の世界ではなかったろうか。

突然、雷鳴が轟いて、雨の音が公会堂をひしひしと包んだ。

「畜生、降って来やがった。花環も片附けないうちに」

と一人のブルー・ジンスの若い衆が叫んだ。

「通り雨さ。すぐ止《や》むよ。その間に一服と行こうや」

と中年の地下足袋の人夫が言った。

雨はひろいモダンな窓硝子に、劇《はげ》しい勇み足で伝わった。誰も明りをつける者がなかったので、公会堂の中はますます暗み、壁に立てかけられた花環の銀や黄や青や白の造花の色ばかりが、なまなましく浮んで、活《い》きた花のようになった。幅広な稲妻がひらめくと、再び銀いろの花は、一瞬その悪意に充《み》ちたような人工の性《さが》を顕《あら》わにした。

暁子は雨の繁吹《しぶき》の笹立《ささだ》っている入口へ歩み寄って、前庭の外れに駐《と》めた自分の車まで、どうやって辿《たど》り着こうかと考えた。手提からパス入れを出し、竹宮のしらじらと笑っている美しい顔を眺めた。それはいつかの兼六公園でのように、こう言っているように思われた。

「わかった。僕の内面がそっくりあなたの中に映りだしたんだ」

今、暁子は至福に渇《かつ》えていた。十二月の内灘《うちなだ》の砂丘で得たあの至福から、自分はあんまり遠く隔てられてしまったような気がした。そして不当に孤独だった。二人の存在が空間を征服することができるのに、時間を征服できないなどということがあってよいものだろうか。

『今すぐ私に頂戴《ちょうだい》。あなたの存在がいただけないなら、せめてすぐ存在の証《あか》しを頂戴』

と暁子は雨に向って祈った。

暁子の肩に人影が近づいた。彼女はびくりとして振向いた。汚れた赤い格子のシャツに、すりきれたブルー・ジンスを穿《は》いた、夥しい髪を額に積み上げた下品な顔立ちの若い衆が立っていた。手には花環から摘み取ったらしい一茎の銀いろの造花を持っている。そして気取った様子で膝《ひざ》を曲げ、肱《ひじ》を立てて、その造花を暁子へさし出しながら、こう言った。

「お嬢さん、僕のまごころを受けて下さい」

暁子は無意識のうちにその造花を受けとった。若い衆の背後の闇《やみ》から、成行を見戍《みまも》っていた朋輩《ほうばい》たちの、とよもすような笑い声が起った。
暁子は造花を手にして一散に雨の中へ駈《か》け出した。

＊
＊＊

——講演会が二日のちに迫った深夜、重一郎は書斎でたくさんの参考書や、スライド用の円盤写真をちらかした中で、一心に草稿を練り直していた。ケネス・アーノルドの「空飛ぶ円盤—われこれを見しとき」だの、ドナルド・キーホーの「空飛ぶ円盤は実在する」だの、ウィリアム・ファーガスンの「宇宙よりのメッセージ」だの、円盤研究に欠かすことのできない書物の数々から、豊富な引用をして、草稿の興趣を増そうと努めた。重一郎はひどく疲れ、胃が重たく感じられた。

ドアがノックされて、伊余子がお茶と果物《くだもの》を捧《ささ》げてあらわれた。

「まだ起きていたのか。もうかれこれ二時半だ」

と重一郎は言った。

「謄写版のインキで真黒けな手を、今洗ってきたところですわ。今夜はもうこれでおしまい。では、お寐《やす》みなさいまし」

主人の書斎に長居をしないのが、伊余子の永年の習慣である。重一郎は引止めて、椅子をすすめた。

「いいじゃないか。丁度中休みをしたいと思っていたところだ」

二人きりになると、この夫婦は、大正時代のリベラルな夫婦によく見られた、多少取り澄した友情と謂《い》った空気を醸《かも》し出した。そして伊余子は、自分が長居をしないせいもあってか、書斎における良人《おっと》を一等魅力的だと思って眺める癖があった。

電熱型の火鉢《ひばち》、カーディガンを羽織りコールテンのズボンを穿いた良人、机上の玉《ぎょく》を刻んだ虎《とら》の文鎮《ぶんちん》、神経質に尖《とが》らせた鉛筆を並べたペン皿、……こうした情景には、伊余子の年齢の女の良人から匂いがちな、脂《あぶら》じみた肉欲的なものが何も感じられなかった。

「子供たちはもう寝たろうな」

「ええとっくに」

家庭的な会話は、この家では、いつも異様な伏線を孕《はら》んでいた。伊余子は羽織の袖《そで》を口にあてて、声をひそめてこう言った。

「あのね、金沢の男の手紙を暁子の留守にみんな読んでしまいました。そりゃあ熱烈なんですけれど、妙に冷たいところもあるんですの。あの子は一言《ひとこと》も言いませんけれど、二人は金沢で一緒に円盤を見たんですわ」

この言葉がひどく重一郎を傷つけたのに気づいて、伊余子は口をつぐんだ。重一郎の冷たい白い頰は紅潮し、またあわただしく蒼褪《あおざ》めた。

「そんな莫迦《ばか》なことが……まさかそんなことが……」

彼は娘が深い怖《おそ》ろしい背信を犯したと感じたのである。もし二人が一緒に円盤を見たことが本当とすれば、それは金沢の男が金星人だという証拠に他なるまいし、同郷の宇宙人だけが共に円盤を見ることができるとなれば、娘はこの家族の裡で一人だけ自分の出生を確認したことになり、惑星の家族の相対的な秩序も、その秩序の上に成立っていた調和も崩《くず》れ、暁子は自分が金星人であることを確認する手続において、却《かえ》って、取り返しのつかない人間的な過誤を犯したことになる。なぜなら、負け惜しみとも思えようが、重一郎は、羅漢山上で一家の迎えた黎明《れいめい》に、ついに円盤が現われなかったとき、このお互いに最終的には信じ合うべき証憑《しょうひょう》を持たない一家を、ただ信じ合うことによって維持する宿命、それこそもっとも超人間的な宿命が、自分に課せられていることを発見して、むしろ喜んでいたからである。それを暁子は、敢《あえ》て人間好みの、ほとんど肉感的な証拠の確認にまで引き下ろして、しかも一種のやましさから、親にもそのことを隠していたのだ。

こんな重一郎の崇高な心の動き、その怒り、その動揺は、奇妙なことに、その純潔を信じていた娘が、親の目をぬすんであやまちを犯していたことを知ったときの、ごく世間並みの父親の嘆きに似すぎていた。

「そんなに大形《おおぎょう》にお考えになることはありませんわ」と長閑《のどか》な声で、働き者の妻は慰めの言葉を挟《はさ》んだ。「あの子たちが他の惑星から来たと知ってから、私はもともと、いつかこうなると諦《あきら》めていたんです。一雄も親元を離れて行くでしょうし、暁子も暁子の道を行くだけですわ。でも惑星にはちゃんと軌道がありますから、ふらふら惑うように見えたって、結局、ありきたりの惑星運動の法則に従って動くだけですわ。思えば私のお腹《なか》は本当の借り物で、別の惑星の生物を二人までこのお腹から生んだわけだけれど、私はもしその気になれば、人間を生むことだってできたんです。でもそれも、あなたを愛していたからできなかったわけですけれど。

でも、今になってみれば、一人ぐらい、人間を生んでもよかったと思いますね。私は人間を特に好きというわけじゃありませんけれど、この地球の自然はそんなに嫌《きら》いじゃない。わけても春、野原が徐々に青くなり、名栗川《なぐりがわ》に雪解《ゆきげ》の水がきよらかに溢《あふ》れ、羅漢山が鶯《うぐいす》の声でいっぱいになり、畑の土の色も黒くつややかに見えてくるとき、私は金星や水星の子を生んで育てたのにも、この地上の恵みがあったのだと思いたくなる。こんな考えはまちがっているでしょうか？」

「果物を剝《む》いておくれ」

とそれには答えずに良人は言った。

伊余子の確信にあふれた手は、深夜の燈火にナイフをきらめかせて、大きな印度林《インドりん》檎《ご》の、紅《くれない》から黄に、黄から浅黄に、浅黄から白におぼめく繊細な色あいのつややかな皮を剝いた。剝き出しになった硬質の果肉は、甘い憂《うれ》いを帯びた匂いを放ち、重一郎は地球の救済という事業の中にも、この匂いに似た危険な魅惑がひそんでいるのを知った。

第五章

三月十日の土曜日の午後、仙台市西南の大年寺山の頂きで、羽黒真澄《はぐろますみ》は二人の仲間を待っている。彼らは三時になれば、山頂の薔薇園《ばらえん》へ来る筈《はず》である。

羽黒は四十五歳になるこの地の大学の万年助教授で、法制史を講じている。ひよわな体つき、蒼白《あおじろ》い顔、まん丸の眼鏡をかけて、髪はまだ饒多《じょうた》である。どこと謂《い》って人の心を惹《ひ》くような特徴はない。学生たちの人気を盛り立てるようなものは何もない。

彼は仲間を待ちかねて、人っ子一人いない薔薇園の砂質壌土の小径《こみち》に、靴跡を印《しる》しながらそぞろ歩いた。よく晴れた午後で、北の地平には雪にまぶされた泉ヶ岳が壮麗にかがやいている。

薔薇園は早春の剪定《せんてい》を終ったばかりである。羽黒は花ざかりの薔薇園よりも、こんな花のない季節のほうを愛する。それというのも、去年の今頃、丁度ここで、泉ヶ岳の雪の尾根ごしに現われる円盤を見たからである。

人間どもが醜いのは、人間どもが決してその前頭葉から花を咲かすことがないのは、剪定をやらないからだ、と彼は考えていた。若いうちに手足の指をへし折ってしまえばいいのだ。あの大学の醜い薄ぼけた学生たち……。

——待ちくたびれて、羽黒はアズテックという名札のある一株の前にしゃがんだ。痘痕《あばた》になった靴底に砂がきしんだ。きつく締めつけたベルトが、彼の貧弱な内臓や、上着の内かくしの眼鏡のケースや、薄い紙入れや、インキの尽きかけた万年筆や、そういうものを一緒くたに押し上げるのが感じられた。すると上げ潮が川の芥《あくた》の匂《にお》いを高めるように、彼自身のいやらしい人間生活の匂いが一きわ強く嗅《か》がれた。

剪定された枝々は奇矯《ききょう》な形にうずくまり、しかしその枝の色は青く逞《たくま》しくて、白い貝殻虫《かいがらむし》のような棘《とげ》がいっぱいはびこっていた。ふしぎなのは剪《き》られない小枝が一二本あって、その先端に、多分摘花を怠った去年の花がそのまま残されていることで、その薔薇は、乾いた血のような紫茶色に凝固していた。

去年の薔薇は丸く小さく、死んだ睾丸《こうがん》のようであった。かぼそく風に揺れる枝頭にあって、乾き果てた花弁が時折灰のように崩《くず》れるために、崩れた残りの花弁はジグザグの縁《へり》をしていた。

羽黒はその花弁に手をふれて、さらにその縁《ふち》を欠いた。すると、指はほとんど力を入れていないのに、薔薇は壊れて彼の指紋をこなごなの砕片でまぶした。

生きながら焚刑《ふんけい》に処されて、形を保ったまま灰になった薔薇、……悪の美しい二重の形態。——羽黒は確信していた。この世の形態はみんないつわりであり、滅亡でさえ形態をもち、その形態にあざむかれていると。

実際、人類の滅亡を惹起《じゃっき》するのに、彼は力を用いる必要があるだろうか。今しがた彼の指が、かすかに触れるばかりで崩壊した薔薇のように、人間の世界も潰《つい》え去るのではなかろうか。いや、すでにそれは死に絶え、ただ形態だけを保っているのではなかろうか。……こんな考えが時折心に兆《きざ》すと、羽黒はいそいで邪念としてそれをしりぞけた。こんな考えこそ彼の使命を等閑《なおざり》にさせるものだ。

「やあ、先生、お待たせしました」

と曽根が薔薇園の入口のアーチのところから大声で言った。羽黒は曽根の大きすぎる声をいつも不快に思っていたので、返事をしなかった。曽根が小径を来るあとに、大男の栗田が黙ってついて来ていた。

曽根は大学の北門前の、羽黒が行きつけの床屋である。小肥《こぶと》りしていて、丸まっちい衛生的な指をしていて、店に名士の色紙を集めていた。他人の噂話《うわさばなし》が死ぬほど好きで、テレヴィジョンの新人俳優の醜聞までよく知っていた。こんな情熱の源は、要するにあらゆる他人と他人の持っているものすべてに対する嫉妬《しっと》であって、どうしたわけか、羽黒だけが曽根の嫉妬を免かれていた。

栗田は保春院のちかくの三百人町に住んでいて、S銀行に勤めている。去年卒業したばかりで、もとは羽黒の学生であり、同じ床屋に通っていて、教室外の附合をするようになったのである。

「思い出しますなあ。去年と同じ場所、同じ季節、同じ顔ぶれだ。同じでないことは、もうわれわれが決して俳句を作らないということだけだ」

と曽根はいつもの偉ぶった口調で言った。

――去年の早春に、大学へ講演をたのまれて来た東京の有名な俳人が、ふとした気まぐれで、かえりに曽根の店へ寄って散髪をしたことがある。そのとき、店には、羽黒と、卒業式を目前に控えた栗田が客で来ていた。曽根は仕事をほっぽり出して、俳人に色紙をたのみ、そこでみんなが半可通の俳句の話をしだした。俳人は愛想のよい煽《おだ》ての巧《うま》い男で、こういう俳壇の未知の新人ばかりを連れて吟行に行ったら面白かろうと言った。みんなが、俗化した青葉城址《あおばじょうし》よりも、大年寺山のほうをすすめた。俳人は乗気になり、明日の二時にそこで会って、吟行の要領も教え、句作の指導もしようと言ったのである。曽根は興奮して、肚《はら》の中で弁当の献立まで考えていた。

そして、あくる日の二時、大年寺山の頂きで、助教授と床屋と学生は、俳人にすっぽかされることになったのである。

いつまで待っても俳人は来なかった。床屋がいろいろと工夫をしたつまみものの詰合せを、三人はすっかり喰べてしまったが、酒は呑《の》む気がしなかった。助教授は矜《ほこ》りを傷つけられていた。いよいよ俳人は来ないと決った。助教授がつと立って、人気《ひとけ》のない薔薇園へ歩み入り、二人がのろのろとこれに従った。

去年のその日も、薔薇園からは遠く雪に包まれた泉ヶ岳が、晴れた空を明晰《めいせき》に切り取っているのが眺められた。三人はじっとこの遠山に対して立っていた。羽黒はついに来なかった俳人の侮蔑《ぶべつ》に射すくめられ、曽根はその俳人をひたすら憎み、大男の栗田は茫然《ぼうぜん》として。

しかし三人とも、心はなお俳句に鎖《と》ざされていた。あの取るに足らない詩の、日常的なちっぽけな檻《おり》のなかに。俳人がこの早春の日向《ひなた》に残して行った小さな、無意味な、そしてとりとめのない、詩のような悪意。それが三人の鼻先に、黒い微小な羽虫のようにまつわっていた。漆《うるし》の皿に繊巧な干菓子を載せて供されるように、三人の前へさし出された小さな巧妙な悪意。……

そのとき床屋が頓狂《とんきょう》な声を出した。

「円盤や……円盤や……、こうつと、円盤や泉ヶ岳の雪の屑《くず》」

「何を言ってるんだ」

と羽黒が腹立たしげに言った。

答を待たずに、羽黒も、栗田も、今まで曽根が見るとも見ないともつかぬ無意識の視覚のうちに、凡庸な詩心に身を漂わせて、まだ少しもその実在におどろかされることなしに、しかしこれ以上はないほどはっきりと、前方に認めていたものを見たのである。

泉ヶ岳の雪に輝く山巓《さんてん》の右方に、ふしぎな円い銀いろのものが浮んでいた。一寸見《ちょつと》ると静止しているようだから、曽根の拙《つたな》い俳句の云《い》うように、雪の屑が青空に飛散して、そこに止まっているとも見える。しかし仔細《しさい》に見れば、同じ位置のまま、その銀盤がすばやく廻転しているのがわかった。

「何だろう」

羽黒は眼鏡の央《なかば》に指をやって、鼻梁《びりよう》にしっかりと押しつけた。

異変はそこで終らなかった。泉ヶ岳の左方にも同じような円盤が現われていた。このほうは水すましのように、そこらあたりの空を駈《か》け廻っていた。二つの円盤の機械的な構造はかなり精密に見えたので、羽黒は遠近の感覚を失しているのではないかと考えた。円盤は泉ヶ岳のずっと前方に浮んでいるのかもしれないのである。

しかしそんなことはなかった。右方の円盤が急に傾いて、縁辺をこちらに向け、上下に薄い膨《ふく》らみのある一線になったとき、(それはあたかもつぶらにひらいていた眼が、急につぶって睫《まつげ》を深く残したかのようだった)、左方の円盤がふいに山のうしろに隠れ、右方のもこれにつづいて隠れたからである。

待つ間《ま》程なく、二機の円盤は美しい杏子《あんず》色になって再び山頂から現われた。二機は斜めに見る見る上昇し、怖《おそ》ろしい速度で、天頂の雲の中へ没し去った。……

その時以来、三人の目撃者にとって、世界は一変したのである。

「集まってもらったのは他でもないが」と、羽黒はようやく立上って、泉ヶ岳の雪のかがやきに目を向けたまま言った。「そりゃあ、町中《まちなか》の喫茶店で会って、話したってすむことだが、どうしてもここの薔薇園へ来て、あの雪の山を遠望しながら、決意を新たにする必要があると思ったからだ。例の『宇宙友朋会《ゆうほうかい》』が、巡回講演会にまで手をのばして来た。しかもどこでも大入満員で、東京では侮《あなど》りがたい人気を得て来たのを知ってるかね。大杉重一郎というのは、ただのたわけた半気違いだろうと思っていたが、それだけのものではなさそうだ」

「例の『世界平和達成講演会』でしょう。あいかわらず、地球や人類の救済の御託を並べているんでしょうかね」

と呑気《のんき》な口調で栗田が言った。

「いやな奴《やつ》ですね。あいつも名士になったか」

と曽根が言った。その口ぶりは、いかにも大杉の色紙が貰《もら》いたげであった。

「名士になったのどうのという問題じゃない。ともかくあいつは神秘を握っている。その神秘に惹かれて、人間どもが本気で平和を希《ねが》いだしたら、うるさいことになる。あいつは、今は大した力は持っていないにしても、われわれの邪魔立てをしていることには変りがない。早いうちにあんな邪魔者を根絶やしにしてしまわなくてはいけない。人間どもは、快く、たのしく、気楽に、自分でも気のつかぬほどあっという間《ま》に、滅亡させてやるのが身の為《ため》なんだ。いつも私が言うようにね」

羽黒はわかりやすく、嚙《か》んで含めるような口調でそう言った。

三人は思わず泉ヶ岳のほうを見つめた。今日はそこに出現する円盤の影もなかったが、去年のあの鮮明な視覚は又まざまざと蘇《よみがえ》り、あのときの邪悪な感動もいきいきと戻って来ていた。

円盤を見たときに、三人ともたしかに懐郷の想《おも》いにかられたのを憶《おぼ》えている。三人ともたしかに未知の故郷を同じくする者の連帯感を味わった。しかしそのことにいかにも邪悪な喜びがひそみ、すぐさま三人が共犯の感情で結ばれたのは何故《なにゆえ》だったろう。

羽黒はこのとき、心が心を、意志が他人の意志を支配するのに、何らの力を要せず、ただ一個の野放図《のほうず》な観念が見つかればそれだけで足りる、稀《まれ》な適切な瞬間にいたのである。羽黒がふだんから、この俗物の床屋と凡庸な学生に支配慾《しはいよく》を働かせていたということはありえないが、偶然こんな瞬間に置かれて、目の前にその二人しかいなかった状況では、仕方がなかった。

円盤を見たという体験は、何らかの記憶の喚起を借りなくては信じられぬような体験であり、又、体験そのものが何の感覚的な残滓《ざんし》も残さず、ただちに純粋な記憶に化して、深部に蓄えられるような性質のものだったので、三人が、今しがた目の前に見た円盤を、時空の彼方《かなた》の遠い記憶の影像として見たのは自然であった。しかも、触発された心は、この共通の体験から、怖ろしい速度で、お互いの裡《うち》に共通の記憶を探りたがっており、それが今まで人目に隠されていた各々《おのおの》の性格の暗い陰惨な幻を引き出したのも自然であった。三人はほとんど同時に、今までの半生に、どれほど人間たちを憎んでいたかを、自分の中、又お互いの中に発見したが、この発見には法悦があった。

今こそ羽黒は、三人の共通の過去を、存在のおそろしい奥底にいたるまで、一瞬にして照らし出す稲妻のような観念、そのすべてを閃光《せんこう》の同じ紫に染めなす観念を発見しなければならなかった。

彼は谷々、森や林、町や郊外の彼方に地平を区切る泉ヶ岳を凝視していた。雪にまぶされて輝くその姿は、ふかぶかと四方へ麓《ふもと》をひろげ、山襞《やまひだ》の豊かな重たい翼は、あたかも嘴《くちばし》を羽根の下へさし入れて伏している巨大な白鳥を思わせた。白鳥……その輝く純白の邪悪のすがた。助教授の脳裡《のうり》には、さまざまな記憶と幻影がぶつかり合い、教室の窓からの風にひるがえるノオトの白い頁《ページ》や、中学生のころからふしぎな楽音のように耳に残っていた星の名や……多くの想念が行きつ来つして、とうとう口に出してこう言った。

「わからんかね。われわれは白鳥座六十一番星あたりの未知の惑星から来たんだよ。さっきの円盤がそれを証明している。われわれは幸か不幸か人間ではなかったんだ」

この観念はあとの二人の頭に、忽《たちま》ちくっきりと定着された。いかにも冷静な講義口調で言われた言葉であるのに、裏に羽黒の発見の歓喜があって、その光りが迸《ほとばし》って二人を射たのだ。『そうだったのか』それですべての疑問が氷解した。あのような人間に対する憎悪《ぞうお》の原因は、みんなこれで解けたのだ。

「そうしてわれわれは地球へやって来たんですね。……でも何のために？」

と栗田が訊《き》いた。羽黒は自明の返事をした。

「人間を滅ぼすために」

＊＊＊

……去年のあの日から間もなく、三人の確信を強める出来事が起った。二日のちに、仙台を発《た》って帰京の途についた俳人が、汽車の中で脳卒中を起して頓死《とんし》したのである。

この最初の勝利を祝って、三人は東一番丁の喫茶店に集まった。法制史の助教授は会則を作ることが好きだったので、何かと小むずかしい内規を立て、彼を容《い》れない学内政治への不満を癒《い》やした。会合の割勘も規定の一つであった。三人は割勘の珈琲《コーヒー》で祝杯をあげた。

「これで一人片附きましたね」

と床屋が舌なめずりをして言った。

「たった一人で喜んではいけない。三十億の人類から、たった一人減っただけだし、世界人口は毎年三千五百万以上も殖《ふ》えつづけているんだ」

「いや、われわれの直接の敵が、という意味ですよ」

「それが私情というもんだよ、曽根君。滅びるべきは人類全体であって、われわれの感情は人間どものあの『人類愛』というやつに似ているんだ」

「だって先生、今日僕たちはたった一人のためにこうして祝杯をあげているじゃありませんか」

「それもそうだが……」

こうして三人は幸福に笑った。

今にしてはっきりしたことだが、気質も職業も年齢もちがう三人は、はじめて相見たときから、どことなしに馬が合っていたのであった。共通点はいろいろあり、三人とも美しくないこと、たえず人を憎んでいなければいられぬこと、むかしから人間全体にうっすらした敵愾心《てきがいしん》を抱《いだ》いてきたこと、などに於《お》て似通っていた。

栗田は店のあちこちのアベックの客を眇《すがめ》に見てこう言った。

「射的の人形のように、あいつらを片っぱしから狙《ねら》い射ちにして殺して行ったら愉快だろうな」

「そういう個別的なやり方は、君に人間性の滓《かす》が残っている証拠でしかないね。尤《もっと》もわれわれが、今まで何十年か背負ってきた人間の殻に郷愁を感じるのも自然だが。われわれは、手間のかかるやり方より、いつも一般的なやり方を命じられている。小はアウシュヴィッツや水爆、大は地震や洪水《こうずい》を惹《ひ》き起す地殻の変動という具合にね」

「ナチの上層部にも宇宙人がいたのでしょうか」

「いたらしい。しかし奴らのやり方は、自然を模倣しようとして果さず、人間的な残《ざん》虐《ぎゃく》性に足をとられていたふしがある。奴らの憎悪は窄隘《さくあい》で、『民族』なんぞという幼稚な観念にとらわれていたのだ。……だが君らが、殺戮《さつりく》の幻想に酔うことは勝手だよ。これはわれわれにとってのゴルフみたいな、俗界からの息抜きだから。個人的な憎悪を鍛錬して、人類全体への憎悪にまで高めることは、われわれのさわやかなトレイニングなんだ。その方法として、私は一案を提唱したい。少くとも週に一ぺん、三人でこういう賑《にぎ》やかな場所に集まって、人ごみを眺めながら、ものの三十分もお互いに決して口をきかずに、黙想《メディテーション》に耽《ふけ》る習慣を持つことだ。……そうだ、それを早速やってみようじゃないか」

三人は二階の窓ぎわの席をとっていたので、眼下の夜の雑沓《ざっとう》もよく見えた。通りの北端のつきあたりは、俄《にわ》かに闇《やみ》に面していたが、その闇から市庁の時計台がおぼろに浮び、文字板の蜜柑《みかん》いろのネオンの筋がふるえている。戸外には早春の夜風が吹きすさんでいるらしい。東一番丁の軒々の蛍光燈《けいこうとう》は、この季節にはまだ冷たすぎる彩《いろ》りで、真向いの大きな明るい書店の内部などは、冷蔵庫の中のように眺められる。

三人は空になった珈琲茶碗《ぢゃわん》を前にして、おのがじし黙想に都合のいい場所へ視線を固定して、黙りはじめた。

羽黒は煖房《だんぼう》の利《き》いた店内の鉢植《はちうえ》のゴムの樹《き》が、さっきから彼の髪にしなだれた葉を触れるのを感じていた。地上の植物の不快なまめかしい肌ざわり。……彼は知識人たちの殺戮を夢みていた。

世界中の学者、知識人、宗教家、芸術家、あらゆる知的選良たちを一堂に集めて、裸にして、高い塀《へい》の中へ押し込んで餓死させること。英雄的な死の決して似合わない連中には、何よりも餓死がふさわしい。その上書斎育ちの彼らの裸体は、もともと人間最醜の肉体をさらけ出すことになるのだ。羽黒は毎日毎日、その巨大な塀に耳を当ててたのしむだろう。ときどきあがる鋭い叫び。そのあとにつづく永い沈黙。時を経、日を経るにつれ、人間精神の結晶と考えられていた彼らの科学や宗教や哲学や美学が、飢餓の前に崩れてゆく音がきこえるだろう。人間の文化が砂の城のように、かさかさに乾いて、崩壊してゆく響がきかれるだろう。人肉嗜食《ししょく》の美しい風が羽搏《はばた》きはじめる。……鋭い悲鳴。永い沈黙。……そこに人間の文化の究極の神、最終の神が、すなわち人肉嗜食の神が、金襴《きんらん》の衣裳《いしょう》を身に着けてすっくと立上るのだ。生き残りたちはその神の宣言を耳にする。人間の文化の理想は、歴史的必然によって、すべて人肉嗜食に終るという宣言を。これが生き残りたちの耳にする最後の詩だ。暗い、きらびやかな、美しい風が吹きまくる。救済とは、この搔《か》き鳴らす琴のような風、人肉嗜食の風だったのではないか？　彼らの頭上の末期《まつご》の青空。正確な日々の完全な夕映え。磨《みが》かれた大腿骨《だいたいこつ》に映る抒情《じょじょう》的な雲。歯のようにぽろぽろとこぼれ落ちる実践理性。……彼は耳をあてて待っている。ついに完全な沈黙の一日がつづく。こうして人類の一変種、最も醜かった種族が全滅する！

――曽根は、おちつきなく、あちこちへ目を走らせ、かつては羨望《せんぼう》であり嫉妬《しっと》であった感情を、自分が宇宙人と知ってのちは、公正無比な検察官の感情に変えてしまった。曽根にはひとり頷《うなず》いたり、「ぷふっ」と唇の音を立てて唸《うな》ったりする癖があったが、黙想のあいだにこの癖はいよいよ繁《しげ》くなった。

『ぷふっ、有名人ども、金持ども、女にもてる若い美男ども、ぷふっ、こいつらはみんな滅びるべきだ』

地球上の床屋をみんな動員して、死刑執行人に任命すべきなのだ。地球上の床屋の椅子《いす》をみんな並べて、有名人、金持、美男どもを順に一人一人坐《すわ》らせ、白布で体をおおい、蒸しタオルを顔にかけ、一人一人念入りに剃刀《かみそり》でその咽喉笛《のどぶえ》を搔き切るべきなのだ。完全消毒の剃刀は店の自慢であり、こんな場合でも殺菌をゆるがせにすべきではない。青と赤と白の捩《ねじ》り棒は幾十万となく林立して朗らかにまわり、その本来の象徴を具現する。すなわち死者の顔色の青と、血の赤と、消毒されたタオルの純白とを。……見わたすかぎりの、磨きぬかれた床屋の椅子のきらびやかな羅列《られつ》。……そしてすべての死刑執行が終ったとき、曽根の商売仇《しょうばいがたき》、すなわち全世界の床屋たちは労をねぎらわれて、巨大な共同風呂《ぶろ》へ案内され、そこで風呂につかってくつろいだ末、突然蒸気で窒息《ちっそく》させられてしまう。

——栗田はじっと、向うの椅子にかけて大きな洋菓子を喰べている若い女の尻《しり》を注視していた。その尻は、タイトな薄緑いろの格子縞《こうしじま》のスカートに包まれて、女自身からはみ出した法外な野心のような姿をしていた。

女はみんな何かからはみ出し、はみ出したものが又、ちゃんと存在の枠《わく》にはまっていた。これが人間界の連環の基いをなしている。彼がその連環を絶ち切ればいいのだ。地球上のすべての女を不妊にすること。急ぐことはない。そうすれば百年以内に、人類はまちがいなく滅びる。……

栗田の目に、生殖の環を絶たれた人間どもの清澄《せいちょう》な姿がうかんできた。未来に対する幻影、くりかえしや再生に対する幻影を完全に打ち砕かれて、人間が自分の存在の、芸術作品のような一回性に自足すること。そのとき人間どもは、憧憬《どうけい》や渇望《かつぼう》を離れ、美しい終曲になり、つまり、今よりはよほど我慢できる存在になることだろう。

………。

「さて、規定の時間もすぎた。お互いに今の黙想の内容を話し合うことにしようじゃないか」

と羽黒が言った。

そこで三人は口々に話し合って打ち興じた。

「だんだんにわれわれの憎悪を高めて行こう」と指導者らしい口振りで助教授は言った。「そしていずれは、それが人類愛にそっくりな相貌《そうぼう》を呈するようになるまで、錬《れん》磨《ま》を重ねる必要がある。究極的には、われわれの望んでいるものは、人類全体の安楽死なのだ。われわれのやさしい心は、もうこれ以上、人間どもの苦悩というものを見ているのに耐えないのだ」

曽根はおずおずと口を挟んだ。

「ひとつ小さな例外を認めていただくわけには行かんでしょうか」

「例外とは」

「他でもないんですが、私の妻子だけは——女房も子供も、御承知のとおり、私とはちがって、人間ですが——、人間全滅の際に、お目こぼしを願うわけには行かんでしょうか。地球がオシャカになった暁《あかつき》、妻子だけは白鳥座へ連れて行きたいと思いますんで」

「いいだろう」と羽黒は即答した。「いよいよ滅亡のその日まで、君がその同じ気持を持ちつづけていられれば、それもいいさ」

「いや、ありがとうございます」

と床屋はお礼の言葉を述べた。

＊＊＊

それから一年経《た》った今日、「薔薇園《ばらえん》会議」とのちに羽黒自身が命名した会合で、飯能の宇宙人一族の活動を終熄《しゅうそく》させる方法をいろいろと相談したのち、一同は町に戻って割勘の夕食を喰べ、羽黒は入試の答案の採点の仕事が残っていたので、早目に青葉城下の米軍キャンプ跡の家に戻った。それは広瀬川五間淵《ごけんぶち》に跨《また》がる大橋を渡って、城址《じょうし》へ昇る広大な鋪装《ほそう》道路の右側にあり、米軍が引揚げたあとは、その簡素な洋風の小住宅の群は、公務員住宅に転用されて、裁判官や検事や大学の先生が住むようになった。

家々は左右相称の構造を持つ平屋の二軒長屋か、二階建の四軒長屋で、まわりに芝《しば》生《ふ》や花壇や、アメリカ風の物干場をめぐらしていても、ローラーで坦《な》らした土地には眺望《ちょうぼう》も風情《ふぜい》もなかった。しかし夏は、川を隔てた西公園の新しい市営プールへ、子供たちは橋一つ渡って通うことができた。

　独り者の羽黒は、老婢《ろうひ》を置いて、四軒長屋の一軒に住んでいた。二階の十畳を書斎に、四畳半を寝室に宛《あ》て、階下の六畳を老婢にあてがっている。ドアのベルを押すと、どんなに帰りがおそくても、きちんと着物を着た老婢が出迎える。羽黒は言葉すくなに老婢をねぎらって、二階へとじこもってしまうのである。

　一人きりになると、熱心に壁鏡を見た。四十五歳の痩《や》せこけた知識人の顔。どう眺めかえても眺めかえようのないその顔。鏡に息を吹きかける。その曇りが顔を消す。同時に何十年も彼にまつわりついて離れない口臭が、ほのかに戻ってきて彼の鼻孔を刺した。彼は自分の口臭を今では少し愛していた。この嘔吐《おうと》を催すような匂《にお》いは、旺《さか》んな生活力とは関《かか》わりがなく、むしろアカデミックな腐臭と謂《い》ったほうが近かったろう。

　羽黒はその年配の独り者がよくするように、犬や猫や小鳥を飼うこともしなかった。彼自身が彼のぶざまな飼犬で、狡猾《こうかつ》な飼猫だった。自分自身にじゃれて、自分自身から喰うだけのものをもらう生活。……

　お向いの二軒長屋の工学部の教授の家から、今夜も、お嬢さんの教わっているピアノの音がしていた。彼は窓の帷《とばり》を少し片寄せて、心おきなく輝いているお向いの「家庭の燈《ひ》」を一寸《ちよつと》眺めた。その燈は枯芝の上にこぼれ落ち、ピアノの稚拙《ちせつ》さは、こんな幸福をあたりに撒《ま》きちらすために、まるで巧まれたような完全な稚拙さだった。

『人間どもはああして、自分のまわりへ幸福の泥をはねちらす。迷惑な話さ。雨の日の自動車が、何の罪もない通行人の着物に飛び散らすはねのように』

しかし羽黒は人間の苦悩の永続性を信じていたから、幸福についてはあんまり偏見を持っていなかった。

彼はぞくぞくするような子供らしい歓喜のうちに、一つの考えを反芻《はんすう》した。それは毎夜の習慣だった。

『誰が知っていよう、俺がまぎれもない宇宙人だと！　大学の誰が知っているだろう、俺が人間ではないことを！』

それから書斎の一隅《いちぐう》の古い安楽椅子へ、爪切《つめき》りを手にして坐り、女たらしのように、手の爪を丁寧に切って丁寧に鑢《やすり》をかけた。仕事にとりかかる前に、彼はこんな風に、つまらない肉体的な消閑にかかずり合っていることが多かった。いつも人間の肉体を忘れぬために。

彼の爪は紙のようにらくらくと切れ、鑢をかけられると頼りなくしなった。ますます丹念に自分の蒼《あお》ざめた指先を注視しながら、羽黒は人間時代の思い出に沈んだ。愛されなかった青年期。愛されなかった少年期。どこまで行っても、過去は愛されない思い出に充《み》ちていた。

　机の上に積み重ねられた答案をちらと眺めた。読まないうちからうんざりしていた。新来の「青春」たちの、やくざな、独創性のない頭脳からしぼり出したあれらの夥《おびただ》しい答案。脂《あぶら》じみた手垢《てあか》がつき、青春の己惚《うぬぼ》れや、自分自身に対する誤解が、下手な書体の下にいっぱいうごめいているあれらの答案。……

　羽黒自身は、いつか博士号をとるつもりで入会権《いりあいけん》の研究をしていた。書棚には古文書《こもんじょ》がいっぱい詰っていた。二十年も研究をつづけていて、まだ一冊の本も書いていなかった。「法制史論叢《ろんそう》」という季刊誌に、二度ほど論文を書いたことはあったが。……日本のことだけに止《とど》めておけばよかったのに、比較法学に首をつっこんでコーラーなんぞに凝りだしてから迷路に迷い込んだ。日本で民衆的な慣習法が最も豊富に保たれてきた「入会」の研究から、各国の慣習法の古い土俗的な闇に迷い込んだのだ。大学では通り一ぺんの法制史概論を毎年講じながら、彼自身の研究の車輪は、ぬかるみにもぐり込んで、進むことも退《ひ》くこともならなくなっていた。

　……子供のとき、彼は頭でっかちで理窟《りくつ》っぽい、蒼ざめた子供だった。学校では芽キャベツという渾名《あだな》で呼ばれた。お母さんが彼の頭からいっぱい星の飛びだす夢を見た。彼が自分の無力を頑固に信じているのに、みんなが彼のことを悪意を以《もっ》て秀才だと信じていた。頭脳だけが飛び上って、星に交わる日のことを、彼は空想して夜空を眺めた。星の一つ一つは、冷えきった輝く脳髄のようだった。彼は下駄の裏に銀いろの絵具を塗った。あれは意味のないことだったが、母親は不吉のしるしと考えた。部屋数ばかり多い北六番丁の古い暗い家。従兄弟《いとこ》たちが遊びに来て、無力な彼を裏庭の青桐《あおぎり》の木に縛った。彼の顔に唾《つば》を吐きかけ、たのしげに笑ってそのまわりを輪になって踊った。母はもう死んでいた。……

——羽黒はもう一度窓の帷を少し片寄せて、戸外を眺めた。教授の家の燈《ひ》はすでに消え、ピアノの音も絶えていた。枯芝の上に稀薄《きはく》な月かげが落ちていた。

彼はようよう机に向って、しかし答案には手をのばさずに、今朝届いた速達を読み返した。それは宇宙友朋会の会員の私信だった。羽黒たちがただ内偵の目的からその会員になっているとは知らずに、いつも最新の情報を送ってくれる熱心な若い会員である。会報の発行は不規則なので、ニュースはこんな私信のほうが一ト月も早い。

「前略、遠隔の地に居《お》られる先生に、東京における本会の目ざましい発展を、一刻も早くおしらせしたい気持にかられて、これを書いております。

大杉重一郎会長の講演会は非常に盛況で、私も聴きに行って、深い感銘を受けました。二三の雑誌にもとりあげられる模様で、本会の発展は、ここに新段階を画した、と云《い》ってもよいでしょう。

大杉先生の講演要旨は、いずれ会報に記載されると思いますが、人類の平和と、破滅に瀕《ひん》している地球の救済を謳《うた》って、冷静な語調ながら、もし第三次大戦に人類が突入する場合の災禍を描くあたりは、息もつかせぬ迫力がありました。又、人類が真の平和を確立して、宇宙の調和と一つになる至福を論じたあたりは、先生の白皙《はくせき》のお顔も紅潮して、聴衆はみな夢見心地になって、すでに目の前にその至福が到来したことを実感しているような様子でした。

『空飛ぶ円盤』が平和の使者であり、友愛から出た警告者であることを、先生ほどはっきり論証された人はいないでしょう。私たちはまず勇気を学んで、人間を怖《おそ》れず、世界を怖れず、宇宙を怖れないところに、まず自己の平和を見出《みいだ》すべきなのです。宇宙を怖れ、世界を怖れ、人間を怖れる恐怖心と猜疑心《さいぎしん》が、すべての戦争の原因なのです。

大杉先生がスライドで見せて下さった円盤写真は、いずれも信憑性《しんぴょうせい》の高いもので、ブラジル海軍省公認の円盤写真などは、画期的なものと云えます。南米のどこかの断《だん》崖《がい》のほとり、紺碧《こんぺき》の南の海の上に、ぽかりと浮んだ白い浄《きよ》らかな円盤の姿は、地上の雑事やいがみ合いの世界から、私たちの心を、遠く天外へ拉《らっ》し去ってくれました。……」

『怖《こわ》いもの知らず奴《め》が！』と羽黒は、嘲《あざけ》りに口をゆがめて、舌打ちをした。

＊＊＊

栗田はあくる日の日曜日、ひねもす家に籠《こも》って、憂鬱《ゆううつ》な思索に耽《ふけ》った。すべては二年前に、宝部文子《たからべふみこ》が殺されてから起ったことだった。家人はこんな様子の彼を、遠くから見戍《みまも》るだけではらはらしていた。とりわけ早春のこの時候はいけなかった。文子の死は二年前の丁度今頃に起ったのである。

宝部文子は栗田の家の近所の五十人町に住んでいた二十八歳の美しい出戻り娘だったが、年とった母親と二人暮しで、人形作りを教えて生計を立てていた。そのつつましい門の引戸のそばに、かかっていた看板の一字一句まで、栗田は諳《そら》んじている。

「純日本人形の手芸講習
どなたでも気軽に造れます
宝部人形教室
講習日――火木土　午後四時まで」

文子はこの界隈《かいわい》でも評判の美人であったので、男のくせに人形作りを習いたがる人もいたけれど、文子は女の弟子しかとらなかった。そのくせ文子は身持がわるいので評判の女だった。男友達が何人もいたことは本当だが、それ以上のことは、一体事実なのか、それとも噂《うわさ》をする人たちの嫉妬《しっと》から出た作り事なのかわからなかった。

——栗田は一昨年の日記を繰った。

今日と同じ三月の第二日曜日に、文子に命ぜられて、花の鉢《はち》を買うお供について行った記述が出ている。

午前十時、文子は保春院前西新丁の市営バスの停留所のある三角広場で待っていた。男を待つのに、どうして文子は、いつも一等人目につきやすい場所を選ぶ癖があったのだろう。黒天鵞絨《ビロード》のコートをゆったりと着て、白地に紺とオリーヴいろの更紗《さらさ》もようの着物の衿元《えりもと》を見せていた。小さな白い顔、切れ長の大きな目ばかりのような顔が、埃《ほこり》っぽいプラタナスの冬木の下で、落着きなくあちこちを見張っていた様子が、古い日記の行間から浮び上る。

栗田は屈辱の喚起に耐えないで、目を閉じた。会うとすぐ子供の話。こうして大男の醜い大学生をお供に引き連れながら、文子の話題は、別れた良人《おっと》に残してきた子供に会いたいという愚痴に尽きていた。そして二人きりになって、栗田が激すると、文子はいつもこう言ったものだ。

「子供ができるからだめ。そのために私も子供もこんなに悲しい苦労をしてるんだもの。子供を避けようとしてもだめ。現にあの子だって、できる筈《はず》のないものができたんだもの」

同じ拒絶の言葉を、文子はだるい調子で歌うように空疎《くうそ》に言った。

栗田は今では自分が人間ではないことを発見した。だから今の憂鬱は過去の澱《おり》であり、人間でないものが仮りに人間の苦悩を模倣してみる遊びである。しかしあのころの栗田は人間だった。

それでいて、たえず、人間的苦悩を鳥瞰《ちょうかん》できるところに身を置くことを夢みていた。彼の夢みていた二重構造。悪はけだかく天上に太陽のように輝き、もう一人の彼は人間の肉体の巣の中に汚穢《おわい》にまみれている。いつか彼の身にまつわりついた臭気を、殺《さつ》戮《りく》の欲望が浄化するだろう。しかし彼の考える否定と、本物の殺戮の欲望との間には、何たる距離があったことだろう。

彼の考えるどんな否定も、決して結実することがなかった。殺すことだけが、いつか実を結ぶだろう。

……日曜日の市民たちにまじって、二人がくぐった養種園の門は、丁度汽車のガードを隔てて、保春院の筋向いにあった。それはもと伊達家《だてけ》養種園と呼ばれ、東北地方の農産物の改良発達のため、明治三十三年に伊達邦宗《くにむね》が創設したのが、のちに仙台市の所有に帰して、都市近郊農業の指導農場になったのである。今の季節にここを訪れる人の目的は、多くは、温室栽培の花の鉢を、直売の値段で、安く手に入れるためであった。

線路の土手が低く地に没するあたりまで、これに沿うてひろがった養種園は、荒涼とした果樹園や、死んだ畠《はたけ》や、枯芝の小公園などを点在させて、平野を越えてくる冷たい早春の風にさらされていた。花を買う前に少し歩こう、と栗田は言った。彼に言えることはそれくらいしかなかった。

女はあいかわらず子供の話をしていた。別れた良人が、子供が母親の名を言うたびにきびしく叱《しか》ること。子供がテレビのことを、テビレという癖のあること。母親は怖ろしい妖怪《ようかい》になったと信じ込まされていること。……

たえざる無視。綿密な注意を払って、たえず栗田の顔へまともに押しつけることを忘れない文子の無視。……散歩はあまり寒く、栗田は学生服の上に外套《がいとう》を着て来なかったことを悔《く》やんだ。その寒さにさからって文子を歩かせることだけに、硬《こわ》ばった時間の一秒一秒を栗田は賭《か》けた。

晴れてはいるが、雲の多い広大な空。小公園の棕櫚《しゅろ》は薦《こも》を巻かれ、その中央の小さな丸池は、寒さにちり毛立った肌のような漣《さざなみ》を立てている。乾いた土の起伏の上の、まだ芽吹かない果樹のうずくまった姿。二人はまともに吹きつける平野の風の中を歩いていた。やがて桜並木のある堤と、川に架した木橋のところまで来る。鶯《うぐいす》いろの川水が、岸の笹《ささ》むらの戦《そよ》ぎを映している。

文子は木橋の上に立止った。そして唇《くちびる》を歪《ゆが》めて、その言葉に何の意味も含ませずに、ただ自分の意志を栗田に押しつけるためだけにこう言った。

「私もう歩くのいやだ」

栗田はこの時の文子の寒さに白けた顔をよく憶《おぼ》えている。風にほつれた髪の影を、雲を透かしてきた弱日《よろび》がおぼろげに額に宿し、目は風に逆らって来たためにいくらか充血して、目尻《めじり》に汚れた涙が溜《たま》っていた。殺される時の彼女も、こんな顔つきで殺人者を見上げたのではなかったか？

栗田の口から出た言葉は、あいかわらず力のない、迎合的なものだった。

「そうか。じゃ引返そう。温室のほうへ」

彼はこの時たしかに文子を憎んでいたのに、殺人者は彼ではなかった。人間の不如意《ふにょ》が金ぴかの紋章のように彼の額に刻まれていた。もし彼がすでに人間ではなく、

「私もう歩くのいやだ」と言っている文子の顔を、川の堤の桜の枯枝《かれえ》よりもはるかに高く、冷え凝《こご》った雲のあたりから眺めていたら、それは一疋《ぴき》の飢えた牝鹿《めじか》の顔のように可憐《かれん》に眺められたかもしれない。そしてその胸に猟矢《さつや》を射込んでやることに、何の躊躇《ちゅうちょ》も感じなかったかもしれない。

——温室は養種園の門に近い一画にあり、人々がぞろぞろ出入りして、出てくる人はめいめいの好みの花の鉢を抱えていた。

「花鉢物価格

シクラメン（百五十円）、チューリップ（百二十円）、ヒヤシンス（百円）、クロッカス（六十円）、スイートピイ（百五十円）、べコニヤ（八十円）、プリムラ（百円）、——鉢をお持ちになって事務所でお支払下さい」

という貼紙《はりがみ》がしてある入口の外にも、日溜りの露地に三色菫《すみれ》のいじけた花がひらき、さっきの散歩道にくらべて、このあたりは日ざしまで豊かな感じがした。

温室の中のあの湯にひたったような温かさ。あれは救済だった。文子が花を選んだ。すでに一疋の蜂《はち》が、紫のヒヤシンスに羽根を休めていた。金魚草、黄と赤の蠅取草《はえとりぐさ》、青い如露《じょろ》、咲きかけた緋《ひ》のチューリップ……。荒涼とした戸外と反対に、温室の中は色彩のありたけを尽して燦然《さんぜん》としていた。

文子はとうとう、洋紅の天鵞絨《ビロード》の花と強い隈取《くまど》りの葉を持ったシクラメンの鉢を高く掲げた。

「私これにするわ！　これに決めたわ！」

そのときすでに彼女は自分の血にふさわしく、自分の死の枕頭《ちんとう》にふさわしい花を選んだのだ。栗田は百五十円の鉢をさしあげて歓喜の叫びをあげている文子を見た。人間生活の愛の泥濘《ぬかるみ》や、身すぎ世すぎや、思わせぶりの純潔や、動物的な母性愛や、それらの只中《ただなか》から天へ向ってさしのべられた百五十円のシクラメンの花は、文子のせい一杯の弁疏《べんそ》とも見え、また地上のあらゆる虚偽の美しい結晶とも見えた。いっそそれは造花であればよかったのだ。

『この女を憎んでやる。憎んでやる。過去へ遡《さかのぼ》って、この女を石女《うまずめ》にしてやれたらどんなに愉快だろう。別れた良人へ預けた子供というのも嘘《うそ》なら、すべては彼女の嘘ということになれば、俺への彼女の拒絶は絶対な純粋なものになる。文子の身に鎧《よろ》っている人間の羈絆《きはん》がみんな嘘の上に築かれていたことがわかれば、俺は安心して彼女を殺せるだろう。文子のちらつかせる人間の匂《にお》いが、俺を後込《しりご》みさせるのだ』

栗田はそう考えた。文子の意地悪な歓喜の叫び。花に頬をすり寄せる誇張した仕種《しぐさ》。それらはすべて、みみっちい人間生活の固執において、彼を傷つけていた。素焼の植木鉢のあざやかな赤土色は、いわば磨かれた真鍮《しんちゅう》の喇叭《らっぱ》の響きのように、彼を無視し彼をはねのける生活の歌を高らかに歌っていた。文子の小さな、表情に乏しい顔の、全体がこう語っていた。

『私は生きている。あなたは一体何をしているの？　醜い大男の学生さん。女をつかまえて、子供一人孕《はら》ませることもようできずに』

――三日のちに文子は自宅で殺された。作りかけの人形や、その小さい首や手足に、血しぶきが散乱し、床の間に置かれたシクラメンの鉢の花や葉にまで、数滴の血が届いていた。母親はこれを見て卒倒して、間もなく死んだ。犯人はすぐつかまった。道路工夫だということだが、定職はなかった。新聞は痴情の殺人という見出しを与えた。

栗田はこの事件のあと、神経衰弱にかかってぶらぶらしていた。少しずつ体が恢復《かいふく》して、事件からほぼ一年のちに、山上の薔薇園《ばらえん》で、羽黒や床屋と一緒に、空飛ぶ円盤を見たのである。

＊＊＊

曽根は日曜日には、子供を連れて、中食の弁当を持って、散歩に出るならわしだった。そんな風にして、大ていの場所へは行ってしまったので、却《かえ》ってすぐ目と鼻の先の大学構内をぶらつくことが多くなった。第一そこには、金のかかるものは何もなかったからである。

小学校の一年と、三年との男の子。五年の女の子。曽根。小柄なつつましい妻の秀子。中学校二年の長女。……いつもこういう順序で、床屋の一家は、休日の最高学府の北門を堂々と入って、古い松並木のある広大な道を進んで行った。そして大てい、運動場のベンチで学生たちの野球を見物しながら、弁当をひらいた。

長女はこんな散歩を面映《おもは》ゆく思っていて、不恰好《ぶかっこう》な荷物を持たされるのもいやで、一等うしろから、少し離れて不承不承《ふしょうぶしょう》ついて歩き、弁当がはじまっても、なかなか箸《はし》をつけないで、携えてきた雑誌にしがみついていた。その雑誌は必ず色彩ゆたかな大判の娯楽雑誌だったが、彼女はその一頁《ページ》一頁を世にも重厚な様子でゆっくりとめくった。

曽根はその隣りに腰かけ、娘がいやがるのを知りながら、うしろから包み込むような姿勢で、彼女の肩先へ顎《あご》をさし出し、彼女の耳もとでひっきりなしに咀嚼《そしゃく》の音を立てながら、娯楽雑誌の一頁一頁を丹念にのぞいた。

けばけばしい色刷写真。派手なシャツを着て飛んだりはねたり、造花の桜の下で抱き合ったり、ツウィストを踊ったりしている若者たち。男の子たちの髪は、曽根が徒弟時代に親方から教わった「もっとも下品な、破壊的な髪型」の見本を示していた。

『こいつらが大枚《たいまい》のお鳥目《ちょうもく》をとっている。世間からちやほやされ、喰いたいものを喰い、着たいものを着、夜は夜もすがら遊びまわり、身分不相応なスポーツ・カアを乗りまわし、星の数ほども女を知っている。ちょッ！　たったの十八歳で』

　娘の夢みる眼差《まなざし》と父親の公正な怒りの視線とが、赤や黄のシャツを着た流行歌手たちの顔へひとつひとつ平行に注がれた。曽根はそいつらの名をみんな諳《そら》んじていた。ヘンリー・新村、浅野譲《じょう》、ディッキー・山田、鳥ススム、……これらのへんてこりんな名前を持った無礼千万な若者たち。曽根がその名を憶えることで、その名は実際以上に有名になり、曽根の夢想のきらびやかな生活の中にどぎつい光りを放った。

　こいつらもみんな床屋の椅子《いす》に坐《すわ》らせて、片っ端から咽喉笛《のどぶえ》を切ってやるべきなのだ。地上からやかましい歌声がすっかり消え、死んだ惑星のような沈黙が支配するだろう。つまり完全な優雅が。地球はそのとき美しい星になり、調髪美学に則《のっと》った、「気品のある穏和な代表的紳士風髪型」を持つようになるだろう。……

「そのヘンリー・新村って奴《やつ》は、もと練鑑《ねりかん》にいたんだよ。かっぱらい常習犯だったんだ」

と曽根は、娘がひときわ熱っぽい視線をそそいでいる生白い若者の写真を指さした。その微笑している白い歯は、石膏《せっこう》の歯型のようであった。

「うそ！　そんなことうそだ！」

娘は肩で父親をはねのけて、そう言った。

「本当だよ。大人の読む週刊誌にはちゃんとそう書いてある。週刊誌に書いてあることはみんな本当だよ。ぷふっ。練鑑を出てから、五十女に可愛《かわい》がられて、燕《つばめ》ぐらしをつづけるうちに……」

「お父さん！」と細君が遮《さえぎ》って、悲しげな声で叫んだ。「何ですか、子供に向ってそんなことを」

曽根はふりかえって、小柄な細君をつくづく眺めた。すると曽根の小肥《こぶと》りした体は忽《たちま》ち空中に浮き上って、早春の絹のような雲の丹前に包まれて、自分の家族を見下ろしている気になった。人間のうち、救済に値いするたった一つのこの家族を。

細君の秀子は、鼻があぐらをかいているほかは可愛い娘だったが、それも四十歳になってしまって、いつも悲しげに眉《まゆ》をひそめている醜い女になった。秀子は誠心誠意良人を愛していた。その愛し方には、小函《こばこ》の中に溜めている古い折れ釘《くぎ》や古い領収証などに対する、子供の排他的な愛着に似たものがあったけれど。

秀子は良人の中に人並外れた嫉妬《しっと》や憎悪《ぞうお》が巣喰っていることを、感づいている様子ではあったが、それがみんな自分とは何ら関係のない対象へばかり向けられていることも知っていて、盆栽いじりや野球きちがいなどの無害な道楽をゆるす世の細君と同様、まるで気にとめていないらしかった。いつでも秀子は、曽根が言葉をかける暇もないほど、忙しそうにしていた。家事は山積し、その上店では、仕事中の曽根や徒弟に、よく絞った熱い蒸しタオルを投げてやるのも彼女の仕事だったからだ。

それから、赤や黄やそれぞれ原色の、秀子の手編みのスウェータアを着せられた子供たち。彼らの夥《おびただ》しい洟水《はなみず》と、夥しい宿題。……

『俺はとにかくこいつらに喰わしてやってるんだ』と宇宙人の曽根は満足して思った。『だからして、人類滅亡の際に、こいつらを救い出して連れてゆくのは、俺の責任というものだ』

多分高空から眺めたら、小さな色とりどりの毛《け》糸屑《いとくず》のようにみえるだろうこの家族の重要性は、まだ世間には全然知られず、少しも「有名」になっていなかった。

一番下の子とすぐ上の子が、

「まるでなっちゃねえや」

と目前の学生たちの無気力な野球に飽きて言っていた。するうちに駈《か》け出した。むこうの中央講堂の半円のテラスをめざして駈けて行く。

中央講堂は左右にスペイン風の翼をひろげた古い洋館で、そのスレートの屋根瓦《やねがわら》は緻密《ちみつ》な鱗《うろこ》の青を畳み、テラスの上に複雑な美しい木造のファサードを見せていた。北側の翼廊のかげには、雪解《ゆきげ》の名残《なごり》の泥濘《ぬかるみ》が光っていた。

二人の男の子は急につまずいたようにみえたが、それは道に落ちている松の枝を争って拾ったのである。この即席の刀で、薄日のあたるテラスの上でチャンバラをはじめた。

曽根はすべての眺めにうっとりした。こうした日曜日の恩寵《おんちょう》のおかげで、金持や有名人や映画俳優や流行歌手たちは、一せいに迅速《じんそく》に破滅するだろう。自分たち一家の、愛すべき、満足しきった小市民的家庭の団欒《だんらん》が、世界中に向って放ちかける悪の光線に当てられて、あいつらは一人残らずばたばたと倒れて悶絶《もんぜつ》するだろう。……

子供のチャンバラの刀は、脆《もろ》い不恰好な枯枝にすぎなかった。しかし子供の心がそれに刀の幻を与えたからには、それは小さい頭上でふりあげられるときに、憂《うれ》わしい早春の空を映して屹立《きつりつ》する剣《つるぎ》、天に冲《ちゅう》する銀いろの剣になった。

『どんなものでも兇器《きょうき》になりうるのだ！』

曽根は眩暈《めまい》のするような歓喜の中で考えた。彼は人間の皮膚の薄さを職業柄よく知っていた。

＊＊＊

考えてみれば一党は、この一年を全く無為にすごしたのであった。去年の伯林《ベルリン》危機のときには、いよいよ世界の滅亡が近づいたのを知って喜び合い、曽根は訝《いぶか》しがる細君に赤飯を炊《た》かせて、羽黒の家へ届けさせたほどであったが、危機はいつのまにか熄《や》んでしまった。夏から秋にかけて天頂に誇りかに懸っていた白鳥座は、世界危機の解消と共に、北の地平の果てへ退《しりぞ》いた。かれらの六十一番星とその見えざる惑星も。

去年の夏の晩、曽根や栗田は、青葉城址《じょうし》に登って、羽黒が大学から借りて来た望遠鏡で、羽黒の指さすままに、天《あま》の川《がわ》のほとりに自分たちの故郷の星を辛うじて認めたことがあった。

この甚だぱっとしない六等星は、ドイツの天文学者ベッセルが、一八三八年に、はじめて恒星の距離測定に成功した記念すべき星で、その十一光年という距離は、われわれの肉眼で見える恒星のうちでは四番目の近さだった。羽黒の説明によると、六十一番星は二重星であって、その二重星のどちらかに見えざる惑星が随伴していることは確実であり、かれら三人はその惑星から来たのだった。一九四二年までは、太陽系以外に、惑星に相当する天体があるという証拠は何もなかったのだが。

この星を望遠鏡のレンズの中に認めると、三人は狂したようになった。自分たちが忽《たちま》ち日常的な形態から離れて、胃が八つ、肺臓が五対もある、煩瑣《はんさ》な怪物になったような気がした。体内の歯車がみな外れ、どこにも調和というものがなくなって、胃腸が轟《とどろ》くような機械音を立て、すべての事物が彼らから遠ざかって、冷たい宇宙空間に放り出されているように感じられた。三人は思わず手を握り合ったが、真夏の夜の手は氷のように冷たかった。

「もうじき戦争が起るだろう」

とそのとき羽黒は言った。

しかしそれから半年たった今日、羽黒は失望をこめて、同じ言葉を繰り返さなければならなかった。

「もうじき戦争が起るだろう。いずれにしろ、それは起らなくちゃならんのだ」

薔薇園会議の数日後のある宵《よい》、三人は東一番丁のビヤホールで落合って、近くの藤崎デパートで安い買物をすることを思い立った。これは子供らしい思いつきであったが、割勘のビールに酔った三人の心は、わくわくしてこんな破天荒な思いつきの実現に走った。

羽黒が、地球を破壊する道具を、三人思い思いの考案で、百円以下の予算で買いに行こうと言い出したのである。

かれらはふだん百貨店へあまり出入りしなかった。三人とも消費がきらいだったし、無数の物質の媚態《びたい》がきらいで、それらの物が呈示している人間どもの生活の永遠性がきらいだった。食器売場では、家庭の茶碗《ちゃわん》がいつ壊れても取りかえのきくように、同じ柄の安茶碗がいつまでも並べられており、それらが生活のみかけの永遠を保障していた。帚《ほうき》が笹《ささ》くれ立てば、代りの帚が待っていた。これらは羽黒たち三人の意志に対する、公然たる侮辱であった！

まず羽黒が荒物売場へ行って、九十円で小さい捩子廻《ねじまわ》しを買った。

「やられた！」

と曽根が大声で叫んで、額に手をあてた。彼もそれを狙《ねら》っていたのである。

次に栗田が薬品売場で硫酸はあるかときいた。こんな反社会的な質問に羽黒助教授は怖《おそ》れをなして、同伴者と見られぬように化粧品売場のほうへ逃げて、女の使う乳液の瓶《びん》をしげしげと見ていた。女店員が使用目的をきくと、栗田はぬけぬけと工業用と答え、五百瓦《グラム》入りの罎《びん》を八十円で買った。そして避けようとする羽黒のそばへ寄り、

耳に口を寄せて、

「こいつを地球の顔にぶっかけてやるんですよ」

と言った。

次いで曽根は、二人をあらゆる売場へ連れまわった末、さんざん頭を悩まして、百円きっかりで胡桃《くるみ》割りを買った。

三人はこんなスリルに富んだ買物をしたのち、幸福な面持で藤崎デパートを出た。すると道ゆく人たちの燈下《とうか》の姿は、廻り燈籠《どうろう》の影のように、俄《にわ》かにはかなさを増して眺められた。

「可哀想《かわいそう》にこいつらも永いことはないんだ」と酔いに弛《ゆる》んだ声で栗田は言った。「それに気づいたら、こいつらはどんな顔をするでしょう、ねえ、先生」

「青菜《あおな》に塩ですよ」と曽根は、眉をひそめている羽黒に代って言った。どんな天変地異を表現するにも、彼はちゃんとふさわしい常套句《じょうとうく》を用意していた。「青菜に塩ですよ、お気の毒に」

流行のノオ・パーキングと大書した手提《てさげ》を持ったB・Gも、春のコオトを律儀《りちぎ》に着た新米のサラリーマンも、身につかない背広姿の学生たちも、母親に手を引かれた子供も、すべて着実な死の影を宿していた。それらはあたかも悉く《ことごと》が、自分ではそれと知らずに、死の結社に加入して、輝かしい破滅の星の徽章《きしょう》を胸につけて闊歩《かっぽ》しているかのようだった。

「タクシーを奢《おご》りましょう。青葉城へ行きましょうよ、先生。折角買った道具をためしに」

と若い栗田が、気が大きくなって言い出したので、どんな場合にも生活の歩調を乱さない二人の年長者は、黙って目を見交わして賛成した。

「青葉城へ！　青葉城へ！　滅びの城へ！」

と小型タクシーの中で大男の栗田は唸《うな》って身を揺《ゆす》った。こんな酔漢の気まぐれに馴《な》れっこになっている運転手は、高い鉾杉《ほこすぎ》に囲まれた真暗な急坂を、その杉の根へ小石を跳《は》ねとばし、木《こ》の間《ま》の夜空へヘッドライトの光芒《こうぼう》を際《きわ》どくめぐらしながら、乱暴に昇った。

曽根は汗ばんだ手の中に、デパートの包み紙をしっかり握って、買物以来数十分を経た今もなお、自分の示した機智《きち》に酔っていた。

『地球をぶっこわすのに、胡桃割りとは、何とまあ洒落《しゃれ》たアイデアだろう。こりゃあ三人の内で一等だ。誰だってこんなことはおいそれと思いつくものじゃない』

一方、酒の酔は醒《さ》めかけていて、ゆくてに星空の下にそそり立つ護国神社の大鳥居の島木を望むと、今から自分が宇宙の枢機《すうき》に参画するような、すがすがしい虚栄心に身が引きしまった。

本丸跡《ほんまるあと》は、まだうすら寒い夜は人影もなく、本丸茶屋も戸を閉ざし、遊歩路のところどころに夜目にしるく、大広間跡とか能舞台跡とか記した立札が立っていた。本丸跡を示す雄大な昭忠碑の頂きには、沈みかける上弦の月を受けて、青銅の巨《おお》きな鷲《わし》が翼をひろげていた。その翼には夜をしろしめす不吉な威風があった。

三人は松柏《しょうはく》をわたる夜風をききながら、伊達政宗のずんぐりした白い陳腐な立像を背に、展望台の上に居並んだ。仙台全市の夜景が眼下にひらけた。広瀬川は町の手前をどす黒く迂回《うかい》し、駅から広瀬通りと青葉通りを結ぶ中心部には、夥《おびただ》しいビルの燈火のあいだにネオンサインが煌《きらめ》きを移していた。市の真東にあたる太平洋の水平線は、霞《かすみ》と、これににじむあいまいな燈火に阻《はば》まれて、見えなかった。

三人はすっかり酔もさめて、かれらの育ってきたこの町の、腐った過去や因襲の堆《たい》積《せき》の上に、丁度巨大な魚の肌に一面に吹き出した発光菌のように、きらめきわたる燈火をぼんやり眺めた。これが彼らのかつて住んでいた人間の世界の全貌《ぜんぼう》だった。評《ひょう》定河原橋《じょうがわらばし》にちかく、赤煉瓦《れんが》の裁判所の塔の煤《すす》けた燈、T大学の暗い建物の聚落《しゅうらく》のまばらな燈、東一番丁の蛍光燈の正しい二連《ふたつら》、そこらあたりの空に隈《くま》なく廻るネオンの集積、……燈は夥しければ夥しいほど却《かえ》ってさびしく、ときどき自動車の警笛がかすれてひびき、その余は皆、暗い夜の鋳型《いがた》にしっかりとはめ込まれていた。そして頭上には稀《うす》く雲のかかった星空が、東方に牛飼座や乙女座ののびのびとした線描をひろげていた。

「やがて戦争が起るだろう」と羽黒はいつもの文句を言った。「あんな邪魔っけな燈《あか》りは一つもなくなる。そうすると星空が安心して地上へ降りて来るのだ」

眼下の人間どもの燈火の一つ一つが、羽黒の孤独の原因だった。彼は、どんな理由によるのか、生れつき人間の苦悩を信じていたから、今度はその苦悩が彼を人間から弾《はじ》き出し、苦悩の所在はますます明確になり、もはや彼は人間ではないのだから、その苦悩と顔をつき合わせて暮すことになったのだ。こんな事態は早晩改善されなければならないし、それは事実改善されるだろう。すなわち人間とその世界は滅びるだろう。彼の慈悲心に安堵《あんど》を与えるために！

「われわれは一秒毎《ごと》に偶発戦争を期待することができるのだ。遠隔操作のボタン一つで、アンチ・ミサイル、ナイキ・ジュース、固形燃料を使ったＩＣＢＭ、ミニットマンが時速二万三千キロですっとんでゆく。逃げる暇のある奴《やつ》は一人もいない。……苦しむ暇もない。今まで苦しみすぎたから、それでいいのだ」

羽黒は独り言のようにそう言った。

「だからそれを早く起るようにさせるにはどうすればいいんです」

と栗田が学生口調を残した言い方をした。

「平和運動の逆をやればいいのだ、という結論に一応私は達している。つまり平和運動がいつもデモだとか署名だとかの、数と集団にたよるあのやり方、あれを戦争運動にそのまま取入れるわけには行かない。なぜなら来《きた》るべき核戦争は集団の憎悪《ぞうお》によって起るよりは、そんなものと関係のない個人の気まぐれや錯乱や『不幸な』偶然から起るだろうからだ。

いいかね。集団の時代はもう終ったのだ。集団の時代が終ったということは、おもてむき画一化をすべての建前としている現代史の、実は最も怖るべき秘密なのだ。

われわれのやり方は、集団にたよらず、アッピールをせず、黙想によって人間悪の核心をおしゆるがし、人間を自滅させる行き方なんだ。悪が孤独な詩のようになり、詩が孤独な悪のようになっているのが、現代の本当の状況なんだよ。みんなは集団化と画一化の果てに戦争がはじまるように思っているが、実は一人の個人の小さな詩から戦争がはじまるのが現代なんだよ。

世界の指導的政治家や、ICBMの基地の司令官や、ボタンを押す係りの下士官や、そういう奴の心に、或《あ》る日、小さな花粉のような詩が忍び込んで、彼らに嚏《くしゃみ》をさせればいいのだ。それで戦争がはじまるんだ。

ではわれわれの黙想を、集団の力を借りずに、どうやって奴らの心へ忍び込ませることができるか。さあ、問題はここなんだ。これは人間世界の論理ではほとんど不可能で、伝達できないものを、伝達の手段を絶って、伝達させることに他《ほか》ならない。しかし忘れてはいけない、われわれは宇宙人なんだよ。教育という時間的伝達や、ラジオ・テレビ・印刷物などの空間的伝達のほかに、われわれは四次元的な伝達の手段を持っている。われわれの黙想の力は、錬磨《れんま》を重ねるうちには、きっと凡庸なボタン押し係の下士官の心に、人間理性の粗《あら》い網の目の間にぽかんと空《あ》いた空洞のようなものを生ぜしめるにちがいない。

たとえばこういうわけだ。われわれが円盤を見たり、故郷の星を見たりしたときに感じた、あのあらゆる地上の事物からの疎隔《そかく》の感じ、あれが地球人があやまって詩と呼んでいるものだが、あれが下士官の心に、ふいに物干場の白いシーツのひるがえりとか、桜草の花なんかを出現させる。彼はそれを詩だと思っているが、感傷的な外被におおわれながら、そのとき彼の見たものは、すべての事物から離れた宇宙空間に投げ出された自分の姿で、シーツや桜草は、事物の世界に対する彼の緊急な回帰の必要を暗示しているにすぎぬ。彼はあわてて自分の手もとにある一等手近な『物』にとびつくだろう。その一等手近な物とは、いいかね、それがボタンなのだ。……もうわかったろう、栗田君、私の云《い》う人間悪とは簡単なことだ。それはつまり人間の『事物に対する関心』なんだよ」

これをきいたとき、栗田は心に養種園のシクラメンの鉢を呼び返していたが、曽根はまるきり退屈な表情で欠伸《あくび》を噛《か》み殺していた。百貨店の包み紙を剝《は》いで、手の中に胡桃《くるみ》割りを光らせながら、あたりを見廻した末に、外燈の下の地面に、昼間子供がころがして忘れて行ったらしいピンポンの玉を見つけて、拾った。

「ごらんなさい。これが地球ですぜ。ごらんなさい」

羽黒と栗田は、まだ黙想に耽《ふけ》っていて曽根の大声もよそに聞いたが、突然セルロイドの玉の押しつぶされる音に呼びさまされた。

「ぶっこわれた。地球がぶっこわれた。こりゃあ愉快だ。もうあんた方の壊す地球は、残っちゃいませんよ」

曽根はひとりで笑って踊るような身振りをした。

栗田はそれにつられて展望台の柵《さく》のところへ行き、硫酸の罎の中身を、まだ芽吹かない木々の枝や、下草の熊笹《くまざさ》の上へぶちまけた。

「これで折角の美しい星の面《つら》も滅茶苦茶《めちゃくちゃ》だ。ねえ、先生、これで地球はもう二度と、世間へ顔出しはできませんよね」

一旦《たん》消えた酔が又発したように、曽根と栗田はとめどもなく笑いながら、腕を組んで踊りまわり、その長短の影が土の上に伸びては縮んだ。

羽黒は内ポケットから捩子廻《ねじまわ》しを取出し、さわがしい連れを背後に、さっき栗田が硫酸をふりまいた柵に凭《よ》った。

彼は捩子廻しの尖端《せんたん》を、かがやく市街の遠景へさし向けた。それを廻せば、人間社会の機構の歯車の一つが弛み、何度か廻せば、その歯車は抜けてぽろりと地に落ちるだろう。電力ビルのネオン塔が青と白の斑《はだ》らを急速に左右へ移している。ビルの無数の窓々は、無表情に硬く光っている。……歯車が一つ落ちるだろう。その欠落は次々と崩壊《ほうかい》を生み、ついには全機構が崩折《くずお》れて息絶えるだろう。彼の青い額は静脈を浮き立たせ、鼻孔の奥はかすかに痛み、掌《てのひら》は冷たい汗のために魚のように濡《ぬ》れていた。彼の無力は知れわたっていたが、彼の内に撓《たわ》められた暗い権力は、まだ誰にも知られていなかった。

第六章

三月中旬の晴れてうすら寒い日に、暁子《あきこ》は母に連れられて、東京の芝の新しい病院へ行った。待合室で永いこと待たされた。飯能《はんのう》の病院ならこんなことはない。しかし母は地元の病院を憚《はばか》ったのである。

暁子はまわりの女ばかりの患者の顔を見廻した。窓のないモダンな待合室は蛍光燈《けいこうとう》のあかりに海底の感じがしていた。

ここで自分の名が呼ばれる順番を待っている着飾った女たち。うしろめたげな、そのくせ狡《ずる》そうな悦《よろこ》びと矜《ほこ》りをちらつかせている人間の女ども。うつむいて坐《すわ》って、人間の恥と罪とを大事に抱きかかえているその姿には、一人一人が、自分の温《ぬく》い内部と過度に親しみすぎている感じがあった。こうした姿勢で、女は女同士であることの繋《つな》がりを、みごとに避けるのだ。

暁子は母でさえ、あたりを憚る、力なげな様子を見せるのにがっかりした。木星の女の凡庸で動物的なことは、地球の女にもおさおさ劣らない。

暁子一人は春のスーツの胸を張り、毅然《きぜん》として、これらの、人間よりも一段と深みに堕《お》ちた女どもを見下ろしていた。こんな病院へ免罪符のつもりで結婚指環《ゆびわ》をはめてくる女たち。その薬指に光る貧弱な金の環。暁子の免罪符を求められたら、何を差出そう。そうだ、それにはあの銀いろの造花の芙蓉《ふよう》に如《し》くものはない。すべてはあの花からはじまったのだ。……

諸処方々の父の講演会がおわって、みんなが家にくつろいでいた朝、母は三面鏡にむかっている暁子のところへ来て、鏡の前の一輪差に挿《さ》された銀いろの造花を見て、眉《まゆ》をひそめた。

「およしなさい、こんなお葬《とむら》いの花なんか」

暁子は答えなかった。朝の光りに芙蓉の銀は花やぎ、そのしたたかな花弁の張りは、本物の花にもまさる不遜《ふそん》な奢《おご》りを見せて、よく磨《みが》かれた鏡面の奥から奥へ、映像を連ねていた。朝な朝な、暁子はこれに香水の霧をかけるのを忘れなかった。灌水《かんすい》を忘れれば凋《しぼ》む花のならいは、人工の花も同じと思われたから。

暁子が黙っていたのは、不安のためであった。いつもすぐ届く竹宮の返書が、ここのところ二度書いて二度とも来ない。暁子はそのために痩《や》せ、棺《ひつぎ》を担《かつ》ぎ馴《な》れたいかつい肩をした粗野な若者から、はしなくも受けとったこの花が、何かの報《しら》せではなかったかと怖《おそ》れた。竹宮は金星の世界と信じて死の世界をのぞきに行き、二度とそこから帰れなくなったのではないか。

「お葬いじゃないわ。ただ、この世の花じゃないだけだわ」と暁子は却《かえ》って居丈高《いたけだか》に言った。「私、この花を拾ったときに、金星の花を思い出したの。これは地上で、ただ一つ、金星の花を象《かたど》った造花だとわかったの。金星ではね、お母様、花はみんな金属の色をしていたわ。月に映えると銀に、日に映えると金に、風がわたるとお花畑の花という花が触れ合って、鈴の音を立てていたんだわ」

「あなた、顔いろが悪いようだ」

と母は鏡の中をのぞき込んで言った。

「お父様の講演会で疲れたからだわ」

「よく働いてくれたものね。あの成功の幾分かは暁子のおかげだ」

他ならぬ竹宮の指示で、暁子は父の会のために働いたのであったが、その尽力と会の成功とが、父の口をつぐませて、竹宮についての詰問《きつもん》を控えさせてしまった。母はこの問題を、はじめから大して重視していなかった。

「それにしても、あんたはひどく顔色が悪いようだ」

と母親は重ねて言った。そのとき暁子は、慌《あわただ》しく口を押えて、立上って、姿を消した。

母は自分のどの言葉がそんなに娘を傷つけたかを訝《いぶか》ったが、突然、口を覆《おお》うた娘の歪《ゆが》んだ指の形が、なまなましく思い返された。伊余子はあわてて立って、娘のあとを追った。

「どうしたの？　暁子！　どうしたの？　どんな具合なの？」

——帰ってきた娘と母親は、対座して、ひそひそ声で話をした。伊余子はむかしからそうしたように、わが子の体のちょっとした違和にも、念入りなしつこい質問をくりかえし、一雄も暁子も決して嘘《うそ》を吐《つ》きとおすことができなかった。

「私はもう子供じゃないわ」

すると母親はまっとうな論理を用いた。

「人間同士の家族ならそれでもいいでしょう。でも一人一人が別の星から来ていることがわかった以上、私は責任上、金星人や水星人や火星人のちがった体について、十分すぎるほど十分な知識を持っていなくちゃならないの」

そこで暁子はとうとう問い詰められて、去年の十二月以来、見るべきものを見ていないことを白状させられた。夜毎《よごと》にかがやくあの月からの親密な影響を、暁子はもともと、さほど的確に受けていたわけではなかった。その周期《むかわり》はたえず乱れ、自分が金星人と知ってからは、遠い金星の影響が月の力をたえず撓《たわ》めて、そのための乱れだったと矜りを持つようになった。月が惹《ひ》き起す海の潮《うしお》は、暁子の体にだけは遠慮がちに作用して、その支配を目立たせぬように、周期を乱して来たにちがいなかった。三日月のころ、地球の昼の光りの反映のために、月の虧《か》けた部分がほのかに明るむのを見ると、暁子はむしろ、月に対する自分の影響と支配のほうを、ありうべきことだと感じた。

十二月に竹宮と出会って以来、暁子はついに月の羈《き》絆《はん》を、人間の女が誰しも免れない月の縛《いまし》めを脱したのである。この美しいけれど低俗な天体に彼女をつないでいた血の鎖は、遠い金星の崇高な力によって絶たれ、暁子はもはや、純潔な金星の原理だけに服することになった。一月になっても、二月になっても、もう二度と月はその力を及ぼしてくる気配はなかった。これは当然すぎるほど当然なことだったので、暁子は別におどろきもしなかった。

月のけがれた血の絆《ほだ》しは、二度と暁子をおびやかすことはなくなった！　あのかがやく邪悪な天体が、地上の女すべての血潮の満干《みちひ》を司《つかさど》っているという屈辱を、ついに金星の純潔が打破したのだ。暁子の体の湿った月の真赤な暗渠《あんきょ》は、あのたえず月の目くばせに応《こた》えている陰惨な地下道は閉ざされた。……この喜びと安堵《あんど》に比べれば、多少の不快、多少のむかつきなどが何だろう。それは見捨てられた月の、軽いいやがらせのようなものだ。

母親は冷静に、綿密に問い詰めた。

「十二月？……そう、金沢へ行ってからね。そうして金沢で……。怒りはしないから言ってごらん。あんたは何か隠していることがある筈《はず》ね。金沢で……」

暁子ははじめ、母親が何を言い出そうとしているのか察せずに、ぼんやりとその目を見つめていた。伊余子の使うたくさんの言葉は、一つの核心の火のまわりを、うるさく飛びめぐる蛾《が》のようだった。……その火を見た暁子は怒りにかられた。

「何を言おうとなさるの、お母様。けがらわしい想像はやめて頂戴《ちょうだい》。あの人と私とは、接吻《せっぷん》はおろか、手を握り合ったこともないんです」

その晩母は父を味方に引込み、さまざまなやさしい言葉で暁子を説得した。暁子は冷たい微笑をうかべて、こんなばからしい説得に耐え、今まで一度もなかったことだが、火星人や木星人の思想の賤《いや》しさに怖気《おじけ》づいた。とうとう暁子は屈服した。そして明る朝、母に連れられてこの病院へ来たのである。

……『私だけはちがうんだわ』

暁子はそう思って、無遠慮に患者たちを眺めまわした。一方、暁子は、近づく受難といわれのない屈辱に身を慄《ふる》わせた。この待合室には、暁子を除いて、純潔な女は一人もいない。どうして金星の恩寵《おんちょう》がこのような時、暁子の苦境を救いには来ないのだろう。彼女はひたすら念じた。ここの医局の医者に金星人がいて、その人が白く輝く顔で戸口に現われて、おそろしいほど澄んだ目で待合室を見廻したのち、暁子にだけは微笑を向けてこう呼びかけるのを。

「お嬢さん。あなたはここへ来るべき人じゃありません。すぐお帰りなさい。私の目からは一目でわかります。あなたは神かけて純潔だと」

そのとき医者の光り輝く顔は、竹宮の美しい顔に変貌《へんぼう》し、病院の陰気な壁は透明になり、汚れた女たちはこの奇蹟《きせき》におののいてひれ伏し、銀いろの医療器具や白いガアゼは、冷たい星空へ一せいに散らばるだろう。……

「大杉さん」

と窓口から看護婦の白い帽子がこちらをのぞいて呼んだ。伊余子が娘の背を軽く押した。暁子は目に涼しい侮蔑《ぶべつ》をあらわして立上った。

若い医者は暁子の顔を正面から見ぬようにして話した。簡単な問診があり、暁子が答えぬことを母が答えた。

「こちらへどうぞ」

看護婦が暁子をカーテンに囲まれた一画へ案内した。身支度のあいだ、医者は顔を見せなかった。暁子は奇怪な形をした内診台の上へ坐らされた。電気のヒータアが、腰のところにあいまいな暖気を漂わせた。跳《は》ね上った足宛《あしあ》てに、暁子の双の足が宛てがわれると、看護婦は暁子の胸の前に、灰いろのカーテンを無造作に引いた。忽《たちま》ちカーテンの向うにさっきの医者の声がきこえ、彼の手を洗うらしい水音が起った。

暁子は目を閉じ、通学の途上、西武線の車窓にしばしば見たあの純潔な星の煌《きらめ》きを心に念じた。虐《しいた》げられた獣のような形を強《し》いられて、しかも神聖さの極致にいること。人間の肉体に対するこの容赦のない辱《はずか》しめには、どこかに暁子をうっとりさせるようなものがひそんでいた。こうまで辱しめられた肉体は、もう暁子の所有に属するものかどうか定かでなく、暁子はこのようにして、自分がたまたま享《う》けた人間の肉の凌《りょう》辱《じょく》を通じて、人間全体に対する凌辱を成就《じょうじゅ》し、……つまりその肉を離脱したのだ。

やがて暁子は目を落して、波立っている自分のブラウスの胸の、繊細なレエスのさざめきをじっと見つめた。地球の手芸品の、こんなにも美しい精緻《せいち》な欺瞞《ぎまん》。彼女は指でそれをそっとまさぐった。双の乳房はその奥で、追いつめられた小動物のように身を固くしていた。

医者が内診台の下へ足をさし入れてペダルを踏むと、台は徐々に角度を変えて、暁子のひらいた体を、夜ならば星の光りが直《じか》に射《さ》し込むような角度に倒した。「お楽に……お楽に」と医者が言った。何ものかが暁子の内部へ、暗い重たい力で押し入った。その前に金属のはじけるような音がしたのは何？　さっき目にした薬品台の、ふしぎな形をした銀いろの器具の一つだろうか？　空飛ぶ円盤は鋭利な金属だった。あれが地球を取り巻く濃いスープのような、濁った大気の中へ分け入ったのだ。強烈な光り。医者がこちらへライトを向けていた。目の前のカーテンの裾《すそ》が火事のようになった。逃げ惑う人類。暁子は銀いろの芙蓉に変身した。……

——診察がすむ。暁子が身支度をして出て来ると、医者は机上でカルテを書き終ったところである。通りすぎざま、そのカルテを覗《のぞ》く。P. M.m. Ut. g. c. Add. Er. L.F. Sek. などの略字の横に、黒いインキの飛沫《ひまつ》を散らして、ぞんざいな書体の独逸《ドイツ》語や数字が書き込まれている。丁度医者は、独身の㊙のゴム印をそこに捺《お》しているところだった。

さらに朱いろの㊛の判が捺されるのを暁子は見た。

母は椅子《いす》からそそけ立つように立上り、また坐った。

「御妊娠です。もう四カ月ですから、確実と申上げていいでしょう」

「まあ、そんなことが！」

そう言う母に引きかえて、暁子は自若《じじゃく》としていた。暁子の目にかがやくふしぎな確信に、医者はたじろぐ様子を見せた。㊙の患者が妊娠を告げられて、こんなに平静な喜びを示すのは異例である。そこで医者が暁子のかがやく目の向うに想像した男の姿は、一個の怪物になった。


病院から明るい光りの下へ出たときに、伊余子は少しよろめいたので、暁子がその体を支えた。そのとき娘のうかべている微笑を見て、とうとう伊余子は叫んだ。

「何です。気味のわるい笑い方をして、こんな場合に。おねがいだからお母さんをこれ以上怖《こわ》がらせないで頂戴」

――母子は近くの殺風景な古い喫茶店に落ちついて、冷たい飲物をたのんだ。運ばれた真赤な毒々しい色のソオダ水を、伊余子はストローを嚙《か》まんばかりにして一気に飲んだ。

「何から話していいんだか……」と伊余子は騒がしいテレビを多として、大きな声で言った。「第一あんたはちっとも愕《おどろ》かないの？」

「そうとわかったら、おどろかないわ」

「そうとわかったら？」と伊余子は息を呑《の》んだ。娘が何を言い出すかわからなかったのである。「それ、どういう意味で言ってるんです」

暁子の口辺に再び、さっき母親を怖がらせた微笑がうかんだ。

「さっきまでは、御診察があるまでは、私、たまらない気持だったわ。でも先生がはっきりそうだと仰言《おつしや》ったときに、はじめて、私、わかったの。もう今は安心なの。目がさめたような気持だったの。やっぱりそうだったんだと思ったの」

「わからない。はっきり言って頂戴」

「あの瞬間に、私、自分が純潔だということがよくわかったの」

「純潔だって」

伊余子は思わず叫んだ。

暁子の微笑はくっきりと刻まれて、今は美しい唇の一等自然な形になった。その微笑は顔だけにとどまらず、静かなとめどもない波紋のように周囲に及んで、つややかな髪のふだんの憂《うれ》わしい重みも、俄《にわ》かに微笑の霧のかかった森のようになった。

「お母様、おどろいてはだめよ。私は処女懐胎なの」

「そんなばかなことが」

「でもいつか仰言ったわね。私たちは人間じゃないんだから、片時もそれを忘れないようにしなくては、って。……私は処女懐胎なの。お医者様には説明しても無駄だから、黙っていたわ」

「だってあなた……」

「お母様は何も仰言る資格はありません。私だけが知っているんです、私は処女懐胎だと。……私、今になってやっと、金星の人たちがどうやって子孫を殖《ふ》やすかがわかったの」

それから二人は永いこと沈黙し、テレビのさわがしい歌声に耳を占められて、多くの自動車がひしめきながら、つっかかるように苛々《いらいら》と動き出す街路を、汚《よご》れた窓硝子《まどガラス》ごしに眺めた。

これは日常のごみっぽい絵の中へ、焙《あぶ》り出しの文字のように、徐々に奇蹟がにじみ出してくる、苦渋に充《み》ちた時間であった。

母親は永い思案ののちに、神々《こうごう》しい娘にむかって、おずおずと今一つのこる疑問を質《ただ》した。

「これ以上しつこく訊《き》きはしないから、これだけは納得させて頂戴。あんたは内灘《うちなだ》であの青年と二人で空飛ぶ円盤を見たんですね」

「どうしてそんなことを御存知なの」

暁子は今まで一度も洩《も》らさなかったその秘密を、母が知っているのにおどろいた。しかし伊余子は、娘の疑いを外《そ》らすために、逸早《いちはや》く逆手を用いた。

「木星人にはそれくらいのことはわかるのよ」

「でも、どうして……」

「いいえ、私の訊きたいことはそのことじゃないの。二人で円盤を見ようと、三人で円盤を見ようと、それについてとやかく言いはしません。ただ訊きたいのは、そのときの詳しい情景、というよりは、円盤があらわれたときに、あんたがどんな気持がしていたか、ということなの」

「すばらしかったわ。私、あんなに心のふるえるような経験をしたことはないわ。二人の目の前に、日本海の黒い雲の只中《ただなか》から、三機の円盤があらわれて……」

そこまで来て暁子は言い淀《よど》んだ。あとをつづけることができなかったのである。

――それらはほんの四五秒、海上を遊弋《ゆうよく》すると、三機ともいっせいにぴたりと空中に止り、黒い雲の三つの妖《あや》しい瞳《ひとみ》のようになった。……するうちに、三機はおのがじし激しく身を慄わせ、灼熱《しゃくねつ》するように機体がみるみる杏子《あんず》いろに変って、……さて、突然、海面と直角に、おそろしい速度で翔《かけ》り上って見えなくなった。……

そのとき暁子は何を感じたのか？

感じたのは一種の法悦であったことはわかっている。しかしよく考えると、だんだん細くなる草間《くさま》の径《みち》がついには草の中へ紛れてしまうように、そこのところで記憶が何ものかの中へ紛れ込んでしまうのである。

あの高い精神的な結びつき、宇宙的な連帯感の高まった極みに、当然現われるべきものとして円盤が現われた。あれはどうしても現われなければならなかった。もし現われなかったら、その瞬間に世界は崩壊したろう。

円盤を見たとき、暁子は人間の心以上の心でそれを期待し、人間の目の見る以上のものをそこに見たのかもしれない。だから砂丘の二人のかたわらに地球人がいたとしたら、その人の目にもたしかに円盤が見えたかどうかは疑わしい。それはともかく、円盤はたしかに二人の目に現前したのだ。

あのときの至福と心の高鳴りは、一体何に譬《たと》えたらよかろう！　暁子の心は円盤の航跡を追い、北国の低くわだかまる雲を貫いて、巻雲《けんうん》の逆巻くところ、真珠母雲《しんじゆぼうん》のきらめくところ、夜光雲の漂う高層のさらに上、おそらく紅《くれない》にかがやく極光《オーロラ》のはためきに包まれるあたりまで天翔《あまがけ》っていた。彼女の肉体は地上に残された。それもかなり永いあいだ。……その間地上の肉体に何が起ったか、どうして暁子が知ることができよう。もし地球人の目撃者がいたら、魂《たましい》の不在のあいだの肉体が演じたことを、何か語ったかもしれないけれど、目撃者は確実にいなかった。

暁子の実在はあのとき竹宮と共に飛翔《ひしょう》していた。魂は完全に満ち足りて、一つの音楽のようになって、清らかさの極みが、肉慾《にくよく》の漣《さざなみ》に織り成され、……暁子の実在は、何一つ形の定かでない眩《まばゆ》い快い光輝に包まれていた。二人は手を携えて、美の向う岸へ翔け抜けたのだ。……

それでもあの快さは何事だったろう。たゆたう雲に化身したような、あのあいまいな喜悦の持続は何事だったろう。ひどく透明な記憶のように思われながら、その底を覗《のぞ》くと模糊《もこ》としている。

——暁子はうつむいて自分の財布の中を調べるような、地球人の賤《いや》しい自己分析の習慣をきっぱりと捨て、母の前に言い淀むべきことの、一つもないことを改めて確かめた。

「それだけだわ」と暁子は言い継いだ。「私たちは手も握り合わなければ、接吻もしなかった。それがどうだと仰言るの。処女懐胎にはせめて接吻だけでも必要だという、何か規則があるんでしょうか」

母はなおもじもじしていた。このドメスチックな木星人は、あらゆる高踏的な思索に、地球人の胡散《うさん》くさい影響をみとめたのである。魂や精神などという言葉は、犬が犬の匂《にお》いがするように、人間くささに充ちていた。それらの言葉の意味するものには、人間の寝藁《ねわら》の匂いがあった。

「よくわかりましたよ。あんたの言うことは本当だろう。でも人間の世の中で、そんな秘密を洩《も》らしたら大事《おおごと》になりますよ。テレビ・カメラやラジオの録音機や週刊誌の記者が、飯能のしずかな家のまわりを取り囲んで、結局あなたは人間の世界の笑い物にされるのが落ちだろう」

「私、誰にも言いはしないわ」

「秘密にね。でも一等秘密を守るいい方法は、秘密を消してしまうことなんだけれど。四月《よつき》でも遅すぎはしない、と私は思うよ」

そう言ったときの伊余子の表情には、しじゅう俎板《まないた》を洗い流していなければ気のすまない女の、家庭的な残忍さが現われていた。暁子は眼の内の青くなる思いで遮った。

「そんなことは私にはできません」

「よく考えてごらん、暁子。だんだんお腹《なか》が目立ってくれば、学校へも行けなくなる。小さい地元の町を出歩くこともできなくなる。町じゅうの人間どもから蔑《さげす》みの目で見られる。あんたのような矜《ほこ》りの高い人が、ぶざまな姿を人前にさらして、愚かしい地球人の嘲《あざけ》り笑いを、二六時中浴びていることができると思って？」

　暁子は黙って顔を背《そむ》けた。その心は、母の言葉が描いた屈辱の幻へ向けられた。

　暁子はすでにその髪に、銀いろの芙蓉の花簪《はなかんざし》を、処女懐胎という名の簪を挿《さ》したのだった。この人間世界の只中を、こんなきらきらした花簪を挿して、歩きとおさなければならない運命は、彼女が金星から天下《あまくだ》って以来、定められていたことかもしれない。一度歩きだした以上、地球が崩壊するまで。

　暁子のお腹はどんどん迫《せ》り出すだろう。彼女にとっては純潔のこの上もない証《あか》しであり、人間どもにとっては失われた純潔の何よりの証拠となるそのお腹。金星の無上の詩もここでは猥褻《わいせつ》な見世物になる。祭の美しい山車《だし》のように、お腹をつき出して、彼女はゆらゆらと曳《ひ》かれて歩く。色とりどりの、小莫迦《こばか》にされた神聖さの飾り物を鳴らして歩く。……何故《なぜ》ならここは地球だからだ。……暁子はあたりを見廻した。そんな感覚ははじめての経験だった。ぞっとする悪夢のさなかのように、こう感じた。

『信じられないことだわ。ここは地球なんだわ！』

　地球はこんな喫茶店の中でも、その怖《おそ》ろしい薄汚れた牙《きば》をむき出していた。かつて諧和《かいわ》と平穏と統一感に充ちていた世界、円盤を見たあとで大杉一家を襲った至福の影は、もうどこにもなかった。埃《ほこり》だらけのボックスの椅子、コップの底の毒々しい紅《べに》に染った氷、カレンダアの命令的などぎつい数字、壁に斜めに貼《は》りつけられた映画俳優たちの動物的な耳、天井に点々と残っている去年の蠅《はえ》の卵の跡、それからテレビの画面の蒼白《そうはく》なきちがい騒ぎ……。暁子は母が、春の手袋の黒いレエスを、せっせと指にしごいてはめているのを、何かの呪詛《じゅそ》の仕種《しぐさ》のように不気味に眺めた。

「さあ、もう帰りましょう。お父様が報告を待っておいでだわ」

と伊余子が促した。暁子は心の怖れと反対のことを言った。

「二度とさっきのようなことは仰言《おっしゃ》らないでね。私はもう、どんな目にでも会う覚悟があるの」

それは暁子の使命だった。どんなに嶮岨《けんそ》な白い一本の灼《や》けた小径《こみち》であろうと、自分の神聖さの果ての果てまで歩きつめること。

＊＊＊

『美のせいだ。美のやつが孕《はら》ましたんだ』

と重一郎は怒りに蒼《あお》ざめて、たびたび呟《つぶや》いた。これはいかにも父性愛に溢《あふ》れた怒りで、娘も傷つけなければ、娘の男も傷つけない怒り方だったと云《い》うべきである。

重一郎は、しかし、掻爬《そうは》には反対で、万に一つの危険のあるそんな方法に娘を委《ゆだ》ねるのも心配なら、又、宇宙人であれ地球人であれその生成の萌芽《ほうが》を摘みとるようなことはよくないことだと考えていた。彼自身には人間界の非難や嘲笑《ちょうしょう》にたじろがぬ覚悟ができていたが、うら若い娘にそんな覚悟を強《し》いたものは、美のどす黒い企《たくら》みに決っていた。暁子は人類の平和から目を外《そ》らし、世界を虚妄《きょもう》にする美に誘《いざな》われて、こうした悲運の種子を自ら蒔《ま》いたのだ。そのとき内灘に現われた円盤は、もっとも悪質な「美」の円盤だったのにちがいない。

講演会の成功は宇宙友朋《ゆうほう》会の会員をふやし、会の事務は多忙になり、訪問客も拒むことができなくなったが、そのとき暁子の事件が起ったことは、重一郎の心をひどく不安にした。しかも一雄も毎日帰宅がおそく、子供たちの春休みに期待した助力は、当て外れになってしまった。

しかも春、死の灰の春がやって来ていた。たびたびの核実験の放射性物質は成層圏に舞いあがり、半減期の長いストロンチウム90やセシウム137などが、塵《ちり》の形で降下の折をねらいながら、消えもやらず漂っている。北半球の春が来て、俄《にわ》かに高まる気温が空気を擾《かきみだ》すと、今まで成層圏に浮遊していた死の灰は、中緯度地帯の圏界の切れ目を洩れて、とめどもなく対流圏へ散華《さんげ》する。春にはかくて、死の灰の降下量は二倍になり、学者たちはこれをスプリング・マキシマムと呼んでいるが、去年の秋のソヴィエトの核実験は、おそらく未聞《みもん》の降下物をもたらすにちがいない。

これを思うと、重一郎は人類の緩慢な自殺の姿に、言いしれぬ気持になった。

死は今や美しい雲の形で地球人を取り巻いていた。夕空に映える高い紅《べに》や紫の雲は、みんな有毒だった。見えない死のたえまない浸潤。あの空のはるか高みにふりまかれた毒が、地に降りて、野菜や牛乳を通して、人間の骨の奥についに宿りを定める春が来ていた。幽暗な棲家《すみか》を求めて、地上のかがやかしい田園の動植物の体をかいくぐって、倦《う》まない旅をつづける微細な死は、いよいよ居《きょ》を定めると、生きている人間たちに、その肉体の不朽な部分の本質を、すなわち骨の本質を高らかに告げ知らせるのだ。死ぬまでは閑却されていた人間の骨が、生きながら喇叭《らっぱ》のように歌いだすのだ。それらの死は、日を浴びた美しい野菜畑や、緑の森と小川を控えた牧場や、すべて花と蜜《みつ》蜂《ばち》にあふれた風景の只中からやってくる。ピクニックの人々は、自然の中にこまかく織り込まれた死と呼応して、自分たちの中の骨が歌いだすのを感じるにちがいない。人間に不朽なものは骨だけであり、死の灰は肉を滅ぼしこそすれ、骨の美しく涸《か》れた簡素なすがたは、永久に失われることがない、と。いわば死の灰は骨と一緒に、田園風な勝利の、やさしい二重唱を聴かせるのだ。……その歌がもうそこにきこえる。重一郎には耳も聾《ろう》せんばかりにきこえるその歌が、人間どもにはきこえないのである。

すでに地球人の肉体の中で、自然の謀叛《むほん》がはじまっており、その謀叛に火をつけたのは、云うまでもなく、水爆を発明した人間だった。君たちは放射性物質を迎え入れようとしている君たちの骨の愛らしい媚態《びたい》に気がつかないのか。懲《こ》りずまにアメリカも核実験をはじめようとしており、重一郎のもっとも憂《うれ》えていた事態が迫って来ていた。骨たちは同盟し、肉の桎梏《しっこく》をのがれる日の近いことを予知して、微細な解放者たちに我先に宿を提供しようとして、あらゆる機会に目くばせをし、媚《こ》びをちらつかせ、いつの日かその身も軽く、花々や森のかたわらに、星空の下に、のびのびと露を浴びて裸で身を横たえるときを夢みていた。

果然、円盤は各地に現われて、人間どもの目ざめを促していた。重一郎の机辺には、円盤の目撃例をしるした手紙が堆《うずたか》くなった。彼自身はあれ以来、一度も目にする機会がなかったけれども。

手紙は高知県高岡郡佐川町尾川村から、二人の中学生が、夜の七時すぎ、南の空を、まわりが薄い膜《まく》で覆《おお》われた楕円《だえん》の物体が、東から西へものすごい速度で飛んで山へ隠れたのを見たという報告やら、石川県小松市矢田野町で、午後九時ごろ、真西の方角、仰角三十度に、明暗の濃淡があると思《おぼ》しい橙《だいだい》いろの光体が空中に泛《うか》んでいるのを見たという報告や、川越《かわごえ》街道を走る車の中から、突然前方に上昇した土星型の円盤をみとめた報告や、北海道網走郡美幌町《あばしりぐんびほろちょう》で、夕べの五時ごろ、大豆大の物体が夕日にかがやく西空に滞っているのを見たというのや、……全国各地にまたがる真摯《しんし》な目撃例に充《み》たされていた。

この人たちの正直は疑いようがなく、この人たちの平和への熱意はあきらかだった。友朋会は大きな輪おどりの手をつないで、人類を滅亡の運命から救い出そうと祈っていた。そればかりか、一気に、地上の調和と統一を実現しようとしていたのである。

ある日飯能の家に、核実験反対会議の委員が二人訪れて、重一郎の講演会の評判を伝え聞いたから、ぜひ入会してほしいと申入れてきた。二人ともかなり名のある学者で、抜け目のない風貌《ふうぼう》をしていた。そして非常に論理的な言葉で、迂遠《うえん》なお世辞を言った。

重一郎はかねて綜合《そうごう》雑誌でこの人たちの論説を読んでいた。この人たちは庶民芸術や庶民的な思想・信仰などに深い思《おぼ》し召しを寄せており、低俗なものほどありがたがり、世間で奇妙な人気のあるものは、みんな自分の陣営に引き入れようとしていた。それが重一郎の前へ出ると、いかにも彼を、同じ知識人同士として扱う風《ふう》を見せるのであった。

こういう地球人独特の手のこんだ詐術《さじゅつ》は、重一郎にとって我慢ならぬものだった。

彼は空飛ぶ円盤の話ばかりをし、学者たちがまじめにそれを信じているふりを見せるのにおどろいた。とうとう重一郎は、友朋会の最も親しい会員にも隠している秘密を、この連中にになら大丈夫という確信を以《もっ》て、ちらとほのめかした。

「あなた方は私を人間だと思って話しておいでらしい。あなた方なら秘密を守っていただけると思って打明けますが、実は私は人間ではないのですよ」

「ほう、じゃあ何です」

と客の一人は、剃《そ》り跡の青い長い顎《あご》をふり立てて、まじめな質問の調子で言った。

「実はね」と重一郎はあたりを窺《うかが》い、声をひそめた。「実は私は、……地球人を救うために火星から来た火星人なのです」

学者二人はちらと顔を見合わせた。こんな主張は、かれらの好きな庶民芸術の枠《わく》を、少しはみ出しすぎていると考えたのであろう。話をあいまいにして二人は帰り支度をした。

重一郎は追い打ちをかけて、こう言った。

「やっぱりあなた方の人間主義からすると、私などはお仲間入りしない方が筋でしょうね」

「人間主義ですって？」と、学者の一人は、厚い眼鏡の底から目を見ひらいて言った。

「そんなものでは、核実験反対の力にはなりません。私共はそんな甘い気持でやっているんじゃありませんよ」

この「人間主義」という言葉が、てきめんに人間を怒らせる有様を、重一郎は丁寧に玄関へ見送りながら、大そう快く眺めた。


或《あ》る日憂え顔の家長は、甚《はなは》だめずらしいことだが、行先もろくに告げずに旅に出た。伊余子一人は知っていたが、子供たちにも洩《も》らさなかった。

重一郎は金沢へ発《た》ったのである。

車中、重一郎の脳裡《のうり》には、美しい娘の面ざしがしばしば浮んだ。すると彼の胸はしめつけられた。

あの子の不幸を救うためなら、どんな恥でも忍ぼうと重一郎は決心していた。金星から来た小僧っ子の前に、土下座をしろと云われればそうしてもいい。……

人類を救うのにあれほど強い使命感を抱《いだ》いたこの男が、何一つ具体的な手が打てずにいるのに、たった一人の金星の娘を救うためには、すぐ非常手段が頭に浮び、すぐ行動にとりかかれるのはどうしたことだろう。それを父性愛と呼ぶのは人間的誤謬《ごびゅう》であり、それを暁子の美しさのためだとするのは日頃の理論に背《そむ》くことになる。一人のほうが三十億人よりも救いやすいだけの理由だろうか？　それとも地上に住むことの韜晦《とうかい》が彼の内心までも犯して、自分の心に対してすら、ひたすら「凡人らしく振舞」おうとしているのであろうか？

特急「白鳥」が直江津《なおえつ》に近づく午後一時ごろ、左の車窓に妙高山《みょうこうさん》が見えはじめ、山々の銀銹《ぎんしゅう》色の稜角《りょうかく》が、いらいらと薄曇りの空を突き刺すのが望まれた。田舎《いなか》の灰色の木造の公会堂。わずかに青みかかる野の草。痩《や》せた矮小《わいしょう》な、まだ芽吹かぬポプラ並木。……それらのさびしい景色の空に、彼は暁子の横顔の幻を見た。こころもちうなだれて、その澄んだ目は自分の内部へ、暗い錘《おもり》のように直下に沈む視線を落していた。その髪も、その鼻筋も、そのさびしく引締った唇《くちびる》も、春のあいまいな空の色と二重写しに、すべてがたった一つの「処女懐胎」という言葉に荘厳《しょうごん》されていた。その言葉は憂わしい額に見えない冠を載せ、眉間《みけん》に見えない宝石を鏤《ちりば》め、耳朶《じだ》に見えない瓔珞《ようらく》を揺らしていた。……そのとき、空に現われた小さな晴れ間が、暁子の頬や目を一様のほのかな青に融《と》かし込み、横顔はまわりの雲の上に、あるかなきかの輪郭を保つだけになった。

——富山湾を望むころに雨がふり出した。そこから汽車は西に向って、高岡から能《の》登《と》半島の根を横断し、河北潟《かほくがた》の北東をとおって、金沢へ着くのである。

重一郎は駅前の安直なホテルで眠れない一夜を明かした。そういう用事で夜分に訪ねるのは、脅迫がましく思われるのがいやだったのである。

あくる朝も、ホテルの色褪《いろあ》せた花もようのカーテンの明るみ具合が雨であった。彼は黙って、携帯用の傘《かさ》を丹念にひろげて、糠雨《ぬかあめ》の街へ出た。

伊余子がひそかに、暁子あての竹宮の手紙の束から写して来た住所は、どれも、

「金沢市長町二番丁三十六番地ノ一

竹宮　薫《かおる》」

とあった。ホテルできくと、そこは武家屋敷跡の旧家ばかりの邸町《やしきまち》だという。一つの手紙のなかで、竹宮は人間ばかりの旧弊な家族、両親、兄弟、伯父伯母などの無理解に言及していた。

『親が出て来たら、いきなり問題の核心には入るまい。人間界の世俗の知恵のありたけを尽して、まずこちらを愛すべき、信用すべき、恒産ある人物と思わせるのが第一だ。結婚話にはそれからゆるゆると入ればいい』

と彼は香林坊へ向う市電の中で、昨夜から何度か考え抜いた筋道をおさらいした。

昨夜から食慾《しょくよく》がなく、胃は錆《さ》びた鉄板を張ったようで、雨に湿った体が重い。こんな体の違和は、きょう一日の前途に嬉《うれ》しいことの待ちかまえている兆《きざし》とは思われなか

った。

彼岸がすぎたばかりで、梅桃桜が一時に花をひらくという北国の春はまだ訪れず、町の北かげには雪が残っていた。重一郎は電車を下りて、そこらの店の軒先で市街地図をひらいて、行先の番地を探《さが》した。道に迷い、遠まわりをして、それらしい一画へ出た。

流れに沿うた石垣や築泥《ついじ》のほとりに、かすかに芽吹く一本の柳を控えた石橋があった。水のなかの水草の緑の靡《なび》くのばかりが、目に鮮《あた》らしい。

橋をわたる。曲りくねった小径《こみち》に入る。家々はみな古く由緒《ゆいしょ》ありげで、築泥の塀《へい》を雪から護《まも》るために、竹竿《たけざお》を横にかけ、そこに藁筵《わらむしろ》を懸け連ねたのが、もう春だというのにそのままにしてある。塀ごしに林檎《りんご》の樹《き》なぞが見える。雨は家々の釉《うわぐすり》を施した漆黒の屋根瓦《やねがわら》を光らせている。それぞれ門の中に、しんしんと雪構えの立木をこもらせた小さな前庭がある。小体《こてい》な長屋門もある。櫺子窓《れんじまど》もあるが、中は暗くて人のいる気配も見えない。

重一郎はいちいち、傘を傾けて、表札の名と番地を照らし合わせたが、竹宮という名はなかった。

同じ道を往《ゆ》きつ戻りつ、何度か同じ門の前に立った。もしか番地がちがっているのかもしれぬと思って、隣りの番地の家々までつぶさにしらべた。そのあいだほとんど行人に会わず、たった一度、自転車が錆びたベルの音を澱《よど》ませて、行きすぎただけであった。

歩き疲れた重一郎は倒れそうになった。もう一度同じ番地の家々を当ってみた。とうとう一度も表札を見なかった一軒に気がついた。それはこの町並には、いかにも不《ふ》釣合《つりあい》な安ホテルで、明治ホテルという門燈《もんとう》がブロック塀にかかっている。落莫《らくばく》とした前庭には、車廻しの松や棕櫚《しゅろ》があって、粗末な木造モルタルの二階建の、二階は撞球《どうきゅう》場《じょう》の看板が窓をふさいでいる。

横の通用門のある竹垣に、墨のうすれた小さな表札が打ちつけてある。重一郎はそこに「竹宮」という名を読むと、躊躇《ちゅうちょ》なくくぐり戸をあけて入った。砂利の小径はホテルの厨房《ちゅうぼう》につづいていた。

重一郎は案内を乞《こ》うた。暗い厨口《くりやぐち》には汚れたラーメンの鉢《はち》が三つ四つ重ねられ、雨水が土間を半ば浸して、ぞんざいに脱ぎ棄《す》てた下駄の歯に届いていた。

「竹宮さん！　竹宮さん！」

奥から灰色のジャンパーを着た小柄な男が顔を出した。

「どなたですか」

「大杉と申しますが、竹宮薫さんはおられましょうか」

「ああ、薫さんですか。もうここにはいません」

重一郎が疲れ果てて厨口へ腰を下ろしたので、話の長くなると見た小男は、黄いろいビニール貼《ば》りの小椅子《こいす》に坐《すわ》った。五十がらみのその男は、薄い毛を頭上にまつわらせて、鼠《ねずみ》のようにくすんだ小さな顔をしている。

「たしかにここからお手紙をいただいてるんですが」

「もう一ト月あまり前に出られましたよ」

「でも表札に竹宮という……」

「ああ、あれですか。あれは私の名前です」

「御親戚《しんせき》ででも」

「いいえ、赤の他人ですよ、あなた。家《うち》はホテルと名がついても、アパート兼用でね。薫さんは一年あまり泊ってました。あの人は色男だし、見栄坊《みえぼう》なんですな、『明治ホテル気附』などと書かんでも、竹宮とだけで、ここへ手紙が届くように、姓を貸してくれ、とたのまれていたんです。あの人は川口薫というんですが、(それも本名だかどうだか知れたものじゃないが)、そっちこっちに偽名で手紙を出して、ほうぼうの女を蕩《たら》し込んでいたのとちがいますか。まあ、毒にも薬にもならんことだから、私は姓を無料で貸してやっていました。……何の商売かしらんが、本はいろいろと読んでいて、謡《うたい》もときどき唸《うな》っていました。手紙を書くのが道楽のようでした。何しろ女出入りが多くてね、ああ、謡の相弟子で、仙鶴楼のおかみさんにいろいろ世話になっていたようだから、あそこへ行って訊《き》かれたらどうです。あそこへでも転《ころ》がり込んでいるんじゃないんですか。……何しろ私のところは、あの人が半年も間代を滞らせて、去年あのおかみさんに払ってもらったこともあるくらいですから。……いや、今度出たのはそのためじゃありません。荷物をまとめて、ぷいと出て行ったきりなんです。その後は音沙汰《おとさた》もなし、ああいうのをドライというんでしょうね」

重一郎はその足で、かつて暁子が泊った仙鶴楼を訪れ、飯能《はんのう》の大杉と名乗ると、思いもかけない款待《かんたい》を受けた。川を見下ろす茶室風の部屋で、女中がいろいろと酒肴《しゅこう》を運んですすめた。内儀はなかなか出て来なかった。

正午のサイレンが街に鳴りひびいた。重一郎は膳《ぜん》の上の結構な肴《さかな》に、少しも箸《はし》をつける気が起らなかった。川のながめは雨に煙り、部屋には強《きつ》い香の薫りが充《み》ちて、身を正して坐っているのがやっとである。

三十分も待たした末に、白髪まじりの小肥《こぶと》りの内儀が、紫小紋の派手な着物を着て現われて、閾際《しきいぎわ》で丁寧な挨拶《あいさつ》をし、女中たちを退《さが》らせて、自ら銚子《ちょうし》をとってすすめた。

「さあ、お父様、どうぞ一献お干し下さいませ。はるばると、よくお越し下さいました。このお部屋はお嬢さまにもお泊りいただいたんでございますよ」

この「お父様」という呼称は奇怪であった。酌《しゃく》をするために左手に袖《そで》を保《も》って、深くあらわれた右手の腕は、暗い部屋に、俄《にわ》かに白く淀《よど》んだ肉のあかりを展《ひら》いた。

内儀は重一郎に一言も言わせなかった。彼が盃《さかずき》へ口をつけるかつけぬかに、そのまま畳を後退りに辷《すべ》って、畳に手をついて深いお辞儀をした。あげた顔ははや涙に濡《ぬ》れていた。そしてこう言った。

「このとおりお願いいたします。お気持は重々お察ししております。でも、どうか私を哀れと思《おぼ》し召して、何も仰言《おっしゃ》らずに、竹宮を返して下さいませ。一生のおねがいでございます」

こんな内儀に、重一郎も竹宮を探しに来たのだと納得させるのは骨が折れた。重一郎は娘の妊娠のことは言わずに、ここを訪れた仔細《しさい》を述べた。ようよう折れた内儀は、急にぞんざいな口調になって、暁子との初対面に竹宮の片棒をかついだことを、少しも心に咎《とが》めた様子もなく述べ立てた。竹宮とはじめて会ったのは、一昨年の氷室《ひむろ》の謡であったが、そのとき白絣《しろがすり》に袴《はかま》をつけた彼の姿に魅せられたのである。それから二年足らずの附合のあいだ、時折は竹宮の浮気も容《い》れてやらねばならず、浮気の相手を自分の目でたしかめて、竹宮を良家の息子のように言い繕ってやる必要もあった。彼の謡はいい加減なものだったが、道成寺《どうじょうじ》の披《ひら》キまでしたように、話の辻褄《つじつま》を合わせていたのである。

内儀は竹宮の失踪《しっそう》について、何ら確かな心当りがなかった。一つ考えられるのは、彼が元赤線の石坂《いっさか》三番丁界隈《かいわい》のキャバレエの女と、内儀の目を忍んで会っていたらしいことである。その女の名もわからず、店の名もわからない。ただ竹宮が、かつてそれらしい女と、坂の多い石坂の町の昼下りを、肩を並べて歩いていたのを見た人がある。

内儀は竹宮が暁子のもとへ走ったとばかり思っていたので、そのほうの詮索《せんさく》には、まだ手をつけていなかった。

――重一郎は気も失わんばかりに疲れていたので、頼んで床をのべてもらって、午睡をとった。眠りは浅く、幾度か目ざめようと思っても、体は粘土に閉じこめられたように動かなかった。脇床《わきどこ》の小さな黒い壺《つぼ》に、あらかた蕾《つぼみ》の菜の花を活《い》けた茶花《ちゃばな》が、時折覚める目に映ったが、それが現《うつつ》とも幻ともわからなかった。

こういう衝撃の直後のまどろみの折には、人は却《かえ》って愉《たの》しい夢を見るものである。重一郎は物語の定かでない、しかも色彩のゆたかで変化のある、幸福感が絶えてはつづき、つづいては絶える、何か疾走する橇《そり》に身を任せたような夢を見ていた。

午後三時すぎに、彼は起きて風呂《ふろ》に入り、風呂場の窓から、のこりなく晴れた空を眺めた。間もなくそこを辞して、地図をたよりに歩きだした。

京阪風の造りの家が多い石坂《いっさか》の花街《かがい》は、細い川より上が花柳界《かりゅうかい》で、川より下がむかしの赤線という風に、重一郎のような旅人の目にもはっきりと分れて見えた。その合間合間に、小さな八百屋だの魚屋だのがあり、この時刻では、そういう自然の物産を並べた店先ばかりが活々《いきいき》と見えた。文房具と貸本と駄菓子とをあわせて商う店もあった。日の当った迂路《うろ》の半ばに、二三人の子供が石蹴《いしけ》りをして遊んでいた。幾度か小さな怪我《けが》をしたその傷だらけの膝頭《ひざがしら》が、石を蹴るとき、日を受けて生薑《しょうが》いろに光った。

元の赤線地帯は、バアやキャバレエや旅館に姿を変えていた。しかし以前のままのタイル張りの玄関に、旅館の暖簾《のれん》ばかりを申訳にかけたような、中途半端《はんぱ》な改造が、その一画を一そう怪しげなものにしていた。重一郎は俄かにアメリカ風な名前をつけたキャバレエや、キャバレエまがいのバアを一軒一軒のぞいたが、どこもまだ大戸を閉ざして人影がなく、まだ雨の滴《しずく》をしたたらしている色の落ちた造花の桜や、雨に汐《しお》垂《た》れた裸女の「桜まつり」の絵看板などが、雨後の西日を受けて燦爛《さんらん》とした。まれに風呂がえりらしい髪を高く束ねた女が、男もののナイロン・ジャンパアの襟《えり》から見返って、重一郎を胡散《うさん》くさそうに眺めたりした。その遠ざかる下駄の音が、一歩一歩粒立ってきこえるほど静かであった。

重一郎はあてどもなく歩いた。歩き疲れて倒れるまで歩くことが、今は一等気楽な義務のように感じられた。

そのうちに自分が竹宮実《じつ》は川口薫の顔も知らず、ましてその女の顔も知らず、たとえ幸運にも道で行き会っても、見分ける由《よし》もないことに気がついた。しかし疲労に朦《もう》朧《ろう》となった頭は、もし竹宮が宇宙人なら、百歩先から立ちどころにそれと認めることができるという自信に駆られた。もし宇宙人なら？

川より上方の花柳界は、玄関先の掃除《そうじ》もゆきとどき、紅殻塗《べにがらぬり》の櫺子《れんじ》窓《まど》をつらね、昔のままの風情《ふぜい》を保っていた。日は低く、片側には夕影が迫っていた。

それらの坂を上り下りして、ついに電車通りにちかい坂の頂きに達したとき、思いがけない展望が西に展け、やがて疎《まば》らになる家並につづく田畑も見え、今沈みかける日がその果てに望まれた。彼は耳にひびく市電の轟音《ごうおん》を、その太陽の沈む音かと思って聴いた。

日は完全に姿を没した。そのとき横雲の空に、ちらと小魚が波間に鱗《うろこ》を光らせるように、白く光る一点が目についた。それはこの季節にはなお定かでない宵《よい》の明星の金星だった。太陽からの離角はまだ十度に及ばないと思われる。

竹宮はどこにもいなかった。暁子に何と告げよう、と父親は考えた。

「やっぱりあいつは金星人だった。お前を置いて金星へ還《かえ》ってしまったのだ」

と言うべきか、

「やっぱりあいつは人間だった。お前を騙《だま》してどこかへ行方をくらましたのだ」

と言うべきか、指す事柄は同じでも、重一郎自身はもう信じていない竹宮の金星人であることを、強《し》いていつわって、娘に嘘《うそ》をついて娘の夢を保ってやるのは、地球人の父親の遺口《やりくち》であり、身も蓋《ふた》もない後《あと》の言い方こそ、宇宙人の家族にふさわしい筈《はず》だと思われた。

もし彼が地球人なら、躊躇《ちゅうちょ》なく竹宮を金星人に仕立てたことだろう。が、宇宙人の立場から見ても、かりにも宇宙人が地球人に幻想を抱《いだ》いたりする誤ちを犯した以上、そんな虚妄な幻想にあざむかれつづけるのは、一つの償いとも云《い》えそうである。もとはといえば暁子が、美に、あの虚妄な原理に屈したのが悪かったのだ。

『よし、あの娘《こ》に罰を与えよう』

と情深い火星人は考えた。飯能に帰ったのち、疲れた父親はきっとこう言うだろう。

「やっぱりあいつは金星人だった。お前を置いて金星へ還ってしまったのだ」

――しかしこんな迂遠《うえん》ないたわりは、決して地球人の原理への妥協ではなかった。

第七章

「青年に夢を与えよ」

というのが黒木克己《かつみ》のスローガンであった。

その意味するところが漠然としていることと、一般に今の青年は夢を失っているという理解が前提になっていることで、このスローガンは多くの青年を惹《ひ》きつけた。しかし一雄はこの点でちがっていた。彼は現実感だけで満足していた。つまり自分は水星から来たという現実感。地球は愛すべき星であり、その自然は美しく、その女はやさしく、いろんな点でともかく保存の価値があるという現実感。……このほかに、彼にとって何の現実があったろうか。

彼はこういう現実感をしっかり身につけていたから、明るい希望に充《み》ちた青年だと人からも思われ、近頃の神経症の青年たちに比べて、人から愛され嘱望される自信もあった。

「君だけはともかく、日本と人類の未来に、しっかりした夢を抱《いだ》いているという感じがするよ。理窟《りくつ》ではなく、君から受ける印象がそうなのだ」

と黒木が言うのは、本当はお門違いの感想であるが、一雄には気持がよかった。この調子で行けば、いつか地球人は、それと知らずに宇宙人に投票し、それと知らずに宇宙人の支配を受け入れるだろう。それが結局かれらの幸福であることは云《い》うを俟《ま》たぬ。

何か事が起る毎《ごと》にアメリカの高官に、いわゆる「直言」をつらねた手紙を送り、いずれ秘書が書いた二三行の通り一遍の返事をもらって、喜んでそれをパンフレットに印刷したりする、黒木の無邪気さは我慢がならなかったが、それでも大体において、一雄は黒木が好きだった。

地球人の、殊《こと》に日本人の人気を博する彼のさまざまな遣口《やりくち》は、一雄にとってもこの上もない勉強になり、わずかのあいだに、彼は父の重一郎がいかに地球人の心理を知らないかを、憐《あわ》れむまでになっていた。

父の講演会は成功ではあったが、いわばそれは病人の間での成功であり、その点では、芸術家たちの情ない成功と似寄りのものであった。

三月はじめに期末試験がおわったとき、父の講演会の手助けはみんな妹にまかせて、彼は黒木のくれた名刺をたよりに、政治家の家は朝に訪問すべきものだときいていたので、八時半に世田谷のその家をたずねた。それは煤《すす》けた生垣《いけがき》をめぐらした思いのほかに小さな家で、家の中には客が溢《あふ》れ、十時にはじまる議会の委員会に出る前の黒木は、それらの客を一緒くたにして応対していた。

一雄は玄関へ出てきた書生に来意を告げたが、もちろん黒木は、たった一度「遊びに来たまえ」などと言った相手を憶《おぼ》えてはいなかった。こういう軽い不誠実は、一雄にとって何だか新鮮で面白かった。

一雄は書生に、大学の講演会のときの自分の活躍について詳《つぶ》さに話した。こうして黒木の最初の訪問の玄関先から、彼はいささかも羞恥《しゅうち》を伴わない明るい自己宣伝の必要を学んだのである。

襖《ふすま》のむこうで書生がそれを取次いでいる声がする。すると、客のざわめきをつんざいて、黒木の鋭い声がひびいた。

「おお、おお、あの学生か。ありゃあ見処《みどころ》のある奴《やつ》だ。すぐ通しなさい」

一雄はわざと制服を着て行ったので、大ぜいの客の前で、金釦《きんボタン》の胸を張って、紹介される羽目になった。

「これが大杉一雄君」と黒木は一雄の名刺を目で辿《たど》りながら、大声で言った。「例のA大学の講演会で、左翼学生の暴れたのを、彼がうまく鎮圧した腕に僕は惚《ほ》れ込んでね。いやあ、実にいい青年だよ」

ところで、一雄が黒木に言葉をかけられたのはこれきりだった。

黒木は若々しい黒いスウェータアを着て、少しも線の崩れていない運動家らしい体格を誇張し、日本人にしては小さな頭の痩《や》せた鋭利な顔を、あちこちの客の呼びかけに応じて、俊敏に向けていた。しかし黒木に呼びかける人はわずかで、大部分の客は、ただ黙って、黒木と共にいる幸福に涵《ひた》っているかのようであった。若い女も四五人まじっていた。

一雄は客がいろいろと、第三者にはわからない言葉で黒木に話すのに気がついた。あとで徐々にわかったことだが、

「先生、例の件はいつごろ片附きますかね」

というのは、黒木のスポンサーの会社の重役が、

「先生、例の機械の輸入許可を早くとって下さいよ。通産省はスローモーで弱ってますよ」

という意味であり、

「先生、あのほうをどうぞくれぐれもよろしく。今年の梅雨《つゆ》が心配ですので」

というのは、宮城県の選挙区の人が、

「先生、R川の水防工事を一日も早く」

という意味なのであった。

大ぜいの客の中で一人の政治記者だけが、黒木に友だちのようなぞんざいな口をきき、それで以《もっ》て自分を、ひいては自分の新聞社を、一寸《ちょっと》ばかり粋《いき》なものに見せていた。彼は一雄にもほんの二言三言話しかけたが、その言葉づかいはすばらしく粗野だった。

一時間足らずのあいだ、こうして一雄はつくねんと坐《すわ》っていた。やがて車の迎えが来て、黒木のお出ましになった。いわゆる「箱乗り」の特権を持つ政治記者だけが、秘書と一緒に黒木について出かける模様である。

黒木は仕立のいい灰いろの背広に着かえて玄関にあらわれた。人々がせまい玄関に犇《ひしめ》いて見送るなかを、彼は学生服の一雄の前まで来て、つと振向いて、一雄に微笑を与えた。

この鋭い顔に漂う微笑の甘さは格別で、一雄はテレヴィジョンにおける彼の人気がよくわかり、自分も体ごと融《と》かされそうな気がした。その肩を黒木の手が闊達《かったつ》に叩《たた》いた。

「今朝は忙しくて、失敬した。毎週金曜日の午後四時に、虎ノ門の事務所で学生を集めて会をやってるから、よかったら今度はそこへ来たまえ。そこなら一時間、若い諸君とゆっくり話ができる。俺も金曜というと、その会がたのしみなんだよ」

――その会へ、言われたとおり一雄は出たが、今度も一時間というもの、黒木は一人で喋《しゃべ》りつづけていた。しかし広からぬ事務所で、膝《ひざ》を接して聴く黒木の演説には魅力があった。

彼は滔々《とうとう》と文明論から説きはじめ、印度洋《インドよう》文明（と彼が云うところのもの）から、地中海文明へ、さらに大西洋文明（ヨーロッパ文明のアメリカへの移植）へ、そして最後にはここ数十年の間に、太平洋文明の時代が来て、日本がその中心になるという雄大な見取図をひろげて見せ、かつて叫ばれた八紘一宇《こうう》という言葉は、かかる文明史的予言であったものを、軍閥に利用されて、卑小な意味に転化されたのだと説いた。世界連邦はいつかは樹立されなければならないが、世界連邦の理念は、国際連合的な悪平等の上に立ってにっちもさっちも行かなくなるようなものではなく、文明史的潮流の予言的洞察の上に立ち、日本という個と、世界という全体との、お互いがお互いを包み込むような多次元的綜合《そうごう》（！）に依《よ》るべきである。そして現代の危機の意識の只中《ただなか》に、正《まさ》に新しい世界協同体の精神が投影しているように、一見世界政治の荒波に漂っている日本の姿の只中に、世界平和の水準器の気泡が浮んでいるのである。

彼が青年に日本民族の若々しい意欲のあらわれを見、未来に希望をつなぐにつけても、情ないのは既成の腐敗した政治家であった。彼は池田内閣の首鼠《しゅそ》両端の態度を責め、その経済政策や外交政策を弾劾《だんがい》し、さらにスイスの例を引いて国防軍の創設を説き、あるいは戦後の新教育が陥った左翼的亡国主義を慨《なげ》いた。真の意味の愛国心のないところに世界精神はなく、彼は頽廃《たいはい》したコスモポリタニズムの敵であると同じ程度に、左翼の民族主義的仮面の敵であった。……

——これらのひどく大ざっぱな意見も、黒木の若々しい体と声のおかげで、明るく健康な、運動家的な魅力を帯びた。その一時間のあいだに、一言も発しないでいながら、並居る学生たちはみごとに充電され、頰っぺたには思想がふくらんで紅潮してくるのが、一雄にも読みとれた。

一雄は又も殊遇を受けた。新参者であるのに、明日上京する選挙区の遺族会の、東京案内を命じられたのである。

次の週には又、正式の秘書が風邪で熱を出したので、一雄が代理で、黒木の有力な支持者である宮城県の県会議員を、院内見学に連れてゆく用を仰《おお》せつかった。あとで、

「あの県会議員が、君のことを褒めておったよ。なかなかキビキビした青年で、たのもしい、と言っとった」

と黒木はわざわざ一雄に告げた。

一雄はろくに飯能《はんのう》へかえる暇もなくなった。たまにかえると、家の中は妙な来客でざわついており、妹は蒼《あお》ざめて閉じこもり、母は妹の妊娠をはじめてこっそりと一雄に打明けた。彼はそこに世間並みの家庭の暗い煩《わずら》いを見ただけだった。

ある日黒木は、彼の清廉《せいれん》の評判をはっきりと証明するような、小気味のいい金の使い方を一雄に示した。

「大鳥商事の専務のところへ行って、三十万もらって来い。専務には電話をかけてあるから、君はただ行って、金を受けとってくればよいのだ」

と黒木が言ったので、一雄は大手町のその会社へゆき、黒木の名刺を示して、専務に会った。専務はちゃんと現金を用意していて、もう一度念入りに数えて、封筒に入れて、一雄に渡した。これが一雄が、政治資金というものをわが手にとったはじめてであった。

事務所にかえると、黒木の子分の貧しい代議士が待っていた。黒木は一雄の目の前で、受けとった封筒をそのままこの男にくれてやった。一雄は金というものを、「押し戴《いただ》いて」受けとる人間をはじめて見た。

「可哀想《かわいそう》に。あいつは奥さんの入院費にも困っているんだ」

とその男がかえったあとで、黒木は一雄に話した。そういう時の青年の目にうかぶ畏敬《いけい》の色を見ることが、黒木のまことに清らかな娯《たの》しみだったにちがいない。一雄はもちろん純情に燃えさかる目で黒木を見上げ、自分を少女のように感じた。

「君だけはともかく、日本と人類の未来に、しっかりした夢を抱いているという感じがするよ。理窟ではなく、君から受ける印象がそうなのだ」

と黒木が言ったのは、正《まさ》にこの時だった。

ある晩、一雄が選挙区の団体客を夜の観光バスに乗せて、ミカドのショウを見せに連れて行ったとき、赤坂の宴会に退屈した黒木が、気まぐれに挨拶《あいさつ》にやって来て、そのまま吉原松葉屋の花魁《おいらん》ショウにまで同行したので、選挙区の客は大喜びをした。この人たちを宿へ送ったかえり、一雄は帰宅する黒木の車に乗せてもらった。深夜の車の中で、黒木はしきりと出たらめな小唄《こうた》を唸《うな》った。

世田谷の家まで間近なところで、黒木は催した小用をこらえきれず、暗い広大な植木屋のかたわらで車を止めさせた。そして低い檜葉《ひば》の繁《しげ》みに向って、永々と小用を足した。

一雄は車の中で待っていたが、その夜はみごとな星月夜であった。植木屋の樹々《きぎ》は灌木《かんぼく》が多く、ひろい地所のむこうは崖《がけ》になっていたので、星空は野放図に展《ひら》けた。

黒木の小用の音は、春の柔らかい土を撃って永くつづいた。人工的な森は、星あかりの下に芽吹きかけた枝々を交わし、樅《もみ》の芽は白い灰をかぶったように見え、一角は椿《つばき》ばかりの一叢《むら》になっていたから、咲きかけた緋《ひ》の椿は、夜のかげに乾いた血のように黒ずんでいた。常緑の樹々を抜きん出て、二三本の亭々たる欅《けやき》の枯枝が、星空に繊《かぼそ》く拡散していた。

こちらは裏側になっていたので、森のむこうに展《ひろ》がる空は南であった。天の川は西の方に低く流れ、真正面には海蛇座が長々とうねっていた。春の南天の目じるしをなす帆かけ星の四辺形は、灌木の梢《こずえ》すれすれに明瞭《めいりよう》に瞬《またた》いていた。そして天頂近く、獅《し》子《し》座は西むきに伏して下界を見下ろし、一等星レーグルスは黄道上に、その輝かしい眸《ひとみ》を掲げた。

こんな壮麗な星空に見とれていた一雄は、黒木がすでに用を足したのに、なかなか車へかえって来ないのに気づかなかった。黒木がこうしていつまでも黙って、たった一人の聴衆にしても大事な聴衆に背を向けて、何事かじっと考えていることは異例であった。それとも一雄の知らない彼の習慣があって、黒木は星空に向って彼一流のコスモロジイを練り直すのが常だったのかもしれない。

「やあ、待たせたな」

と黒木はすばやく影のように車へ戻って来た。その戻って来かかる影の素速さに、一雄は一瞬、異常なものを感じた。闇《やみ》の中で顔も見えず、目の光りも定かではなかった。しかしそのとき、一雄はふと、この人も宇宙人ではないか、と疑った。

車に二人が落ちついて、さて走り出すと、一雄はさりげなくこう訊《き》いた。

「星はお好きですか？」

「星？　星だって？　……ああ、好きだよ」

と黒木は断定的に答えた。

＊
＊＊

黒木が突然宮城県の旦々塾《たんたんじゅく》へ出かけたとき、お供を仰せつからなかったことが、一雄には不満であった。来《きた》る七月一日の参議院選挙の準備のためと新聞は伝えていたが、それなら尚更《なおさら》不満であった。しかしまわりの人たちの意見では、黒木の今度の旅行は、旦々塾の拡張のためらしいということである。一雄はこんな冷遇が、先ごろ星空を眺めていた黒木の秘密を窺《うかが》ったためではないかと懼《おそ》れた。

旦々塾は東京の人たちにも、その名をよく知られている黒木の反日教組教育の牙城《がじょう》である。それは宮城県宮城郡の、山々に囲まれた七北田村《ななきたむら》にあって、学問と勤労と体育のための最上の環境を持ち、七百人をこえる塾生のなかには、東京の黒木ファンの子弟も含まれていた。一雄は一度そこへ行ってみたいと思い、黒木にもその希望をほのめかしておいたのに、外されてしまったのである。

その代り、春休みもおわったこの大学生は、月給をとる身分になった。一雄はいつのまにか大鳥商事の準社員になっており、黒木の私設秘書の資格で、会社が月給を仕払ってくれた。彼は生れてはじめてもらったその月給を懐《ふところ》にして、丁度桜も六分咲きになったので、大学へお花見に出かけた。同学の女の子が声をかけたが、彼は知らぬふりをしていた。新しい政治の世界に熱中して、前ほど女の子に心を奪われることがなくなったのだ。

飯能との往復が不便なので、一雄はやはり黒木を手つだっている学生の下宿に寝泊りしていたが、月給を貰《もら》った以上、同じ世田谷に素人《しろうと》下宿を探《さが》して、そこへ移った。そこからなら黒木の家まで、歩いて四五分で行けるのである。

黒木の帰京後も、すべては以前と同じように運んだ。下宿が近くなってから、一雄は忙しい黒木夫人の私用の買物までことづかるようになった。

あるとき夫人が雑誌に出ている父の講演会の記事と写真を示してこう言った。

「これ、あなたのお父様なんですってね」

一雄は真赧《まつか》になった。

「誰がそう言ったんです」

「黒木ですわ。あら」と夫人はふしぎそうにつづけた。「あなたには何も言わなかった？」

黒木がそれを知っていて、一雄に一言も言わなかったということが、一雄を傷つけた。それは軽蔑《けいべつ》だろうか？ いたわりだろうか？ それとも別の理由だろうか？

「凡人らしく振舞うんだよ。いやが上にも凡庸らしく。それが人に優《すぐ》れた人間の義務でもあり、また、唯《ただ》一つの自衛の手段なのだ」

とかつてしたりげに息子に教えた父が、今は殉教者気取で、世間の笑い物になっている。もちろん父は、自分が宇宙人だという秘密は世間に明かしてはいないけれど、「空飛ぶ円盤」ときくだけで、頭のほどを疑ってかかる人は多いのである。

『いくら父親だって、世間に出た息子の顔を赧《あか》らめさせる権利はないんだ』と一雄は怒りに駆られて思った。彼のやり方と父のやり方は今でははっきりちがっていた。父親といえども、息子のやり方に邪魔立てする権利はないのだ。

円盤を目にしたときの至福の感じ、ばらばらな世界が瞬時にして医《い》やされて、澄明《ちようめい》な諧和《かいわ》と統一感に達したのを目《ま》のあたりにしたようなあの感じ、……あれはたしかに日々の生活に持続させせるのはむつかしかったが、一旦あれを味わった以上、『世界はそうあるべきだ』という確信は動かしがたいものになり、そこまでは大杉家の人たちはみな同じであった。この至福の諧和に向って努めることは、たえず源泉をたずね、源泉に向って遡《さかのぼ》ることでもあって、彼らが夢みる成就《じょうじゅ》は、いちめんに露を置いた果樹園の夏の朝のようなこの至福が、円盤が姿をあらわす一瞬だけではなく、永遠のものになることであり、彼ら自身にとっても、源泉の歓《よろこ》びが日常のものとなることであった。

一雄ももちろん、同じことを望んでいた。しかし彼の行き方は、あくまでも秘密の身分を隠して、人間どもが「現実」と呼ぶものの中へ出てゆき、その現実を現実的に支配することによって、それを浄化することとなのだ。それが、多分、「政治」だった。

そして一旦権力を握ったら、彼の永年胸中に温めてきた宇宙憲法を公布するのだ。地上の恒久平和を維持するためには、この憲法によって無限にちかい実権を与えられた苛《か》酷《こく》な国際警察組織が必要になるだろう。

一雄の羞恥心《しゅうちしん》は八つ当りをして、哀れな妹の妊娠までも、父の甘い人生観のむくいのように考えた。このことについても、妹のために父を憎んだ。

母から妹の妊娠を告げられてから、彼は妹の顔を正視することができなくなった。

かつての幸福な兄妹喧嘩《げんか》は二度と起らず、一雄も妹に対して、ものの言い方まで考えるようになったのである。

不幸はすべて父から、あの崇高な理想主義から、あの秀《ひい》でた鼻や教授風の眼鏡からはじまっていた。まわりの人間にメスメリズムをかける知的孤独のもの悲しい影からはじまっていた。彼が地上の平和を恍惚《こうこつ》と説くときにも、こんな孤独の蒼白《そうはく》さの裏打ちが、どんなに聴衆をいい気持にさせるのに役立ったことだろう。ところで重一郎自身が否定したつもりでいるこの知的孤独こそ、正に彼が地上の人間のおかげで得たものなのだ。

――帰京した黒木は何も語らなかったが、週刊誌はすぐに旦々塾のことを取上げた。それを読んで一雄も、はじめて黒木の旅の目的を知ったのである。

「旦々塾をめぐるトラブル
　入会権《いりあいけん》問題でかけつけた黒木塾長」

という見出しで、次のような記事と二三葉の写真が載っている。

黒木は今年はじめから、塾生の増加と、財界の思わぬ寄附に恵まれて、七北田村の旦々塾の拡張を企てた。校舎も増築せねばならず、校庭もうしろの原野を拓《ひら》いて、三千坪ほどひろげることになった。

そこは宮城県の所有にかかる公有地で、黒木はすでに払下《はらいさげ》の申請をし、県会は一も二もなく許可を与えようとしていた。その時、地元関係者が、この土地についての、入会権確認請求の訴を起そうとする動きを示したのである。

入会《いりあい》とは、旧幕時代に領主の所有にかかる山林原野などから、年貢《ねんぐ》と引き代えに、採草・伐採などを村民が行って、この共用収益の慣行が物権化したものであるが、明治の官尊民卑の立法政策の名残《なごり》で、ともすると軽く扱われてきたこの権利が、戦後、たとえば昭和三十二年ごろ、東富士演習場の自衛隊の使用について、やかましく物を言うほどになったのは、時代の風潮によって、一種の伝統ある民主的な権利と考えられてきたからである。

黒木はこの問題に頭を悩ましたが、幸運なことに、仙台の大学に、入会の権威の羽黒真澄《ますみ》助教授がいることがわかり、仙台へ着くと匆々《そうそう》、助教授に会って意見をきいた。助教授はすぐさま実地を踏査し、古文書《こもんじょ》を調べ、その土地がたまたま彼の研究範囲であったことから、村民の主張をくつがえす証拠を得て、息巻いていた人たちも妥協的になり、近々示談の成立する見とおしがついたので、黒木は喜んで帰京した。帰京の際、すでに十年の知己の如《ごと》くなった黒木と羽黒は、駅頭で固い握手を交わして、再会を約したというのである。

…………。

この記事を読んだとき、一雄は一種の直感で、何かしら胡散《うさん》くさいものを感じた。何故《なぜ》かはわからないが、こんな小さな事件とその結果生れた友情との裏に、自然らしく仕組まれた巧妙な操作を感じた。しかしそれは一雄の思いすごしで、すべてはただの偶然だったかもしれない。たとい偶然にしても、一雄はかつての父の長談義をよく憶《おぼ》えている。

「……そのためわれわれも身のまわりにたえず注意を払って、一見ばかばかしい偶然の発生を記録しておいたほうがいい。小さな事物のつまらない偶然の暗合が、これから地上には加速度にふえて行くだろうと私は見ている」

旅行の前のある晩、星を見ていたときの黒木のふしぎな態度と、こんな一雄の直感との間に、どんな関聯《かんれん》があるのかそれはわからない。しかしあの晩の印象はいつまでも一雄の心にのこり、追い払おうとしても立戻り、ついには深々と根を据えて、今までの黒木の肖像をまるきり別なものに変えてしまいそうに思われた。

星を見てから車へ戻ってきたとき、彼の身のこなしは、地上をまっすぐに走り戻ってきたとは受けとれず、夜の目の前の一点に舞い下りたものが、その納めた翼をかいつくろって、そしらぬ顔で駈《か》け寄って来たかのようだった。

＊＊＊

「今夜仙台から羽黒助教授と、助教授の友人二人とが上京する。君は駅まで出迎えて、扇屋旅館に案内する。明日は歌舞伎座の昼の部で、これも君の案内。芝居がすんだら赤坂で僕が接待する。塾の問題で大へん世話になった先生だから、一級の扱いだよ。そのために、何人でも好きな友達を引張って東京へ遊びに来い、と云《い》って招待したのだ」

と黒木に言われて、その晩、一雄は上野駅へ客を迎えに行った。

急行の一等車から三人づれの男が下りて来るのを見ると、一雄はそれがすぐ羽黒とわかった。一雄は「黒木克己」と書いた小旗を持たされ、その旗を目じるしに、羽黒のほうから近づいてくる手筈《てはず》であったのに、相手がタラップを下りかけるより早く、一雄のほうで先に気づいたのである。

ひよわな体つき、蒼白《あおじろ》い顔、まん丸な眼鏡、野暮な背広とネクタイ、こういう風采《ふうさい》は、地方の大学の助教授を思わせるに十分だったが、一雄の素速い直感はもう一つ先のものを射当てていた。『それにしてもこの人は、あまりにも地方の大学の助教授らしすぎはしないだろうか？　ひょっとするとこの人は贋物《にせもの》ではなかろうか。助教授の贋物であるばかりか、もしかして人間の……」

二人の友はまた不似合な同行者で、一人は醜い顔の大男の青年であり、一人は丸まっちい卑俗な中年男だった。そしてこの三人の居並んだところは、世にも不快な人間の見本市という感じがした。

「黒木先生の代理でお迎えに上りました。先生は明晩をたのしみにしておられます。では、これから旅館へ御案内申上げます」

「君は……大杉君ですね」

と羽黒が少し宙に浮いたような声で言った。一雄は黒木がすでに自分の名を、遠来の客へ伝えてあるのにおどろいた。

一雄は羽黒の古鞄《ふるかばん》を受けとって、先に立って歩きだしたが、その三人が彼を背後からじっと見戍《みまも》っている視線を感じた。視線は駅の雑沓《ざっとう》を透かして、一雄の一挙一動をつぶさに調べているように思われた。

車の中でも、助手台に坐《すわ》った一雄は、ずっと三人に背を向けていなければならなかった。

「池《いけ》ノ端《はた》の夜桜ももうおしまいか。残念だね。五年ぶりの東京だというのに」

と羽黒が言っていた。一雄はバック・ミラーに目をやって、このいじけた疲れ果てた男の乾いた頬を眺めた。ネオン・サインは車の左右に流れ、広小路界隈《かいわい》はまだかなりの人出があった。

「やっぱり東京は人が多いなあ。こりゃ整理しないといけませんなあ」

と小肥《こぶと》りの中年男が言い、肱《ひじ》を突かれて急に黙った気配がした。それから芝明舟町の宿に着くまで、三人はほとんど喋《しゃべ》らなかった。

あくる朝は芝居の開幕に間に合うように、早目に宿へ迎えに行った。黒木に言い含められたとおり、今月の歌舞伎座は十一代目団十郎の襲名披露興行で、この切符を手に入れるのは、黒木だからこそできたことだ、という説明をした。

席は西の桟敷《さじき》の三であったが、こんな一行が桟敷に並んだところは見苦しかった。「暫《しばらく》」の幕があいてのちも、三人は興の湧《わ》かぬ顔つきで、舞台と客席へ等分に目をやっていた。しかしさすがに「勧進帳」の、新団十郎の引込みの飛六法だけは、花道がすぐ目の前であったので、桟敷の低い欄干から身を乗り出して熱心に眺めた。大喜利《おおぎり》は三島由紀夫の「鰯売恋曳網《いわしうりこいのひきあみ》」という新作だったが、助教授がこんな小説書きの新作物なんか見るに及ばないという意見を出したので、あとの人たちもこれに従った。

「それより大杉君、銀ブラを附合わないかね。黒木さんの席へ行くまでには、まだたっぷり時間があるだろう」

半日の同行を経て、親しみを増したぞんざいな口調になって、羽黒は自分の学生にものを言うようにそう言った。

それは晴れやかな春の午後で、銀座の人ごみは、変事に溢《あふ》れ出た群衆のようであった。

「これじゃ黙想《メディテーション》も出来ませんやね、先生」

と首から上は人から抜きん出ている大男の青年が言った。

「しかし黒木さんに会ったのはよかったね。これでやっと道がひらけた。いつかは私も同郷人に会えると思っていたんだが」

と羽黒が返事にならぬ返事をした。

「ごらんなさい。東京で売ってる薔薇《ばら》はさすがに見事だ。ぷふっ。見栄《みえ》っぱりの金持が、あぶく銭で買ってくれるから。芸能人なんかみんな、こういう薔薇に埋まって暮しているんでしょうねえ」

「一概にそうは言えないよ。お棺の中へ入れば別だろうが」

次第に三人は一雄の前で、謎《なぞ》のような会話を怖《おそ》れなくなった。

一雄はこの一ト月の経験で田舎者《いなかもの》の客を扱い馴《な》れていたが、今度は何もかも勝手がちがった。春の明るい服の群衆に揉《も》まれて歩きながら、一雄はときどき、この四人の一行だけが、人影ひとつ見えない白昼の野道を辿《たど》っているような錯覚を抱いた。街の騒音は時折彼の耳にぱたりと絶え、遠い無数の蠅《はえ》の唸《うな》りのようなものだけがきこえた。

「美人喫茶へ御案内しましょうか」

と耐えかねて一雄が言い出した。

「そりゃあ、いい」

と助教授は様子ぶって同意した。

しかし、暗いボックスに腰かけて、決して笑わない美しい女が不器用に運んでくる珈琲《コーヒー》を前にしたときも、三人の客は素朴な喜びを示さなかった。大男の青年は険しい目つきで女を睨《にら》み、丸まっちい中年男は女の頸筋《くびすじ》だけを、ぞっとするような関心を以《もっ》て眺めていた。

貧しい音を立てて珈琲を啜《すす》りながら、羽黒はにこやかな顔を一雄へ向けた。

「これだけ親しくなったんだから、もう訊《き》いても失礼ではないと思うが、君は大杉重一郎氏の御令息だね」

一雄は父が教鞭《きょうべん》をとっていたころの知合でもあろうかと思って、

「はあ、そうです」

と答えた。

「いや、最近、雑誌その他で、御父上の御活動を興味深く拝読しているもんだから」

一雄は激昂《げっこう》してこう叫んだ。

「父は父、僕は僕です」

「若い人はみんなそう言うよ。それでいいんだ。又それでなくちゃあ」

これで会話が跡切《とぎ》れ、三人の客はお互いにじっと聴耳《ききみみ》を立てている猫のような、狡《ずる》賢《がしこ》い沈黙の中に身をかがめていた。

羽黒がそっぽを向いたまま、やおらこう言った。

「一つききたいんだが、……ひょっとすると君の御父上は宇宙人じゃないのかね」

第八章

一雄はゆらぐ瞳《ひとみ》で羽黒の問いかけの真意をさぐった。それはつまらぬ好奇心から出た質問のようにも聴かれ、又、さりげなさを装《よそお》った重大な質問のようにも思われた。

ともあれそれは、父の秘密であると同時に、一家の大切な秘密であった。羽黒の言葉に揶揄《やゆ》の調子がなくて、何か暗い沈んだ気配があるのが、一雄をいつもの恥ずかしい激昂から救った。とうとう彼は、世間並みの返事をするだけの落着きを取り戻した。

「さあ、……そんなばかなことが。もっとも親爺《おやじ》はこのごろ少し頭がイカれていて、何を考えているのかよくわかりません」

こんなその場凌《しの》ぎの返事のおかげで、話題はそのままになり、やがて時刻が来て、一雄は三人の客を赤坂の料理屋まで送って行った。ふだんなら、一雄の役目はそこまでで終る。一流の宴席に彼が列《つら》なることは一度もなく、客はいずれハイヤーに送られて宿へかえることになるからである。

「では、僕はここで失礼します」

と彼は玄関先からかえりかかった。一寸《ちよつと》そこで待っていてくれ、と羽黒が言った。

三人の客が奥へ入って間もなく、女中が黒木の言葉を伝えて来た。

「近所の江戸屋レストランで、夕食をして、お待ちいただきたい、って先生が。……あとで御用があるそうですから。そのときは私が承《うけたまわ》っていて、お迎えに上りますわ」

一雄は仕方なしに、赤坂の花街のまんなかにあるレストランで一人で食事をした。深夜には芸者でいっぱいになるこのレストランは、今の時刻には、ひっそりした同伴の客や、近所のテレビ局の打合せの客などだけで、白い卓布のテエブルをいっぱい剰《あま》していた。彼はビーフ・スチュウに、独逸麦酒《ドイツビール》のロェーヴェンブロイを頼んだ。

一雄の胸は得体《えたい》のしれぬ不安にきしんだ。駅頭で羽黒の顔を見たときから、一雄は人間どものあいだにいて感じる云《い》うに云われぬ安息から見離されたのである。自分だけはちがうという あの感じ、自分だけは無答責でありながら、かりそめにこの世の掟《おきて》に身を任せているというあの感じ、あれには温かい湯に浸っているような、えも云われぬくつろぎがあった。そのくつろぎ、その安息が、羽黒の前に出て急に崩《くず》れたのである。

代りに、羽黒たち三人は、甚《はなは》だ遠いところから吹きつけて来る、冷たい毒気に充《み》ちた風のようなものを、一雄の顔へまともに浴びせた。それが何であるかはよくわからなかった。ただ、今までに誰の前でも感じたことのない感覚であることはたしかである。

黒木の使いはなかなか迎えに来なかったので、一雄は食事のあとも、じっと卓に肱《ひじ》をついて、自分の脂《あぶら》じみた額をまさぐりながら、思いに耽《ふけ》った。……考えてみると、一雄はこれほど鮮明ではないが、似たような宇宙的臭気を嗅《か》いだことがある。黒木が星空をじっと眺めていたとき、あのきらびやかな星々の間から邪悪な霧が吹き寄せ、星という星は、同じ位置にとどまりながら、別の忌《いま》わしい星座の線描を描いてみせるような気がしたのを思い出した。それは一雄の心の中をほんの一瞬通りすぎた想念で、次の瞬間には忘れられてしまったけれど。

考えあぐねた末に、一雄はひとつの仮説を立てた。この世に仮り住いをしている宇宙人のなかには、大杉一家などとは全く別の種族があって、彼らは同種族の間では互いにたやすく見分けることができるが、暗い迷妄《めいもう》が彼らの目を包んでいて、別の種族の宇宙人を識別することはできないのだ、という一つの仮説。

もしこっちからは向うが見えて、向うからはこっちが見えないのだとすると、一雄は自分が宇宙人であることを隠すのは勿論《もちろん》、黒木をも仙台の三人組をも、宇宙人だと気づかないふりを通さなくてはならぬ。身を守るためにはそれが一番だ。

はっきりとはわからないが、少くともこんな識別能力の秀《ひい》でていることで、一雄は彼らに対する優越感を抱いたが、人間に対する以上に、彼らに対しては、どんな些細《ささい》な優越感も隠さなければならない、と一雄は思った。宇宙人の嫉妬《しっと》はおそらく人間以上に険しいだろう。

一雄は自分が人間どもの政治を学ぼうと足を踏み出したところで、もっと微妙な政治の本質に直面しているのを感じた。女たちはあんなに透明だったのに、政治は闇《やみ》だった。彼はたしかに何かを見抜いているが、見抜いていることを誰にも隠し、彼はたしかに何かのために利用されているが、その目的を知っていて利用されているふりをせねばならず、自分の知能を隠すためには微笑で足りるが、自分の無知を隠すためには、棍棒《こんぼう》をふりまわさなければならぬ。一雄はこうしてじりじりとレストランで待たされながら、彼自身が熟しつつあるのを感じた。甘い豊かな果実のようないつわりに向って成熟すること。

『僕には今まで何もかも見えすぎた。こいつは人間的状態じゃなかったわけだ。計らずも得体の知れない宇宙人どもが、僕に人間的状態を教えてくれるんだ』

――彼は二杯目のデミ・タスの冷えたのこりを啜《すす》った。

入口の硝子扉《ガラスど》がひらいて、さっきの女中の入ってくるのが見えた。女中は顔馴染《かおなじみ》のボオイに冗談を言いながら近づいてきた。

「お待たせしました。先生がすぐ来て下さいって。大変ね、あなた、あんな野暮なお客様のお守《も》りじゃあ」

そして着物の袖《そで》であたりの空気を払うような仕種《しぐさ》をしたが、こんな軽妙な仕種は、瞼《まぶた》が屋根庇《やねびさし》のように突き出した白くむくんだ顔には似合わなかった。女中は料理屋までの半町ほどのあいだ、車を避《よ》けて、猫のように塀《へい》に体をすりつけて歩いた。先へ行く一雄のために、不必要に、何度も、

「ほら、車が危ないわよ」

と気配《きくば》りの声をかけた。

黒木は酔って、誇張した声を繧繝縁《うんげんべり》の青々とした畳の上へどさりと投げ出すように、こう言った。

「よく来た。有望なる新世代！」それから羽黒へ向き直って、「羽黒さん、いい青年でしょう。東京も変りましたよ。第一の変化は、いい青年が続々出てきたことだ。純粋で、まじめで、高ぶらない青年が」

「私もわずか一日のお附合でそう思いましたよ。仙台の学生は退嬰《たいえい》的で、そのくせプライドばかり高くて困りものだ」

と羽黒は相槌《あいづち》を打ちがてら、一向彼の人気を高めてくれない遠い教え子たちに一矢《いっし》を報いた。

そこは十二畳ほどの座敷だったが、燭《しょく》のまばゆさは昼のようだった。芸者が五人おり、一雄が坐るとすぐお酌《しゃく》をしてくれた。彼は芸者のいる席ははじめてであった。この席の芸者はみな鼻が高く、濃い白粉《おしろい》は頬に照りかがやき、手の動かし方はいちいち踊りのように、滑《なめ》らかに、又いさぎよく空間を切った。『こいつらは、ちっとも人間らしくない。宇宙人に化けようとしている人間みたいだ』と一雄は思った。

「こちら未成年者じゃないの？　お酒あげたら、法律に触れるんじゃない？　色気だけで行きましょうか、御清潔に」

と一雄のそばのかなり年嵩《としかさ》な一人が言った。

黒木は何ら斟酌《しんしゃく》なく、例のとおりの長い演説をはじめた。

「大杉君に来てもらったのは、他《ほか》でもないんだが、例のお父上の問題なんだよ」

『そらおいでなすった』

と一雄は思った。

「羽黒先生と会う前から、僕はこの問題をかなり重要視していたんだが、羽黒さんもいろいろ研究しておられて、大いに話が合ったわけだ。まだここではっきりしたことが言えないのが残念だが、お父上のやっておられる世界平和達成の運動には、或《あ》る重要な政治的嫌疑《けんぎ》がかかっているんだ。そこでだよ、もしお父上が本当の宇宙人ではないのに、この運動を推進しておられるとなると、この嫌疑が濃くなるし、もし本当の宇宙人だとすると、お父上は自ら知らずに、危地に身をさらしておられることになる。もし前者なら、これは救いようがないが、後者ならば、僕が飯能のお宅まで伺っては世間の目に立ちすぎるから、羽黒先生が僕の代理で、お父上の説得と救助に出向いて下さるというわけだ。われわれはそこまで君および君のお父上、ひいては君の家族全体のことを心配しているんだ。だからここは率直に、君からお父上の来歴の秘密を打明けてもらいたいと望むわけだ」

一雄は頑《かたく》なに黙っていた。彼が黒木の前で切札を握り、かなり晴れがましい場所に立っていることがまざまざとわかった。

やがて三人の客の視線の重みに押されて、黒木が一雄の答を促したが、その言葉尻《ことばじり》に懇願のひびきを嗅ぎ当てた一雄は、のびのびとした返事ができた。

「先生の言われることはよくわかります。しかしそれは、僕が親思いの孝行息子だという前提で、僕の情に愬《うった》えておられる仰言《おつしや》り方だと思うんです。もし僕が、親に何の愛情も持てない人間だとしたら、どうされますか？　僕はむしろ父が、その政治的嫌疑で引っくくられることのほうを希《のぞ》むでしょう」

「面白い」と黒木は俊敏に言った。「それは君が、お父上と来歴を異《こと》にしていて、どうしても融《と》け合えないということかね。それはつまり君が人間で、お父上のほうは……」

「それは何とも僕からは申せません」

と一雄はきっぱり言った。

そのとき一座を占めた沈黙の重苦しさは異様であった。芸者たちは目を見ひらいて、お銚子《ちょうし》に手をあてたまま茫然《ぼうぜん》としていたし、三人の客は一雄の表情のそよめきも見のがすまいとし、わけても醜い大男の体は小刻みに慄《ふる》えていた。

『この秘密は高く売れるぞ』と一雄は心の中で叫んでいた。宇宙人という言葉そのものが、世間の矮小《わいしょう》な笑い種《ぐさ》だと思っていた彼の判断はあやまっていた。むしろその点では臆病《おくびょう》な父のほうが正しかったことになる。

今、宇宙人という言葉は、一切の可笑《おか》しさを拭《ぬぐ》い去られて、とてつもない奇妙な高い地位を与えられていた。それは黒漆の卓上に置かれた見えない王冠のようで、しらぬ間《ま》にかがやかしい復権を成し遂げていた。政治や経済やアカデミズムがその言葉のまわりに群れ集《つど》い、その言葉は黒木の持っている権力の暗渠《あんきょ》を通じて、パンや花や飴《あめ》玉《だま》や自転車やミシンや猫や油虫などから成る、人間どもの生活のすみずみにまで滲透《しんとう》していた。

蒼《あお》ざめた知的衰弱の専有物だったものが、大きな活力と結びつき、少女の胸に束ねた菫《すみれ》の花束だったものが、権力の争奪の手ごわい武器になったのだ。……何事が起ったのだろう。人間どもが折角多大の苦心をして、整理棚《だな》に仕込んだ健全な諸概念の秩序が、急に目の前で引っくりかえされてしまったのである。

宇宙人である一雄にも、こんな突然の変革の理由はつかめなかった。ただどこかで沢山の星が戦慄《せんりつ》していた。……

息子の脳裡《のうり》に、重一郎の高い冷たい端麗な鼻が浮んだ。『あの鼻は滑稽《こっけい》だ。あれは今もなお滑稽だ。あの鼻を、おやじの望みどおりに本当に悲劇的な鼻にしてやろう』と彼は、かねてから、自分の少しも鋭さのない、軽信に陥りやすい顔立ちに抱いていた嫌悪《けんお》を、父のほうへ振向けた。父の秘密を一そう重大なものに見せかけ、できるだけ高くそいつを売りつけ、そうして今こそ、花々しく父を裏切るのだ。

——彼は空の杯を芸者のほうへ差出した。不意を搏《う》たれた芸者があわててお酌をしたが、酒は少しも零《こぼ》れずに、杯の縁すれすれに淡黄のふくらみをえがいて静まった。一雄はいかにも人間の青年らしく、その杯を一気に明けて、意気込んでこう言った。

「いくら親不孝の僕でも、父の重大な秘密を、(そりゃあ世間の恥でもありますし)、率直に申し上げるには勇気が要ります。で、黒木先生が、二つのことを約束して下さったら、言ってもいいです。一つは直ちに、僕を先生の正式の秘書にして下さること、もう一つは将来僕が選挙に立つときに、先生の地盤を譲って下さることです。それと引きかえにならお話してもいいです」

「おやおや、こりゃあ高い料金だな」と黒木は剛腹《ごうふく》な態度を示した。「いいだろう。君の云うとおりにしよう」

「約束して下さいますね」

「するとも。明日から君は僕の片腕になるわけだ。地盤のことについては、いずれ証文を書こう」

「じゃ、言いましょう。おやじは、何を隠そう、宇宙人です。家族以外のものは誰一人その秘密を知りません。おやじは……火星から来たのです」

一雄は正面から黒木を見据えていたが、忌わしい三人の客がお互いに顔を見合せ、淀《よど》んだ呟《つぶや》きで、吐息と共に、

「やっぱり……」

と言う気配があった。ほぐれた空気を察して芸者たちは、俄《にわ》かに酌をはじめたが、

その賑《にぎ》わいは一雄の耳には、昼の花火のようにうつろにひびいた。轟《とどろ》いて、残煙が薄黄に流れて、彼の脳裡に、いつまでもそれが不本意な形に滞《とどこお》って。

彼は目がさめたように、大声でこう訊《き》いた。

「黒木先生は、はじめから父に目をつけられていて、その息子だというだけの理由で、僕に目をかけて下さっていたわけですか」

「ばかな。もとはといえば、君が見処《みどころ》のある青年だからだ。僕には全学連も右翼青年も、ふたつながら気に入らん。将来の日本を背負って立つ青年の面影を、正に君の中に認めたからだよ」

と黒木はひどく生《き》まじめに反駁《はんばく》した。

＊
＊＊

四月十七日は美しく晴れた一日で、飯能の大杉家では、明るいうちに夕食をすませ、父も母も二階の西向きの暁子《あきこ》の部屋に何となく集まって、晩春の入日の空を眺めていた。

金沢へ旅をしてから、父の暁子に対する心づかいはますますこまやかになり、彼女の胎《はら》には命が育っているのに、まるで死の近い人をいたわるようであった。暁子も子供を生む決心をしてからは、学校へすぐ退学届を出し、家に引きこもって友朋会《ゆうほう》の事務に専念するようになった。家に居つかない一雄のことは誰も口に出さず、こんな食後の団欒《だんらん》のひとときには、三人の家族は幸福そうにさえ見えた。

暁子の悪阻《つわり》もやみ、父から金沢旅行の口下手な報告をきいたのちは、彼女の心は澄んで、親の目からも、その静かな表情や起居《たちい》は、日ましに神聖さを加えてくるように思われた。暁子の美しさには、今までの結晶質の拒否のすずしさに代って、ものうげな温かさ、汀《みぎわ》の草叢《くさむら》を包み込む湖の豊かさが溢《あふ》れて来て、ゆったりした言葉づかいの一つ一つにも、決して人の心を刺さない遠い神聖の反映が照り映えてきたように思われた。暁子はよく笑うようになった。しかし遠音《とおね》にきくと、その笑い声の澄んだ悲しげなひびきは、父親の心を慄《ふる》わせた。

飯能の平たい町並の彼方《かなた》に日が沈む。親子三人は西向きの欄に凭《よ》って、歴史上の無数の落日の内の、最終の一箇《こ》をしみじみと眺めた。それは夕雲の中にあいまいに融かされ、地上の人間たちの発散する不透明な抒情《じょじょう》的な吐息によってぼかされていた。

暁子は胎教にと父にすすめられた星の神話や伝説の本の頁《ページ》を読むともなしに繰っていた。父は不正確な人間どもの天文学を軽蔑《けいべつ》していたが、神話や伝説の端緒にはかつて宇宙人の与えたイメージがあると信じていた。暁子は冠座の星についての「星の花嫁」というアメリカ・インディアンの伝説が好きだった。白鷹《しろたか》という名の狩人《かりうど》が、空から大きな銀の籠《かご》を持って舞い下りてくる十二人の美しい娘を見て、その中の一人に懸想《けそう》するが、一旦《たん》花嫁となったその娘も、天空の故里《ふるさと》にあこがれて、星になって還《かえ》ってゆくという話である。

母の伊余子は、男に捨てられた娘が、いずれ生れる子を抱《かか》えながら、なおのこと夢みがちになる傾向を心配していた。暁子は人間に騙《だま》されたのだから、もっと人間のことを学ぶべきだった。しかし良人《おっと》に固く口止めされていたので、そういう風に娘を説得することはできなかった。

これに引き代え、永年の習慣で、伊余子は良人の上を心配したことがついぞなかった。このごろ重一郎はひどく痩《や》せて来ていたが、あんなに仕事と心労とが重なっては、無理からぬことだと思われた。

「お父様はこのごろとても食が細いのね」

と突然澄んだ声で暁子が言った。

「私は多分地上の食物に飽きて来たんだと思うよ」

「そんなことはありませんわ」と自分の料理の腕をけなされたように気を廻して、伊余子は言った。「地球はこれで食べ物にはずいぶん恵まれた遊星だと思いますわ」

「いや、私の舌は、今なんだか徐々に、天のたとえようもない甘い食物のことを思い出しかけていて、それが地上の食物を拒ませる結果になるんだ。あれは白い乾いた、すばらしい薫《かお》りのする、花びらのような食べ物だった。それが夜の間に天から降《ふ》って、木の枝々にかかっていたものだ。一片《ひとひら》食べるだけで胸がさわやかになり、三片ほども食べれば満腹した。あれは一体どんな原料でできていたのだろう。火星の人たちは決して煮炊《にた》きをせず、火はただ見てたのしむためだけに、小さな赤い花の花壇のように、家々の前庭に栽培されていたものだ。あれはただ指に摘めば、火傷《やけど》をさせる危険な花だった。私たちはそのことを、素速い赤い棘《とげ》と呼んだものだ。しかし小さな油皿をさし出せば、その花は手乗文鳥《てのり》のように、嬉々《きき》として愛らしく私たちの手に乗ってきた。そして私たちに蹤《つ》いて、どこまでも来たものだ」

日はすでに沈んで眼下の閑散な往還には、自転車の鈴音や、いくら呼ばれても家へかえらない子供たちの遊ぶ声や、豆腐屋の喇叭《らっぱ》の音《ね》や、むこうの辻《つじ》の木工所の残業の電気鋸《でんきのこ》のひびきや、テレビの歌声や、……こういう夕暮の音が春らしい空気のネルの布に包まれながら、目に立つのは道の乾いた白い土の色ばかりになった。

そのとき稲荷《いなり》神社の方角に車の軋《きし》りがきこえ、止った黒いつややかな車の一角だけが窓から見えた。三人の男が車から下り立ち、地図らしい紙片に顔を寄せて話していた。一人は痩せており、一人はずんぐりむっくりしており、一人は際立《きわだ》って背が高かった。やがて三人は逆光の暗い顔をこちらへ向けて歩いてきた。

一瞥《いちべつ》しただけで、重一郎は顔色を変えた。目は恐怖にみひらかれ、窓枠《まどわく》に支えた指まで慄え、薄い肩の肉は削《そ》ぎ落されたように力が萎《な》えた。

「お父様、どうなすったの」

「とんだものが来た！　怖《おそ》ろしいものが来た！　私はいつか、こういうものが来はしないかと怖れていたのだ」

＊＊＊

応接間で待たされているあいだ、仙台の三人は、ここそこ声で批評をしていた。

「この応接間なんか、いかにも地方の名家の応接間という感じで、仙台にもよくこんな奴《やつ》があるが、こんなぼろぼろな部屋へ客をとおす家に限って、うんと金を持ってるもんだ。内に蔵すること深し、という家相だね。それにここの主人公は、講演会以来、ファンの御喜捨《ごきしゃ》で大分儲《もう》けたろう。……しかし、よく面会を承諾したもんだね。私の名刺の肩書が利《き》いたんだろうか」

と万年助教授は言った。

「このまま放置《ほう》っといたら、ここの主人もやがて名士になりますね。今のうちに根を絶たなくちゃ」

と床屋が言った。

「一雄が妹のことを話していたが、どんな妹でしょう。僕が強姦《ごうかん》して、子供でも孕《はら》ましてやったら、簡単に自殺するだろうに。……しかし、玄関へ出て来た母親の器量から見ると、大した器量は望めないな」

と数日の休暇をとってついて来た若い銀行員は言った。

ドアがあいて重一郎が現われた。そのひどく痩せて蒼ざめた顔が客を愕《おどろ》かせた。重一郎は鉄いろの亀甲絣《きっこうがすり》の結城《ゆうき》の姿で、秀《ひい》でた鼻に懸った眼鏡は、客の三人の顔を見わたして、月夜の水溜《みずたま》りのようにしらじらと光った。椅子《いす》に腰を下ろすと、卓上の銀の煙草《たばこ》入れから一本の煙草をとって客にもすすめた。

「どういう御用件で？」

と重一郎は徐《しず》かにたずねた。

「用件と申すほどのことは何も」と羽黒は鄭重《ていちょう》に答えた。彼は重一郎の風貌《ふうぼう》から、この家の主人も彼と同様に、又同程度に、ひどく疲れているらしいことに興味を催した。そして二人とも、二人のどちらかがもう疲れないですむようになる事態を望んでいることを察していた。「御高名はかねがね仙台でも承っておりまして、一度お話を伺いたいと存じたものですから」

そこへドアがノックされて、暁子が菓子と茶を運んできた。黒いワンピースを着た暁子の思いがけない美しさに、三人の客は等しく息を呑《の》んだ。暁子が立去るや否《いな》や、栗田は声をあげた。

「お嬢さんはやっぱり人間ですね。あんな人間ばなれのした美しさは、人間に決っている」

「そうです。娘は人間です」と重一郎ははじめて微笑をうかべた。すでに客の来訪の目的を察していた彼は、こんな見当違いに安心して、自分の切札だけはやすやすと示した。「そこが私とちがうところです」

「御主人のほうから核心に入って下さったので、お話もし易《やす》くなります」と助教授は口をすぼめて茶を一呑みした。「私どもはお互いに宇宙人として膝《ひざ》を交えて、人間どもをどうすべきか、論じ合いたく思って伺ったんですから。……ところで大杉さんは、火星からおいでになったそうですね」

「よく御存じだ。そしてあなた方は？」

床屋は諳記《あんき》したとおりをすらすらと答えた。

「白鳥座六十一番星の未知の惑星からです」

「白鳥座とは、さても不吉な方角からいらしった」

「さあ、人間的見地からいえば、あながち不吉でもありますまいよ」と助教授は陰気に笑った。「われわれは人間どもに、本当の安息を与えるためにやって来たんですから」

「それは遠路わざわざ御苦労様です」と重一郎は応酬した。「しかし太陽系のことは太陽系にお任《まか》せいただいたほうが」

「それでは人間どもが不幸になります。われわれは人類を愛しておりますから、あなたのようにしゃにむに人類を存続させようとは努めません。不可能な条件を課してまで、存続させようとはね」

「不可能な条件とは？」

「つまりあなたの仰言《おつしや》る『平和』です。ああ、こんな風に言ってしまっては身も蓋《ふた》もない。ひとつ今夜はじっくりと人間を研究し、人間をどうすべきかについて論じ合おうじゃありませんか。結論はそれからでも遅くない」

「それからでも遅くない」

と重一郎も微《かす》かに言った。これにつづいた沈黙に、声は窄《せま》い室内の異様に高い天井に谺《こだま》して、去年の夏の虫の亡骸《なきがら》をどす黒くとどめている乳白色の電気の覆《おお》いを、宇宙人たちの煙草の煙がゆるやかに包もうとしていた。

「まず人間にはどんな欠点があるか、人間悪とは何だろうか、これを断罪するために、私はいろいろと考えてみました」と助教授は謙虚な学究らしい口調で言った。「人間には三つの宿命的な病気というか、宿命的な欠陥がある。その一つは事物への関心《ゾルゲ》であり、もう一つは人間への関心《ゾルゲ》であり、もう一つは神への関心《ゾルゲ》である。人類がこの三つの関心を捨てれば、あるいは滅亡を免れるかもしれないが、私の見るところでは、この三つは不治の病なのです。

どんな風に病状が進むかをお話しましょう。

第一に事物への関心ですが、子供のときから、人間は折れ釘《くぎ》や取れた釦《ボタン》や美しい石ころなどを大切に蔵《しま》い込みます。学校へ行くようになると、筆箱やランドセルや消しゴムや野球のグローヴや玩具《おもちゃ》の原子銃などに、長じてのちは、自動車や洋服や外国の革命などに、結婚してからはパイプや芝刈機や、毎日会社の机上で使う文房用品や、そして何よりも金や株券に関心をそそられます。人間の生活と呼ぶものには、煩雑《はんざつ》な事物の集積が必要なのです。結婚した女がいかに沢山の空箱や紐《ひも》を蒐集《しゅうしゅう》しているか考えて下さい。そして事物の道具としての性質に飽き果てると、美術品や骨董《こっとう》の蒐集がはじまります。あるいは又、いろんな形の自然愛好心がはじまります。人間にとっては自然も、その中の動植物も事物なのです。

さて、一人の人間の愛用品のいくつかは、死後も柩《ひつぎ》に納められて、当人の亡骸と共に焼かれます。そのとき彼が関心を示した大多数の事物は、当人の死後も存続するので、否応《いやおう》なしに人間は、自分が賞《め》で、あるいは使役した事物のほうが、彼自身より長生きすることを認めないわけに行かなくなります。もちろん日々の消耗に供される物も沢山あるけれど、人間は少くとも、事物の完結性に取り囲まれて生活しながら、自分がその物の状態に、真の完結に達するところを見ずに死んでしまい、又、正直のところ、ナチの収容所が証明したように、物としての人間は、石鹼《せっけん》かブラシか、せいぜいランプ・シェイドぐらいの役にしか立ちません。死んだあとで扇風機ほどのいっかどの物になりえた人間も一人もいないのです。

おわかりですか。私はひいては天体としての地球の物的性質、無機物の勝利ということを言っているのです。いくら人間が群をなして集まっても、宇宙法則の中で『生命』というものが例外的なものにすぎないという無意識の孤独感は拭《ぬぐ》われず、人間はとりわけ物に、無機物に執着します。金貨と宝石とは人間の生命と生活に対する一等冷淡な対立物であるにもかかわらず、そういう物質をとらえて、人間的色彩をこれに加え、人間的臭気をこれに与えることに人々は熱中して来ました。そのうちに人間は物に馴《な》れ親しみ、物の運動と秩序のなかに、人間の本質をみつけ出すようにさえなったのです。そして有機物にすら、生きて動いている猫にすら、人間の惹《ひ》き起す事件にすら、いや、人間そのものにすら、物の属性を与えなくては安心できぬようになった。物の属性を即座に与えることが事物に完結性の外観をもたらし、人間が恒久性の観念と故意にごっちゃにしている『幸福』の外観をもたらすからです。

かように人間の事物への関心は、時間の不可逆性からつねに自分を救い出そうとする欲求で、三十年前にロンドンで買った傘《かさ》を愛用している紳士も、今年の夏の流行の水着を身につける女も、三十年間にしろ、一カ月にしろ、その時間を代表する物質に自分を閉じ込めて安心するのです。

物質に対する人間の支配は、暗々裡《あんあんり》に、いつも物質の最後的な勝利を認めてきた。そうでなかったら、どうして地球上に、あんなに沢山、石や銅や鉄のいやらしい記念碑や建築物やお墓が残っている筈《はず》がありましょう。さて、そこで人間は、最後に、物質の性質をある程度究明して、原子力を発見したのです。水素爆弾は人間の到達したもっとも逆説的な事物で、今人間どもは、この危険な物質の裡《うち》に、究極の『人間的』幻影を描いているのです。

なぜこんな倒錯が起ったかは、申上げるまでもありません。人間どものたえざる事物への関心が、自分たちの幸福を守るために、事物の堅固な外観を真似《まね》させ、人間や人間関係をさえ、物化させる方向へ向った以上、(そうですね、例ならいくらでもあげられます。現代では、人間と犬との友情以上に美しい友情はないし、人間関係はみんな委員会になってしまったし)、一方、水素爆弾が、最後の人間として登場したわけです。それはまるで、現代の人間が、自分たちには真似もできないが、現代の人間世界にふさわしい人間は、こうあらねばならぬという絶望的な夢を、全部具備しているからです。

それは孤独で、英雄的で、巨大で、底しれぬ腕力をもち、もっともモダンで知的で、簡素な唯《ただ》一つの目的(すなわち破壊)をしか持たず、しかも刻々の現在だけに生き、過去にも未来にも属さず、一等重要なことは、花火のように美しくはかない。これ以上理想的な『人間』の幻影は、一寸《ちょっと》見つかりそうもない。その目的は自他の破壊だけ、……ああ、美しい歌の文句のようじゃありませんか、その目的は自他の破壊だけ。

人間どもはいつかはこの人間像に接吻《せっぷん》せずにはいられません。その結果はとりかえしがつかないから、いつまでもそのまわりを輪踊りを踊っているだけだが、いつかは必ず、必ず、その『人間』の足に接吻せずにはいられません。私は断言するが、いつか必ず人間はその足に接吻します。その足についている繊細な釦は、唇の一押しで、容易に水爆弾頭ミサイルを、あけぼのの空へ飛び翔《た》たせます。又しても釦です。彼は人間であるのみか、釦でさえあるのです。何という理想的な存在。人間どもが子供のころから、大事にしてきた落ちた釦でさえあるのです。

それればかりではありません。一部の感傷的な人文主義者たちは、水素爆弾をあくまで『物』として扱いたがるでしょう。人間どもの頭はごちゃごちゃしていますから、考えようによっては、この『最後の人間』をさえ、物として考えるのは、できないことじゃありません。それは人間の古い流儀ですから。しかし一つの問題は、水素爆弾が、まだ完結しない物だということです。人間が自分の幸福を保障するには、事物の完結性に囲まれて暮すほかはありません。パイプや革の肱《ひじ》当《あ》てのついた散歩服が好きな人文主義者ほど、その点では妥協をきらいます。そこで彼らといえども、いつかは必ず、水素爆弾に、物らしい完結性を与えなければならない。……そしてそれを完結させるとは？　すなわち釦を押すことに他ならないのです」

重一郎は嫌悪《けんお》を包んでじっとうなだれて黙っていたが、床屋はその柔らかい手で、ぴたぴたと湿った拍手を送った。

「まったく先生の言うとおりだな。私が妻子をいとおしみ、うるわしい家族愛を持ってるのも、もとをただせば私が宇宙人だからで、人間だったらこうは行くまい。殊《こと》に金持や有名人の家庭ほど、内実は冷たいのが通り相場で、いい男の女たらしなんかは、女を物と心得ている。そのほうが女もよく引っかかると云《い》うにいたっては、人間の堕落も極まれり。とにかく女を口説くんでも、誠心誠意、相手の人間としての立場を尊重して、温かい愛情を注いでやらなくちゃね。尤《もっと》も私は妻子の面倒を見るだけで、そんな余裕はありませんがね」

「さて第二に」と助教授は同朋の応援を頭から無視して、「人間の人間に対する関心という病気です。

その一等端的なあらわれは性慾《せいよく》かと思われましょうが、性慾は実は人間的関心ではないのです。それは繁殖と破壊の間から、世界の薄明を覗《のぞ》き見る行為です。

人間は性慾は別としても、どうしてこう朝から晩まで、人間に関心を払いつづける か呆《あき》れるばかりです。朝の新聞、隅から隅まで人間のことばかり、それからテレビ、次から次へと人間ばかり現われる。たまに動物が登場しても、口あたりよく擬人化されている。そして人間の話ときたら、人間のことばかり。たまに地震や津波や桜の花の満開と云った自然現象が語られても、もっぱら人間の利害得失の見地からであって、人が死んだり殺されたりした話が、又人間をこの上もなく愉《たの》しませます。

従って真の普遍的な、また通俗的な興味は、いつでも人間の問題です。天文学や数学や物理学や化学は、一握りの専門家の手に委《ゆだ》ねられ、決して大衆の熱狂を買うことはありません。大衆を熱狂させるあの『政治』という代物《しろもの》にいたっては、どんなに理論化され組織化された政治であろうと、結局一から十まで、人間、人間、人間の問題です。

たとえば、人間が人間に対する関心をたのしむ宴会というやつを覗いてみましょう。そこでは言葉が飛び交《か》い、感情が交流し、みんな愉快で、みんな地球のはじまりからの旧友のような心地になり、すべてが融《と》け合い、すべてが共有されているような気になっている。しかしその間も、同じ皿からとられた料理、同じ罎《びん》から汲《く》まれた酒でさえ、各人の真暗闇《まつくらやみ》の食道をとおって、暗い胃に達しようとしているのです。それは他人の食道、他人の胃とは全く無関心に、せっせと消化作用をつづけており、いわばそこに八人の客がいるとすると、明るい燭《しょく》の下で目に見えない八本の暗渠《あんきょ》が、それぞれ孤独で、真暗な、個別的な管《くだ》を並べているのです。

又たとえば、交通事故があって、腿《もも》もあらわな若い女が倒れており、折からの雨の夜に、腿から吹き出す血が雨に打たれて、水々しい赤い網の目のタイツを穿《は》いたように、その腿が見えます」

「そうだ。そうだ。人間はみんな血の噴水で、生きていて血を流さない噴水は、故障を起した涸《か》れた噴水にすぎません。鳩《はと》だって、そんな噴水をあてにして人間に近づいてくるのに、みんながっかりして飛び去ってしまうんです。あの真白なやさしい鳩だって、血しぶきで羽根を彩《いろど》ることもできずに！」

と若い銀行員は昂奮《こうふん》して、抒情《じょじょう》的に高声《たかごえ》で遮《さえぎ》った。

「そしてまわりに集まった弥次馬《やじうま》は」と助教授は冷静につづけた。「当惑して、喜んで、じっとその苦しんでいる人間の女を見つめています。彼らはみな、苦痛が決して伝播《でんぱ》しないこと、しかも一人一人が同じ苦痛の『条件』を荷《にな》っていることを知悉《ちしつ》しているのです。

人間の人間に対する関心は、いつもこのような形をとります。同じ存在の条件を荷いながら、決して人類共有の苦痛とか、人類共有の胃袋とかいうものは存在しないという自信。……女が出産の苦痛を忘れることの早さと、自分が一等難産だったと信じていることを、あなたもよく御承知でしょう。すべては老い、病み、そうして死ぬのに、人類共有の老いも病気も死も、決して存在しないという個体の自信。

政治的スローガンとか、思想とか、そういう痛くも痒《かゆ》くもないものには、人間は喜んで普遍性と共有性を認めます。毒にも薬にもならない古くさい建築や美術品は、やすやすと人類共有の文化的遺産になります。しかし苦痛がそうなっては困るのです。大演説の最中に政治的指導者の奥歯が痛みだしたとき、数万の聴衆の奥歯が同時に痛みだしては困るのです。

人間が人間について語り、見、聴くことに倦《あ》きないのは、それが人間の存在の条件へのこよない慰藉《いしゃ》であるからですし、人が英雄の存在をゆるすのは、どんな英雄の排《はい》泄《せつ》機能も自分たちとおんなじだと知っているからです。

『結局俺とおんなじじゃないか』と言いたいために、同時に、『よかれあしかれ、俺だけはちがう』と言いたいために、人間は血眼になって人間を探すのです。存在の条件の同一性の確認と、同時に個体の感覚的実在の確認のために。

この前者をAと呼び、後者をBと呼びましょう。Aはいずれは世界共和国の思想を呼び起すでしょう。それははじめは痛みのない思想、痒みのない思想であり、安心して委ねられた普遍化であり、共有を拒否した統一です。『世界の人たちよ、手をつなごう』とか、『人種的偏見を撲滅《ぼくめつ》しよう』とかという妄想《もうそう》は、みんなAから生れたものです。いくら握手したところで黒人の胃袋が白人の胃袋に、同じ胃痛を伝播する心配がないならば、握手ぐらいのことが何の妨げになるでしょう。世界共和国の思想には、こうしてどこか不感症の、そのくせ異様に甘い、キャンディーのようなところがあります。ところで、世界共和国は早晩、その基礎理念に強《し》いられて、おそろしい結末に立ちいたるのです。それが人間の存在の条件の同一性の確認にはじまった以上、その共同意識は、だんだん痛みや痒みや空腹の孤立状態に耐えられなくなる。歯の痛い人間にとっては、世界共和国なんか糞《くそ》くらえというものだ。世界共和国の中で自分一人老いてゆくことは何だか不公平なような気がしてくる。どうして若いぴちぴちした連中に、自分の老いを伝播させてやることができないのか。人間どもは自分が一旦《たん》拒否した共有を、いつまでも叛逆罪《はんぎゃく》の中に閉じこめておくことに耐えられない。世界共和国の人民は、同時に生れ、同時に老い、同時に滅びるべきではないのか。もし存在の条件の同一性が、この厖大《ぼうだい》な国家の唯一《ゆいいつ》の理念であるならば、国家はいつかその明証を提示しなければならない。

さてしかし人間は、もう一度自分の感覚的実在の孤立した苦痛の中へ立戻るのは我慢がならない。もともとそんなものに目をつぶり、そんなものを見ないですむように樹《た》てた世界国家ではないか。

そこで考え出されるのが、同時の、即座の、歴史上もっとも大規模な、全的滅亡の政策なのです。それこそ世界共和国が人間の力で示すことのできる唯一の明証であり、存在の条件の同一性の全的確認の唯一の機会なのです。交通事故の女の苦痛に対して、人間どもは自分の存在の条件の同一性に照らし合せて、おぼろげに想像力で相渉《あいかかわ》るにすぎない。今度は想像力なんか要りはしない。今度は孤立した苦痛などというものは、どこにも存在しないのだ。

世界共和国の同時の、一瞬間の滅亡については、人間はもう水素爆弾を発明しましたから、手間暇《てまひま》はかかりません。地球上の要所要所に水爆を設置して、国家の首長がおごそかに、又軽やかに、釦《ボタン》を押せばよいのです。まるで進水式のように花絡《はなづな》をかけ渡し、薬玉《くすだま》の中には鳩をいっぱい詰め込んで。……ほんの一瞬間、飛び翔《かけ》った鳩は暁の光りを浴び……、それでおしまいです。

次にB、人間の個体の感覚的実在の確認。このBは、国家主義や民族主義の理念で、要するに痛みの思想です。世間で考えられているのと反対に、この思想はいやらしいほど滅亡と縁がなく、気味のわるいほど健康な思想です。それは自分一人の食慾や性慾や、痒みや、なかんずく痛みを基本理念にしており、『よかれあしかれ、俺だけはちがう』『俺の痛みはお前にはわかるまい』と主張するが、事実、彼の痛みが他人にわかる筈もありません。それは永久に自分の痛みの中に閉じこめられた思想で、それを証明してみせるためになら喜んで血を流してみせさえする。自分は想像力を持たないでもよいが、もっぱら他人の想像力に愬《うった》えるやり方。

彼らは決して伝達されないものを信じていますから、ときどき存在の条件の同一性をすら忘れてしまい、英雄と神とを混同し、自分の疥癬《かいせん》の痒みを、奇蹟《きせき》と思いちがえることすらある。奇蹟とは感覚的実体の個別性の普遍化なのです。もし自分の皮膚を小刀で突いて、とびあがるほど痛いのが、人類史上の例外であるとすれば、それが奇蹟でなくて何でしょう。

ところが個体の防衛本能はこの人たちを無制限に保護し、人間が子供のころから持っている不条理な確信、『どんなことがあっても自分だけは助かる』という奇蹟の確信に、いつも親しみを感じさせます。

弾丸が雨と降るなかを馳駆《ちく》して、彼にだけは弾《たま》が当らない。突然国電が衝突して火を吹いても、彼だけは無事に脱出する。ジェット機が墜落して、黒焦《くろこ》げの屍体《したい》が散乱している中から、彼だけは無傷で這《は》い出すのです。それというのも彼の個体の感覚的実体は、宝石よりも貴重でかけがえのないものであり、世界に唯一個であり、そんなものが滅びる筈もないからです。

そのうちにBから生れた思想は、否応《いやおう》なしに危険な実験をはじめます。奇蹟は実証されなければならない。彼らは小さな事故から大きな滅亡へ考え及び、雪だるまのように滅亡の規模をふくらまし、ついには全人類の滅亡に当っても、一人だけ、あるいは一国家一民族だけ助かる場面を想像します。これ以上魅惑的な、心をそそるような場面は一寸考えられない。それにはどうすればいいかというと、釦を押せばいい。……そうです、彼らもまた、必ず釦を押します。

これで人間の人間への関心が、どっちへ転んでも、きっと釦を押す成行になるのがおわかりでしょう」

さっきから不平の口を尖《とが》らしていた栗田は、羽黒の言葉が終るのを待ちかねて言った。

「先生が性慾を除外したのは不満だな。僕がほしいのは、人類全体の滅亡というよりも、女全体の滅亡なんですよ。あんなにいつも肉体の中にふんぞりかえって、われわれを根柢《こんてい》から軽蔑《けいべつ》している存在に対して、われわれが生殖慾を起すということに、人類の不吉な暗い性格がある筈なのに」

「女と云っても女房子は例外だよ」と床屋が口を出した。「人間の女房というものは、まず亭主が立派なら、亭主への尊敬も忘れないし、人間同士の夫婦ならこれでいざこざもあるだろうが……」

羽黒助教授はこんな無駄口を耳にも入れず、あいかわらず黙ってうなだれている主人に向って、自分の理論をくりひろげた。

「さて、第三に、人間の宿命的な病気は、神への関心です。

神というのはまことに狡猾《こうかつ》な発明で、人間の知りえたことの九十パーセントは人間のために残しておき、のこりの十パーセントを神という管理者に委ねて、その外側の厖大《ぼうだい》な虚無とのつなぎ目を、管理者の手の内でぼかしておいてもらおうという算段から生れたものだ。人間は人知の辺境守備兵たることの淋《さび》しさに耐えないし、それは神という人間の傭兵《ようへい》が、莫大《ばくだい》なお賽銭《さいせん》や尊崇と引きかえに、引きうけるべき役割になったのです。そこで人知の国境がひろがるにつれて、守備兵の駐屯所《ちゅうとんじょ》はますます遠ざかる。首都の市民はもう容易なことでは傭兵たちの顔を見ることはないが、それでも彼方《かなた》に傭兵たちが駐屯していて、そのおかげで自分たちが安全なのだという古い確信は残っています。夜あけの遠い紅を見る毎《ごと》に、人間どもはそれを思い出し、その遠い兵舎で喇叭《らっぱ》が鳴りひびき、白い鬚《ひげ》を垂らした傭兵たちが、磨いた槍《やり》の穂先を並べて、朝まだきの営庭に整列するさまを思いうかべます。

神のことを、人間は好んで真理だとか、正義だとか呼びたがる。しかし神は真理自体でもなく、正義自体でもなく、神自体ですらないのです。それは管理人にすぎず、人知と虚無との継ぎ目のあいまいさを故《こと》ら維持し、ありもしないものと所与の存在との境目《さかいめ》をぼかすことに従事します。何故《なぜ》なら人間は存在と非在との裂け目に耐えないからであるし、一度人間が『絶対』の想念を心にうかべた上は、世界のすべてのものの相対性とその『絶対』との間の距離に耐えないからです。遠いところに駐屯する辺境守備兵は、相対性の世界をぼんやりと絶対へとつなげてくれるように思われるのです。そして彼らの武器と兜《かぶと》も、みんな人間が稼いで、人間が貢《みつ》いでやったものばかりです。

傭兵たちは何千年の間よく働いてくれましたから、人間は彼らへの関心を失うことがなかった。スコラ派の哲学者などにいたっては、人間は贋《にせ》の有限的存在で、真の存在は神だけだとほざいていたくらいです。もし傭兵たちがいなかったら、という事態への恐怖は、人間の乏しい想像力を一寸《ちょっと》働かせてみるだけで十分でした。

もし傭兵たちが一人もいなくなったら……、忽《たちま》ち、虚無は国境を乗り超えてきて、人知の建てた町々を犯し、首都の家々の窓の下にまで溢《あふ》れてしまう。朝、目をさまして、顔を洗おうとして、窓をあけると、もう窓の外には虚無しかない、という具合だ。二階の階段から足を踏みすべらせると、もう真逆様《まつさかさま》に深淵《しんえん》へ落っこちてしまう。漬物《つけもの》桶《おけ》の蓋《ふた》をあけると、その中にも、真黒な虚無が顔をのぞけているという塩梅《あんばい》。花瓶に花を活《い》けようとすれば、花はすとんと、花瓶の内部の底なしの虚無へ落ちてしまう。

あらゆるものは虚無へ通じてしまい、打った電報は虚無へ配達されて二度とかえらず、汽車は夜あけの駅を出ると、虚無へ走り去って二度とかえらない。人間の声は谺《こだま》になって戻ってくることもなく、どんな叫びも吸取紙のように虚無に吸い取られてしまう。殺人者は屍体《したい》の処理に手こずることもない。窓をあけて屍体を投げ出せば、それは虚無の中へ辷《すべ》り落ちてしまうから。

以上が人間の危懼《きく》の内容であり、傭兵たちが雇い主に売りつけた高い値打でした。そしていつも人間は、辺境守備兵たちの虚偽の報告をうれしく聞いたのです。彼らがただ管理しているだけなのに、しょっちゅう局部的な小戦闘を勇ましく不屈に戦っているという虚偽の報告。

これが大体、神を央《なか》にした人間の文化の、いつわりの形態の見取図です。神への関心のおかげで、人間はなんとか虚無や非在や絶対などに直面しないですんできました。だから今もなお、人間は虚無の真相について知るところ少く、虚無のような全的破壊の原理は人間の文化内部には発生しないと妄信《もうしん》している人間主義の愚かな名残で、人知が虚無を作りだすことなどできないと信じています。

本当にそうでしょうか？　虚無とは、二階の階段を一階へ下りようとして、そのますとんと深淵へ墜落すること。花瓶へ花を活けようとして、その花を深淵へ投げ込んでしまうこと。つまり目的も持ち、意志から発した行為が、行為のはじまった瞬間に、意志は裏切られ、目的は乗り超えられて、際限なく無意味なもののなかへ顚落《てんらく》すること。要するに、あたかも自分が望んだがごとく、無意味の中へダイヴすること。あらゆる形の小さな失錯が、同種の巨大な滅亡の中へ併呑されること。……人間世界では至極ありふれた、よく起る事例であり、これが虚無の本質なのです。

　こんなことは今世紀のはじめからいたるところに起っていたのに、虚無の真相を知ることのない人間どもは、まだ神に、あの辺境守備兵たちに守られていると信じていました。世界のここかしこでくりかえされたこんな小さな事例は、いわば虚無のエスキースでした。そして科学的技術は、ふしぎなほど正確に、すでに瀰漫《びまん》していた虚無に点火する術《すべ》を知っています。科学的技術は人間が考えているほど理性的なものではなく、或《あ》る不透明な衝動の抽象化であり、錬金術《れんきんじゅつ》以来、人間の夢魔の組織化であり、人間どもが或る望まない怪物の出現を夢みると、科学的技術は、すでに人間どもがその望まない怪物を望んでいるということを、証明してみせてくれるのです。そこで、人間をすでにひたひたと浸していた虚無に点火される日がやってきました。それは気違いじみた真赤な巨大な薔薇《ばら》の花、人間の栽培した最初の虚無、つまり水素爆弾だったのです。

　しかし未《いま》だに虚無の管理者としての神とその管理責任を信じている人間は、安心して水爆の釦を押します。十字を切りながら、お祈りをしながら、すっかり自分の責任を免れて、必ず、釦を押します。

どっちへ転んでも、三つの関心のどれを辿《たど》っても、人間どもは必ずあの釦を押すようにできているのです」

「ボタン、ボタン、可愛《かわい》いボタン」と欠伸《あくび》を嚙《か》み殺していた床屋は、助教授がようやく口をつぐんだのに力を得て、歌いだした。「可愛い彼女の胸ボタン、押したら立派な茸雲《きのこぐも》、二つ並んで飛び出した。こっちは愕《おどろ》き一目散、あんなボタンは見たことない！」

「しっ」

と助教授は床屋の軽さわぎを制して、口をひらこうとする重一郎の顔を見戍《みまも》った。しかし重一郎はすぐには物を言う気配がなかった。

古い応接間は深閑として、そこにはまるで人間がいないかのようだった。事実、人間は一人もいなかったのだ。

窓の外はすでに暮れ、室内の燈《ひ》が硝子《ガラス》にくっきりと象嵌《ぞうがん》され、色褪《いろあ》せた壁紙には三人の客の巨《おお》きな蹲《うずくま》った鳥のような影が動かなかった。

「仰言《おっしゃ》るとおりです。悲しいことだが、人間のやり方は、全くあなたの仰言ることそのままです」

重一郎がそう言ったので、羽黒は大袈裟《おおげさ》におどろいてみせた。

「へえ、賛成して下さるんですか」

「そう、人間の欠点はその通りです。伺いたいのはあなた方が、そういう人間をどうなさるおつもりかということだ」

「わかっているじゃありませんか。同じことなら、一刻も早く釦を押すように骨を折ってやるべきです。生殺《なまごろ》しは不憫《ふびん》じゃありませんか」

「先生は人類愛に燃えておられるから、人類全体の一刻も早い安楽死を考えておられるんです」

と傍《かたわ》らから栗田が言葉を添えた。重一郎はしばらく沈思していて、こう言った。

「何とか救ってやる方法は考えられませんか」

「考えられませんね。放置《ほう》っておけば苦痛が募るばかりですから」

羽黒助教授はいかにも人間くさいアカデミックな冷たさで言い放った。

第九章

重一郎の大人しいこと、殊勝なことが、仙台から来た三人には等しく意外で、お互いにちらちらと目を見交わした。こんな無力な男が地球を救おうとしていることは、いきおい地球そのものをも貧弱に見せ、それがひいては三人の使命に対する侮辱とさえ思われた。

重一郎はじっと、法隆寺の星曼荼羅《ほしまんだら》を模した古くさい織物の卓布に目を落していた。あたかもその曼荼羅の円環の上に、羽黒にこっぴどく非難された全人類が群がり寄って慄《ふる》えており、重一郎は悲しみのこもった目で、微小な彼らを見下ろしているという風情《ふぜい》があった。

「全く仰言《おつしや》るとおりだ」と重一郎はようよう、いつもの直線的な口調を取戻して、喋《しやべ》りだした。「人間はどうしても釦《ボタン》を押したがる。二月八日の記者会見で、ケネディ米大統領が核実験の再開をほのめかしてから、もう二カ月あまり経《た》っており、明日《あす》にも英領クリスマス島で、実験が再開されるのは目に見えている。これは又必ずソヴィエトの実験を促し、地球は放射能の塵《ちり》にまみれるでしょう。クリスマス島の実験が行われれば、又私はすぐにケネディ大統領あてに警告の手紙を書くでしょうが、これもフルシチョフ首相あての手紙同様、返事をもらうことは覚束《おぼつか》ない」

「そうですとも。人間はそういう返事を書けないようにできているのです。そういう返事を書こうとすると、地球製のインキは凍ってしまう」

と羽黒は確信ありげに口を挟んだ。

「その通りです。その通り」と重一郎は沈着につづけた。「大体人類に平和を与えようなどという企てが、どんなに奇妙な企てか、私自身がよく知っています。現在只今《ただいま》の世界の大部分は、少くとも交戦状態にはないから、平和なのにちがいない。しかし同時に、平和は熱烈に願われ、祈られ、待たれてさえいる。少くとも現に存在しているものを待つという背理は、次のことを暗示する。平和を願う人間どもは、現在存在している平和には不満であって、もっと完全な、不安のない平和を求めているのでしょうが、実は彼らが不満なのは、現在の平和の存在様態にではなく、平和の本質に不満なのかもしれないということを。

平和は自由と同様に、われわれ宇宙人の海から漁《と》られた魚であって、地球へ陸揚げされると忽《たちま》ち腐る。平和の地球的本質であるこの腐敗の足の早さ、これが彼らの不満のたねで、彼らがしきりに願っている平和は、新鮮な瞬間的な平和か、金属のように不朽の恒久平和かのいずれかで、中間的なだらだらした平和は、みんな贋物《にせもの》くさい匂《にお》いがするのです。

次に、かれらの動物的本能が嘉納《かのう》する平和は、概《おおむ》ね事後の平和であって、克《か》ち取られた直後の平和、戦いのあとの平和、性交のあとの平和と謂《い》ったものしか、かれらの感覚は本当の平和とみとめない。ところで現在の平和は、事前の平和であって、甚だ不透明で甚だ贋物くさいのです。

人間どもの一部は、戦争の防止や平和の維持をさわいでいますが、その平和の観念には、こうした地球人独特の不満と焦躁《しょうそう》がからみ合っています。そしてこんな人たちを本当に満足させるのは、事後の瞬間的な平和であろうが、そんな平和を願うことは、事の起るのを願うことを前提としているわけで、事とはつまり水爆戦争なのですからね。

人類はまだまだ時間を征服することはできない。だから人類にとっての平和や自由の観念は、時間の原理に関わりがあり、その原理によって縛られている。時間の不可逆性が、人間どもの平和や自由を極度に困難にしている宿命的要因なのです。

もし時間の法則が崩れて、事後が事前へ持ち込まれ、瞬間がそのまま永遠へ結びつけられるなら、人類の平和や自由は、たちどころに可能になるでしょう。そのときこそ絶対の平和や自由が現前するでしょうし、誰もそれを贋物くさいなどと思う者はおりません。

未来を現在に於《お》いて味わい、瞬間を永遠に於て味わう、こういう宇宙人にとってはごく普通の能力を、何とかして人間どもに伝えてやり、それを武器として、彼らが平和と宇宙的統一に到達するのを助けてやる、これが私の地球へやってきた目的でした。

私の目的は水爆戦争後の地球を現在の時点においてまざまざと眺めさせ、その直後のおそろしい無機的な恒久平和を、現在の心の瞬間的な陶酔の裡《うち》に味わわせてやることでした。そのとき人間どもは、事後の世界の新鮮きわまる平和を、わが舌で味わうことができ、地球上の人類がみなそれを味わえば、もう釦を押す必要はなくなるのです。私は麻酔の力を持った美酒を呑《の》ませようと思って来たのです。その点では彼らの安楽死を目的とされるあなた方とは、私はいわば紙一重のところにいるわけです。

さて、その目的のために、私は人間どもの想像力を利用してやろうと企てました。ところが私が発見したのは、人間の想像力のおどろくべき貧しさで、どんな強靭《きょうじん》にみえる男の想像力も、全的破滅の幻をえがくには耐えないのです。地球上で、破滅という言葉が含んでいる概念の貧弱さは論外で、ちっぽけな公務員が三百万円ばかりの公金を拐帯《かいたい》して牢屋《ろうや》にぶちこまれる場合でさえ、『身の破滅』と呼ばれるくらいなのですからね。

私は破滅の幻へ向って人間を鼓舞するためにできるだけのことをしました。ところが彼らには、私の一億分の一の想像力もないのです。広島の災禍を受けた日本でさえこの通りなのですから、他の国々は推して知るべし。

私が彼らの想像力に愬《うった》えようとしたやり方は、破滅の幻を強めて平和の幻と同等にし、それをついには鏡像のように似通わせ、一方が鏡中の影であれば、一方は必ず現実であると思わせるところまで、持って行く方法でした。空飛ぶ円盤の出現は、人間理性をかきみだすためだったし、理性を目ざめさせるにはその敵対物の陶酔しかないことを、理性自体に気づかせるのが目的であった。そしてわれわれの云《い》う陶酔とは、時間の不可逆性が崩れること、未来の不確実性が崩れること、すなわち、欲望を持ちえなくなること、――何故《なぜ》なら人間の欲望はすべて時間が原因であるから――、これらもろもろの、人間理性の最後の自己否定なのでした。人間の純粋理性とは、経験を可能にする先天的な認識能力のすべてを云うのだそうで、人間の経験は欲望の、すなわち時間の原則に従って動くからです。

私は未聞の陶酔を人間どもに教えようとしたのでした。そこでこそ現在が花ひらき、人間世界はたちどころに光輝を放ち、目前の草の露がただちに宝石に変貌《へんぼう》するような陶酔を」

「それで奴《やつ》らは、それがわかりましたか」

と助教授は薄笑いを浮べてきいた。

「いいえ、今のところはわかっていません」

「それごらんなさい」

「しかし私はまだ希望を持っています」

「希望ですって！」

助教授は相手の顔が急に豚に変ったのを見るような叫びをあげた。

「もちろん人間どもは希望を持つ資格なんぞありません。しかしわれわれにはあるのです。なぜならわれわれは、希望の依《よ》って生れる時間を支配しているからです」

「それはわれわれも同様だ」と羽黒は性急に遮った。「そしてあなたの予見とわれわれの予見がどうちがうか。宇宙の二つの対立的な原理、いずれも夙《と》うに時間を征服し、恐怖を免れ、最高の政治原理としてはただ微笑だけが残されているような、（事実、暗い微笑と明るい微笑との差はあろうが）、われわれの種族の地球に関する予見がもし同じであれば、もうわれわれは争う必要はないようなものですが、大杉さん、あなたの知っている地球の未来は、人類の未来はどうなのですか？　それを今夜は率直に仰言るべきだと私は思います。あなたの予見はどうなのです、地球と人類の未来は？　われわれ同様に、あなたは知っておられる。正直に仰言るがいい」

重一郎はなかなか答えなかった。その顔は硬《こわ》ばって、目は一点を見詰めたまま動かなかった。衰えた全身にただ一カ所、不屈の精力を輝かせているその瞳《ひとみ》には、暗い焔《ほのお》がうつろうように思われたが、重一郎の全身の緊張は明らかに、自分の予見を見破られまいと、必死に身を持して心の扉《とびら》を閉ざし込んでいるところから生れていた。彼の額には徐々に汗がにじみ、唇は乾いて、空気の稀薄《きはく》に苦しんでいるように見えた。

「あなたは知っている。しかも答えられない。何故か？　つまりあなたのやっていることは詐欺《さぎ》だからだ。われわれは地球人に真相を告げに来たのだが、あなたは甘い欺《ぎ》瞞《まん》を与えに来たからだ。あれを知らせてはいけない、とあなたは思っているのだろう。地球人の目に覆《おお》いをかけ、盲人たちの手を引いて、自分の思うところへ引っぱって行こうというのだろう」

「ちがう！　ちがう！」と重一郎は乱れた叫びをあげた。この叫びにはぞっとするような不調和があり、声はきらびやかな散光星雲の間隙《かんげき》に横たわる暗い深淵《しんえん》から発してくるかのように思われた。「私が私の予見を語らないのは、それが語られると同時に、地球の人類の宿命になってしまうからだ。

動いてやまない人間を静止させるのが私の使命だとしても、それを宿命の形で静止させるのを私は好まない。あくまで陶酔、静かな、絶対に欲望を持たない陶酔のうちに、彼らを休らわすのが私の流儀なのだ。

人間の政治、いつも未来を女の太腿《ふともも》のように猥褻《わいせつ》にちらつかせ、夢や希望や『よりよいもの』への餌《え》を、馬の鼻面《はなづら》に人参《にんじん》をぶらさげるやり方でぶらさげておき、未来の暗黒へ向って人々を鞭打《むちう》ちながら、自分は現在の薄明の中に止《とど》まろうとするあの政治、……あれをしばらく陶酔のうちに静止させなくてはいかん」

「ふん、人間の政治だって？」と羽黒は、久しく仙台の学内政治に憤懣《ふんまん》を洩《も》らしてきたのと同じ口調で、鼻を鳴らした。「そもそも人間が人間を統治するのがまちがっているんだ。草鞋虫《わらじむし》にやらせたほうが、もう一寸《ちよつと》ましだろう」

「いや、そんなことはない。人間を統治するのは簡単なことで、人間の内部の虚無と空白を統括すればそれですむのだ。人間という人間は、みんな胴体に風のとおる穴をあけている。そいつに紐《ひも》をとおしてつなげば、何億人だろうが、黙って引きずられる」

「これは又過激な御説ですね」

「私が地上の生活で学んだことはそれだった。公園のベンチや混んだ電車の中で、人間がふと伏目になって、どこともわからぬところを眺めている姿を私はたびたび見た。あれは自分の中の空洞を眺めている目つきだった。それは彼の目にはたしかにありありと見えていて、決して統一され統括される心配のない孤独の持物を眺めているかのようだった。それが人間の、（どんな無智《むち》な人間でもいい）、独特な反政治的な表情だと私は知ったのだ。

歴史上、政治とは要するに、パンを与えるいろんな方策だったが、宗教家にまさる政治家の知恵は、人間はパンだけで生きるものだという認識だった。この認識は甚だ貴重で、どんなに宗教家たちが喚《わめ》き立てようと、人間はこの生物学的認識の上にどっかと腰を据え、健全で明快な各種の政治学を組み立てたのだ。

さて、あなたは、こんな単純な人間の生存の条件にはっきり直面し、一たびパンだけで生きうるということを知ってしまった時の人間の絶望について、考えてみたことがありますか？　それは多分、人類で最初に自殺を企てた男だろうと思う。何か悲しいことがあって、彼は明日自殺しようとした。今日、彼は気が進まぬながらパンを喰べた。彼は思いあぐねて自殺を明後日に延期した。明日、彼は又、気が進まぬながらパンを喰べた。自殺は一日のばしに延ばされ、そのたびに彼はパンを喰べた。……或《あ》る日、彼は突然、自分がただパンだけで、純粋にパンだけで、目的も意味もない人生を生きていることを発見する。自分が今現に生きており、その生きている原因は正《まさ》にパンだけなのだから、これ以上確かなことはない。彼はおそろしい絶望に襲われたが、これは決して自殺によっては解決されない絶望だった。何故なら、これは普通の自殺の原因となるような、生きているということへの絶望ではなく、生きていること自体の絶望なのであるから、絶望がますます彼を生かすからだ。

彼はこの絶望から何かを作り出さなくてはならない。政治の冷徹な認識に復讐《ふくしゅう》を企てるために、自殺の代りに、何か独自のものを作り出さなくてはならない。そこで考え出されたことが、政治家に気づかれぬように、自分の胴体に、こっそり無意味な風穴をあけることだった。その風穴からあらゆる意味が洩れこぼれてしまい、パンだけは順調に消化され、永久に、次のパンを、次のパンを、次のパンを求めつづけること。生存の無意味を保障するために、彼らにパンを与えつづけることを、政治家たち統治者たちの、知られざる責務にしてしまうこと。しかもそれを絶対に統治者たちには気づかせぬこと。

この空洞、この風穴は、ひそかに人類の遺伝子になり、あまねく遺伝し、私が公園のベンチや混んだ電車でたびたび見たあの反政治的な表情の素《もと》になったのだ。

こいつらは組織を好み、地上のいたるところに、趣きのない塔を建ててまわる。私はそれらをひとつひとつ洞察して、ついには支配者の胴体、統治者の胴体にすら、立派な衣服の下に小さな風穴の所在を嗅《か》ぎつけたのだ。

今しも地球上の人類の、平和と統一とが可能だというメドをつけたのは、私がこの風穴を発見したときからだった。お恥ずかしいことだが、私が仮りの人間生活を送っていたころは、私の胴体にも見事にその風穴があいていたものだ。

私は破滅の前の人間にこのような状態が一般化したことを、宇宙的恩寵《おんちょう》だとすら考えている。なぜなら、この空洞、この風穴こそ、われわれの宇宙の雛型《ひながた》だからだ」

「わかった。あなたは私に手がかりを与えてくれた。次のパンを。次のパンを。次のパンを。だから地上の政治家がみんな結託して、その次のパンに青酸加里をまぜればいいのだ」

「いや、地上の政治家が、たとえ悪の目的のためにもせよ、みんな結託することができる瞬間には、すでに地上の平和は来ているのです。あなたの遣口《やりくち》は、後手《ごて》に廻るだけだろう。

人間が内部の空虚の連帯によって充実するとき、すべての政治は無意味になり、反政治的な統一が可能になる。彼らは決して釦を押さない。釦を押すことは、彼らの宇宙を、内部の空洞を崩壊させることになるからだ。肉体を滅ぼすことを怖《おそ》れない連中も、この空虚を滅ぼすことには耐えられない。何故ならそれは、母なる虚無の宇宙の雛型だからだ」

「どうしてあなたは、それほどその風穴に信頼する気になったものだろう」

「私の人間としての経験からだ。はじめ私は自分で自分に風穴をあけたのだと思っていたが、やがてそれは全人類の一人一人に、宇宙が浸潤して来たことの紛れもない兆候だと気がついた。そして私はその空虚が花を咲かせるのを待ち、ついにはそれを見たのだからね」

「ばかなことだ。この瞬間にも地上の人間どもは、愛だの生殖だのに携わっている。あなたが統一について語っている瞬間に、あいつらは個体の分裂に精を出しているというわけだ」

「いやらしい女たち」と、やっと自分の持場を得たように、大男の醜い銀行員は叫んだ。「女たちを絶滅させれば、それで人類の絶滅はもう時間の問題で、人類の半分をやっつけるのですめば、それだけ手間がかからないわけだがな。だがどうやって地上の女だけを、一堂に集めたものだろう。女たちはぴいぴいぎゃあぎゃあ騒いで、なかなか云うことをきかんだろう」

「世界中の美容院を南半球に、世界中の床屋を北半球に集めればいいのさ。簡単なことさ」

と肥《ふと》った床屋は鼻をうごめかせて言った。

「愛と生殖とを結びつけたのは人間どもの宗教の政治的詐術で」と重一郎は平然とつづけた。「ほかのもろもろの政治的詐術と同様、羊の群を柵《さく》の中へ追い込むやり方、つまり本来無目的なものを目的意識の中へ追い込む、あの千篇一律のやり方の一つなのだね。性的対象への欲望は、滑りやすい暗黒の中を手さぐりするようなものなのに、最高《こうごう》の目的意識と目《もく》される愛の蠟燭《ろうそく》をその手に持たせると、対象はあたかもありありと神々しく照らし出されたような錯覚を与える。しかし照らし出されたものが、果して今まで手さぐりしていた対象そのものであるかどうか、どこにも証拠はなく、蠟燭の光りはあるいは別なものを照らし出したのかもしれないのだ。

人間はこの蠟燭の光りをたよりに生殖を営むことに馴《な》れてしまった。われわれは彼らを、愛のない壮大な生殖の場面、あの太古の宇宙的な闇《やみ》の中で営まれた生殖の場面へ、引戻してやらなくてはならない。

何故かといえば、こんな久しきにわたる政治的詐術が、地上の重大な戦争の原因の一つだからだ。愛の虚像と欲望とのまちがった同一化を、政治的指導者たちは彼らの青年時代のベッドから学んだのだ。彼らの不毛の理想は、すべて蠟燭の光りをたよりに営まれた生殖から暗示を得ている。

今ほど二大国の指導者が、かつての君主を健全な君主たらしめた冷静な打算から遠ざかっている時はない。彼らはほとんど何ものかを愛している。そうでなければ、あんな気ちがいじみた核実験競争だの、原子兵器の過剰生産だの、すべては成算のない勝利を目ざして、暗黒の底なし穴の中へ毎日せっせとトラックで札束を運んでは放り込むような真似《まね》ができるわけがない。

皮肉なことに愛の背理は、待たれているものは必ず来ず、望んだものは必ず得られず、しかも来ないこと得られぬことの原因が、正に待つこと望むこと自体にあるという構造を持っているから、二大国の指導者たちが、決して破滅を望んでいないということこそ、危険の最たるものなのだ。彼らが何ものかを愛している以上、望まないものは必ず来るのだ。そんな事態はもう来かかっている。破滅のほうで彼らを愛しはじめている。……

そこで私がくりかえし警告したように、理性よりも想像力のほうが狂気から遠い時代が来たのだ。狂気から少しでも遠ざかるように、私は彼らを想像力のほうへ駆り立てようとしたが、それは少しも成功しなかった。『人間理性への信頼』『絶対兵器が出来た以上、戦争は起るまい』……ああ、彼らは狂気に信頼していることを知らないのだ。

しかも私はまだ希望を持っている。人間どもはともあれ、私には少くともその資格がある。

人間とは愛すべき生物《いきもの》で、昨夜のやかましいパーティーへの抗議を申し込みに、隣家へ出かけた男が、いざ怒りのベルを押す前に、玄関さきの雨後の繁《しげ》みに小さな可愛《かわい》らしい蝸牛《かたつむり》をみつけ、それをみつけたことで幸福になり、とうとう抗議をやめてその場から帰って来てしまう、などということをやりかねない生物だ。又、散歩の道すがら、ふと花の鉢を買ってしまい……」

「花の鉢だって！　花の鉢だって！　それはきっとシクラメンにちがいない」

と栗田は椅子《いす》から半ば腰を浮かし、色蒼《いろあお》ざめて、血走る目を重一郎へ向けて叫んだ。

「いや、シクラメンとは限るまい。ともかく花の鉢を買ってしまい、それを自分のどの窓辺に飾ろうかと考えながら歩くうちに、見知らぬ街角へまぎれ込んでしまい、そこの角の酒場で一休みをするうちに、盃《さかずき》の数を重ねて、ついには鉢を忘れて家へ帰る、などということをやりかねない生物だ。

気まぐれこそ人間が天から得た美質で、時折人間が演じる気まぐれには、たしかに天の最も甘美なものの片鱗《へんりん》がうかがわれる。それは整然たる宇宙法則が時折洩《も》らす吐息のようなもの、許容された詩のようなもので、それが遠い宇宙から人間に投影されたのだ。人間どもの宗教の用語を借りれば、人間の中の唯《ただ》一つの天使的特質といえるだろう。

人間が人間を殺そうとして、拳銃《けんじゅう》を相手の顔へ構え、まさに発射しようとするときに、彼の心に生れ、その腕を突然ほかの方向へ外《そ》らしてしまうふしぎな気まぐれ。今夜こそこの手に抱くことのできる恋人の窓の下まで来て、まさに縄梯子《なわばしご》に足をかけようとするときに、微風のように彼の心を襲い、急に彼の足を沙漠《さばく》への長い旅へ向けてしまう不可解な気まぐれ。そういう美しい気まぐれの多くは、人間自体にはどうしても解けない謎《なぞ》で、おそらく沢山の薔薇《ばら》の前へ来た蜜蜂《みつばち》だけが知っている謎なのだ。何故《なぜ》なら、こんな気まぐれこそ、薔薇はみな同じ薔薇であり、目前の薔薇のほかにも又薔薇があり、世界は薔薇に充《み》ちているという認識だけが、解き明かすことのできる謎だからだ。

私が希望を捨てないというのは、人間の理性を信頼するからではない。人間のこういう美しい気まぐれに、信頼を寄せているからだ。あなたは人間どもは必ず釦《ボタン》を押すと言う。それはそうだろう。しかし釦を押す直前に、気まぐれが微笑《ほほえ》みかけることだってある。それが人間というものだ」

「その点ではわれわれは五分五分だ。気まぐれが釦を押すことだってある」

「それは狂気だ。気まぐれじゃない」

「では、あなたの言うように、釦を押すのが狂気で、押さないのが気まぐれだとすると、釦を央《なか》にはさんで、狂気と気まぐれを弁別するものは、理性だということになるじゃないか。しかもあなたは、理性が狂気だというのだが、それならその狂気の理性が、どうやって気まぐれから自分を弁別して、釦を押すほうへもって行くか、その筋道を伺いたいね。あなたは結局、釦を押すか押さないかの判断は、理性の働きだと認めざるをえない自家撞着《どうちゃく》に陥っている。だって釦を押すのが狂気の理性なら、釦を押すか押さぬかの、行為か無為かの決断は、正気の理性のはたらきだと、あなた自ら認めることになるんだからね。理性に二種類あるのは可笑《おか》しいじゃないか」

「人間の理性にはもう決断の能力はないのだよ。釦を押す能力があるだけだ。確信を以《もっ》て、冷静に、そして白痴のように」

あなたのように人間の苦悩を見飽きた宇宙人が、まだ人間の論理で語るとはふしぎなことだ。

さっきあなたが人間の三つの罪過、三つの宿痾《しゅくあ》について、懇切丁寧に説明してくれたから、私が今度は、人間の五つの美点、滅ぼすには惜しい五つの特質を挙げるべき番だと思う。実際、人間の奇妙な習性も多々あるけれど、その中のいくつかは是非とも残しておきたく、そんな習性を残すためだけに、全人類を救ってもいいというほど、価値あるものに私には思われる。

だが、もし人類が滅んだら、私は少くとも、その五つの美点をうまく纏《まと》めて、一つの墓碑銘を書かずにはいられないだろう。この墓碑銘には、人類の今までにやったことが必要かつ十分に要約されており、人類の歴史はそれ以上でもそれ以下でもなかったのだ。その碑文の草案は次のようなものだ。

『地球なる一惑星に住める
　人間なる一種族ここに眠る。
彼らは嘘《うそ》をつきっぱなしについた。
彼らは吉凶につけて花を飾った。
彼らはよく小鳥を飼った。
彼らは約束の時間にしばしば遅れた。
そして彼らはよく笑った。
　ねがわくはとこしなえなる眠りの安らかならんことを』

これをあなた方の言葉に飜訳《ほんやく》すればこうなるのだ。

『地球なる一惑星に住める
　人間なる一種族ここに眠る。
彼らはなかなか芸術家であった。
彼らは喜悦と悲嘆に同じ象徴を用いた。
彼らは他の自由を剝奪《はくだつ》して、それによって辛うじて自分の自由を相対的に確認した。
彼らは時間を征服しえず、その代りにせめて時間に不忠実であろうと試みた。
そして時には、彼らは虚無をしばらく自分の息で吹き飛ばす術《すべ》を知っていた。
　ねがわくはとこしなえなる眠りの安らかならんことを』

あなた方は後のほうの墓碑銘を立派で好もしいと思うだろうが、私はもちろん前のほうが好きなのだ。私には白鳥座の成金趣味、こけおどかしの金ぴか趣味はないからだ。それに前のほうが、ひろくわれわれ宇宙人に好感を抱《いだ》かせる一つの肖像画をなしているではないか。

彼らは吉事につけ凶事につけ花を飾った。この萎《しぼ》みやすい切花のふんだんな浪費によって、彼らは幸福が瞬時であることは認めながら、同時に不幸も瞬時であってほしいと望んだ。それから彼らは小鳥を飼った。これは小さな悪だが、その動機の痛切な愛らしさが、悪をもやさしい美点に変えた。空の飛翔《ひしょう》を小さな籠《かご》の中に捕えること、そのとき輝く空いっぱいにひろがっていた鳥ののびやかな航跡は折り畳まれ、見えない毛糸のように複雑にもつれて籠の中にわだかまり、鳥はかつての自分の飛翔の糸にからまれて、不器用な動きをするだけになった。しかしそうすることによって、人間どもは小鳥の歌を純粋化した。残った歌は、奪われた自由のすべてを晶化し、喪《うしな》われた青空のすべてを収斂《しゅうれん》させ、たえず直接の裸の感情を慄《ふる》わせて、人間の生活を充《み》たした。こうしたやり方は、人間の発明なのだ。

雨の駅頭での沢山の待ち人、暗い喫茶店での数多い待ち人、広大な社長室で極薄型のオーデマル・ピゲと睨《にら》めっくらをしながらじりじりと客を待つ社長、……こういう情景ほど人間的なものがあろうか。人間が人間を待たせるというすばらしい権利。それこそ女が王権を確保するのに使い古した方法だったが、それというのも、女は肉体の中に時間の成熟を保ち、（いいかね、子宮とは時間の器官なのだ）、自由や平和なんかを求める手間で、もっと有利な時間を自分の味方につけたのだ。だから女は、待たせることにも、待つことにも、男が敵し得ない天禀《てんぴん》を持っている。彼女たちは時間の法則を自分の肉体で咀嚼《そしゃく》してしまい、歴史を形成しようとする男の意志や、そのプランのすべてを、冷淡に横目に眺めている。

彼らは芸術を作った。やくたいもない架空の建造物を無数に建てた。われわれ宇宙人の目から見ると、彼らの作ったどんな深刻な悲劇的な作品も、結局人間固有の原理、すなわち笑いの原理から生れて来たように思われる。笑いこそは彼らの芸術の根源であり、人間がつきっぱなしについてきた嘘は、笑いなしには腐敗の一途を辿《たど》ったにちがいない。笑いこそはその嘘の防腐剤であり、そのことを芸術家が発見したのだ。

あらゆる虚偽、裏切り、不信、人間生活につきもののこういう嘘は、現実のすべてを嘘で代替できるという芸術家の確信を強めたであろう。彼らは人が真実と呼ぶところの嘘が魚のように腐りやすいのを見抜き、これを不朽にする材料を求めて、笑いの漆喰《しっくい》を発見したが、この人間固有の原理も、実は自然から学びとられたものだ。

人間は、朝の太陽が山の端《は》を離れ、山腹の色がたちまち変るのを見て、はじめて笑ったにちがいない。宇宙的虚無が、こんなに微妙な色彩の濃淡で人の目をたのしませるのは、全く不合理なことであり、可笑《おか》しな、笑うべきことだからだ。虚無がいちち道化た形姿を示すたびに、彼らは笑った。平原を走ってくる微風が、群なす羊の毛をそば立たせるのを見て、彼らは笑った。偉大な虚無のこんな些細《ささい》な関心が可笑しかったからだ。そして笑っているときだけ、彼らは虚無をないもののように感じ、いわば虚無から癒《い》やされたのだ。

そのうちに人間どもは、自分たちの手で笑いの種子《たね》を作るようになった。しかしいつも笑いの背後には、虚無の影が必要で、それがなければ、人間の笑いの劇は完成しない。その劇には、必ず見えない重要な登場人物が背後をよぎり、しかもそれが笑いによって吹き飛ばされる役を荷《にな》っていた。

……私はこれで人間の生活と歴史を鳥瞰《ちょうかん》し、それをみんな語り尽してしまった筈《はず》だ。これはかなり愛すべき眺めで、こんな眺めが宇宙から消えるのは、残り惜しいことではないだろうか」

「まだ語り尽しちゃいませんよ」と銀行員は嚙《か》みつくように言った。「恋愛や結婚はどうしたんです」

「恋愛と結婚は、墓碑銘のすべてに語られている。嘘《うそ》をつき、約束の時間におくれ、花を飾り、それから一生涯の籠に小鳥を飼い、最後には、死ぬ前に笑うのだ」

「じゃあ、経済は」

「約束の時間にしばしば遅れる。このなかには債権法のすべてと、利子の問題が含まれている」

仙台の宇宙人たちは目を見交わして、しんとした。こんなつかのまの沈黙が、重一郎に勇気を与えた。

「私は何も人間を尊敬しろとは云わない。重要視しろとは云わない。人間の残した文化は、宇宙的に云えばせいぜい三流の代物《しろもの》だったし、その経済の流通機構も原始的なら、政治にいたっては宇宙でも最低の部類だが、それでも、こんな連中を救ってやって恩恵を施しておけば、いつか宇宙の役に立つ日も来ようというものだ」

「ばかな」と羽黒は唇を歪《ゆが》めて言った。「今のうちに危険な芽を摘まなければどうなるのだ。すでに人間は地球の引力の外へ飛び出した。あなたは恐竜の卵を育てているのだ。

むかしの人間世界では、一人の権力者が厖大《ぼうだい》な悪を引受け、その快楽と苦悩を代表し、大向うの喝采《かっさい》を浴びていた。もちろん民衆もそのお裾分《すそわ》けにあずかった。ローマのコロセウムでは、数万の民衆が権力者の快楽を分担して、はっきり悪に関与していた。人間の血みどろな死を眺めることは、或《あ》る者にとっては快楽であり、或る者にとっては苦悩であり、いずれにとっても生の本源的なものの解放だった。しかし今はどうだ。広島への原爆の投下で、一体人類のなかの誰が、快楽や苦悩に充たされ、解放されたか。誰もいない。

その代りに、むかしもいた哀れな死刑執行人、給料のために血みどろな職務に携わり、苦悩も快楽も責任も権力者に預けっぱなしの、哀れな世帯《しょたい》持ちの死刑執行人が、今は無数にふえて、どこのオフィスにもいるようになったのだ。それは悪の機械工業化に伴う必然的現象で、かれらもまたホワイト・カラーの種族になり、鍛冶屋《かじ》のような逞《たくま》しい毛むくじゃらの腕も不要になり、それと共に、大量生産される商品は、簡素で手っとり早く機能的なものになり、手工業時代の丹念な装飾や、凝りすぎた意匠はすたれてしまった。アウシュヴィッツが、罐詰《かんづめ》工場や化学薬品工場とどこが違っただろう。

悪はほとんど直接に血を見ず、衛生的な包装を施され、ひどく抽象的なものになりはしたが、その代り誰も悪に本質的に関与することはできなくなった。権力者たちでさえそうなのだ。悪のちゃんとした引受け手、身許《みもと》引受人はいなくなったのだ。こんな情ない状態が、あなたの言う人間の風穴、統治者すらも免れない風穴と、揆《き》を一にしているのは面白いことだ。

ローマのコロセウムでは、悪は鷲《わし》づかみにして秤《はかり》に載せられるほど、豊富にたっぷりと存在していた。ところが今では悪は稀薄《きはく》になり、その代りコロセウムなどに局限されずに、全世界にひろがって、あらゆる人間の心臓をこっそり犯している。そして人間どもは、日曜大工の好きな、平和な、家庭的な、おとなしい死刑執行人の社会に生きている。栄養剤の話、芝刈り機の話、しかし自分が給料をもらっている仕事の話だけはお互いに禁句にして。

かつてあれほど人間の心を高鳴らせた悪の快楽や苦悩は、埋《うず》み火のように、いぶって、内攻して、現代社会の組織を巨大な欲求不満の体系に変えてしまった。現代の人間社会の本質を、一言を以て覆《おお》うなら、それは史上かつてないほど『血に飢えた社会』なのだ。どんなに残虐《ざんぎゃく》な帝国、たとえばジンギスカンの帝国にもまして、現代の人間社会は、血に飢えている。どこにも属さない悪を抱え込んで、誰一人それに関与できず、誰一人それによって解放されもせず、日曜日の午後には家族連れで公園の音楽会へゆき、そしてただ、ひたすら、血に飢えているのだ。

こんな史上もっとも不自然な社会が、どんな衝動に突然かられるか、耳掻《みみか》き一杯ほどの想像力があれば、容易にわかる。私が人間どもの苦悩と呼ぶのは、このおそろしく普遍化された稀薄な悪によって与えられる、自覚症状のない死苦のことだ。これを一日も早く終熄《しゅうそく》させ、かれらに安楽死を与えなければ、とんだことになる。もう目に見えている。とんだことになる！」

「宇宙人までが人間の進歩の妄説《もうせつ》にたぶらかされることはない。私もまた、進歩の妄説にたぶらかされている人間を危《あや》ぶんではいるが、人間自体は決してそんな風には生れついていないのだ。人間の操縦する宇宙船が、どこへ向って進むか私は知っている。

あれは宇宙の未来の暗黒へ勇ましく突き進んでゆくかのように見えるが、実は同時に、人間が忘れている過去の記憶の深淵《しんえん》へまっしぐらに後退してゆくのだ。あれは人間の未知の経験への冒険というだけではなく、諸民族の暗い果てしれぬ原初的な体験の再現を目ざしているのだ。人間の意識にとって、宇宙の構造は、永遠に到達すべき場所と、永遠に回帰すべき場所との二重構造になっている。それはあたかも人間の男にとっての女が、母の影像と二重になっているのと似ている。

人間は前へ進もうとするとき、必ずうしろへも進んでいるのだ。だから彼らは決して到達することも、帰り着くこともない。これが彼らの宇宙なのだから、われわれがそれに怖《お》じて、われわれの宇宙の受ける損害をあれこれと心配することはないのだ。

——今こそ私は、あなた方に宣言しようと思う。

救済が私の役目だから、何を言われようと、私は救済のために黙々と働くのだ。破滅が私の幻影のすべてだから、もう幻影だけで沢山なのだ。人類に説いてあらゆる核実験をやめさせ、あらゆる核兵器を廃棄させ、空飛ぶ円盤が何のために地球を訪れたかを、呑《の》み込ませてやらなくてはならぬ。あなた方と会ってよくわかったことだが、地球の今世紀の不吉な影は、あなた方の星の同志の活動に依《よ》るところが多いらしい。あなた方の星の影響が、地球が美しい星に生れ変るのを邪魔してきたことがよくわかった。

あなた方の星の同志は、今世紀の初頭から、著名な政治家や哲学者や芸術家のあいだに紛れ込み、営々孜々《しし》と今日の事態を準備してきたにちがいない。そういえば、思い当るふしも多々あるのだ。思えば私が地球へ来るのは遅かった。しかし遅すぎはしないということを、あなた方に思い知らせてやる。

あなた方は人間が自らまっとうな情熱と信じるようなものの中へ紛れ込み、地上で正義と称されているものの裏側を徐々に蝕《むしば》んで、それをただの形骸《けいがい》の仮面にしてしまった。今、私の耳にはありありときこえるが、世界中にあなた方の同志の白蟻《しろあり》たちが、ひそかに木屑《きくず》を噛《か》む音がしている。この音は実はずっと前からきこえていた。愚かな人間どもは、それを耳のせいだと思っていたのだ」

「これは全く正面からの挑戦というもんですな」と床屋は、主人の鉄いろの結城《ゆうき》の痩《や》せた胸もとをじろじろと眺め、普段着らしく着こなした上等の着物の値踏みをして、いよいよ敵愾心《てきがいしん》を強めて言った。「羽黒先生、この野郎にこんなことを言わせておいていいんですか。私のことを白蟻だとは、まじめに稼業《かぎょう》に精を出している理髪師がどうして白蟻なんです。あやしげなお託宣で信者を集め、貧乏人の懐《ふとこ》ろから喜捨をくすねている手合のほうが、よっぽど白蟻じゃありませんか」

助教授はひどいよそゆきの微笑でちらとこの同朋《どうほう》を慰めてから、語り疲れた重一郎が椅子《いす》に背を凭《もた》せて肩で息をしている姿を、怠りなく眺めて言った。

「もうあなたには一切敬意を払わん。お前と呼ばせてもらう。お前が人間を救おうとするのは勝手だが、人間はすでにこっちの手の内に入っていることを覚えておけ。

こっちは人類愛に燃えていればこそ、親切な終末を考えてやっているのに、お前のその、人間を見下《みくだ》しながら、美辞麗句で褒《ほ》めそやす卑劣な詐欺《さぎ》師のやり方は見え透いている。俺に我慢がならんのは、知的な悲しみに眉《まゆ》をひそめ、おちょぼ口で救済を与えようとする、お前の人間くさい偽善なのだ。言って得なことと言って損なことを、いつも口の中で計算している、お前の政治的な抑揚なのだ。お前は人間界で使い古された『平和』だの『自由』だのという題目に、一寸《ちょっと》ばかり宇宙的な調味料をふりかけて新品に見せかけ、大道香具師《やし》の口上で高値に売りつけ、要するに自分だけにはちゃんと読めている終末を利用している。お前は『終末』の商人で、そのつかのまの商いのために地球へやってきた宇宙の漂泊者にちがいない。

人間に、核兵器を人智《じんち》の到達点と思わせておき、そこに彼らの誇りを賭《か》けさせておくことは、われわれの種族が仕組んだすばらしいイロニーであったのに、どうしてお前は邪魔立てをしようとする？　人間にそう思わせておくことこそ、やつらの歴史の価値と文化の価値とを、薄命で貴重なものに見せる最大の慰藉《いしゃ》ではなかったか？ともすると人間は、自分たちが何千年にわたって作った歴史と文化の価値が突然あいまいに思われだしたので、この価値を救済するために、一切を破壊する核兵器を発明して、この核兵器の脅威の反映によって、価値の下落を防いで、自らを慰めようとしたのではなかったか？それなら何故《なぜ》お前には、人間からこんなに大きな慰藉を奪い取る権利があるのだ。

お前ぐらいの知恵では、辻褄《つじつま》の合わないヒステリー女以外には、人間どもを味方に引き入れることなどは覚束《おぼつか》ない。人間にも自ら気づかない美点は多々あろうが、そんなものを認めてやっても、やつらの感謝をうけるわけには行かない。やつらが自分でちゃんと知っている欠陥を、褒めそやしてやればいいのだ。それこそ本当の救済というべきで、やつらはありのままの自分を救われて、喜んで安楽死を遂げるだろう。やつらの悪徳をほめたたえてやり、やつらがこわごわやっている非行を大っぴらにみとめてやり、あらゆる戒律からやつらを解放し、人間の頭の思いつくことで、してはならないことはないようにしてやる。これこそ無際限の自由だというものを、やつらに何カ月間か与えてやるのだ。するとその次にやつらは全的破滅を願うに決っている。悪徳は美徳とは比較にならぬ独創性を要求するから、そんな独創性は完全な自由の中で忽《たちま》ち涸《か》れ果て、そのときやつらの最後に思いつくものは、全世界の破滅に決っている。そこで、滅ぼそうというわれわれの意志と、滅びようというやつらの意志とは、恋人同士の交合のようにぴったりと合い、われわれはあたかもその破滅がやつらの独創であるかのごとく、やつらに思い込ませたまま、死なしてやれることになるのだ。そのとき地上の人類が断末魔に、ありたけの感謝をこめて呼ぶ名は私の名に決っており、お前の名などとっくに忘れられている。そうではないか。やつらの最終最高の神は私だからだ。私は人間の神のように永遠の君臨を要求しはしない。私は数カ月間の神であればよい。神だけが生き残ることは知れているのだから。

私の売り捌《さば》く自由は、お前の売るようなまやかしものとはちがうのだぞ。お前が一介の終末の商人なら、私は紛れもない終末の神だからだ」

「人間の醜さ！　人間の醜さ！」と醜男《ぶおとこ》の銀行員は、憑《つ》かれたように繰り返した。「どうしてこんな醜さをこのままにしておくんだ。醜い恐竜や翼肢竜は一匹のこらず滅んだのに、人類はまだその醜さを臆面《おくめん》もなくさらけ出して栄えている。地上の人間がみんな滅んで、地表がすっかり花に覆われたら、地球はまるで薬玉《くすだま》のようになるだろうに！」

「白蟻とは何だ。失敬きわまる」と小肥《こぶと》りした床屋は、重一郎をさっきから睨《にら》みつづけていた末に、やっと発言の機会をみつけて言った。「お前さんの言種《いいぐさ》は、根本的には、家庭の幸福に対する偏見から来ているんで、だから人間の胴体には風穴があいてるなどと、世迷《よま》い言《ごと》をぬかすのさ。さっきから黙ってきいてれば、お前さんの恋愛と結婚の定義は、嘘《うそ》をついて、約束の時間におくれて、花を飾って、それから一生涯の籠《かご》に小鳥を飼い、最後には、死ぬ前に笑うのだそうだが、うちの女房は地球人だが、約束の時間におくれたこともなければ、第一、小鳥は小鳥でも、自分から籠に入って喜んでいるような女だ。これはみんな私が宇宙人の流儀であいつを厳しく躾《しつ》けたからで、この愛の鞭《むち》をくぐってこそ、家庭の幸福も築き上げられたわけで、今では私は、地球がおシャカになるときは、家庭ぐるみ故郷の惑星へ連れて行ってやろうとさえ思っている。それにひきかえお前さんの家庭は、金持や有名人の家庭の常で、氷のように冷たいんだろう。お前さんはただ地球人の女を孕《はら》ませて、あんな別嬪《べっぴん》の娘を生ませて、今度は実の娘と夫婦にでもなっているんだろう。さっきお茶を運んできたときの、色っぽい目つきは只《ただ》じゃなかった」

「何だと！　もう一度言ってみろ！」

と重一郎は激昂《げっこう》して、拳《こぶし》を握って立上りかけたが、大男の銀行員が巨大な掌《てのひら》で彼の肩を軽くつつくと、あえなく再び椅子の上へ崩折れた。三人の客は顔を見合わせて、低く煮えこぼれるような笑いを笑った。

「ははは、非力な宇宙人が、たまたま地球人の名誉のために戦うと、こんなざまになるのが落ちなんだな」

と羽黒助教授は、せい一杯のユーモアをこめて言った。しかし彼の懸命にふりしぼった冗談に、かつて聴講の学生が笑ったためしがないのと同様に、これも二人の同伴者を興がらせるには足りなかった。

「お前の助命の繰り言を」と、そこで羽黒は仕方なしに話頭を転じた。「のんべんだらりんと聴いていられるほどわれわれは暇ではない。たかが人間の破滅か救済かに、こんな議論の時を費すなんて」

「あなたがどう思おうと」と重一郎は喘《あえ》ぎながらも、心の平静を取戻して言った。「今、あなたと私との間を流れているこの時間は、紛れもない『人間の時』なのだ。破滅か救済かいずれへ向っていようと、未来は鉄壁の彼方《かなた》にあって、こちらには、すべてに手つかずの純潔な時がたゆとうている。この、掌の中に自在にたわめられる、柔らかな、決定を待っていかようにも鋳《い》られる、しかもなお現成《げんじょう》の時、これこそ人間の時なのだ。人間はこれらの瞬間瞬間に成りまた崩れ去る波のような存在だ。未来の人間を滅ぼすことができても、どうして現在のこの瞬間の人間を滅ぼすことができようか。あなた方が地上の全人類の肉体を滅ぼしても、滅亡前のこの人間の時は、永久に残るだろう。われわれでさえ地上にいるあいだは、すでにそれを味わってしまったのだからね」

「お前は又人間の中へもぐり込んでいる。具合が悪くなるとすぐ人間の中へ身を隠すお前の両棲類《りょうせい》のいやらしさは許せない。それならお前が人間に与えようとしているいわゆる『陶酔』はどうなったのだ。あれこそ人間の時の休止であり、現在の否定じゃないか」

「あなたは人間の現在をそんなに貧しいものだと思っているのか。私は人間が現在を拒否し、人間の時を自ら軽視し、この貴重な宝をいつもどこかへ置き忘れ、人間の時ならぬ他の時、過去や未来へ気をとられがちなのを戒《いまし》めるために、地球へやって来たようなものだ。それというのも、この現在の人間の時に、私はゆたかな尽きせぬ泉を認めるからだ。なるほど人類は、私の与えるべき陶酔をまだ知りはしない。しかし、この現在に、この人間の時に、その時にだけ、私のいわゆる『陶酔』の萌芽《ほうが》がひそんでいることを私は見抜いたのだ」

「お前の哀れな、高遠な、抽象的な空《そら》だのみ。地球の蒼《あお》ざめた知識人が、書斎の中で思いめぐらす、虫のいい夢とそれがどう違う。ありもしない前提から出発して、薄っぺらな理想と脅迫的言辞を積み重ねた、冗漫な大論文を書くうちに、いつか自分が大そう偉い者になったような気がしだし、自分の筆の中に人間世界の諸問題が、ちょこなんと納まってしまったような錯覚に陥り、いろんな委員会の役員に名を列《つら》ね、人間どもを迷わすことで金を儲《もう》ける、あの連中とお前とどこが違う。破滅は少くとも事実の論理なのに、救済はせいぜい願望の論理で、願望が事実に敵し得ないのが人間界の鉄則だというぐらいのことは、お前も肚《はら》の中で認めているのだろう」

「正気が狂気に敵し得ないということもね。しかしそんな悲観主義自体、つまり、願望が事実に敗れ、正気が狂気に敗れるという悲観主義自体が、決して普遍的な論理から生れたものではなく、あなた方のお手盛りの事実の論理の産物にすぎないということも、これまた確かなことなんだからね」

拳《こぶし》を構えて重一郎を睨んでいる栗田の目には、こんな癒《い》やしがたい楽天主義に対する苛立《いらだ》たしい怒りが漲《みなぎ》っていた。『どうしてこの男は終末を認めないのだろう。どうしてこの男は起上り小法師《こぼし》のように、絶望のはてからひょっこりと起上るのだろう』

……重一郎は絶滅の思想のやすらかさや居心地のよさから突然栗田を呼びさまし、再び彼を怒りで五里霧中にさせてしまうように思われた。栗田は、威嚇《いかく》的に太い指を鳴らしてみせながら、こう言った。

「あんたの考えてるのは、ありのままの人間の救済にすぎないじゃないか。どうしてこの人間という糞袋《くそぶくろ》の浄化に意を用いないのだ。そんなことでは、人類の統一や平和が万一来たとしても、あとは又、元の木阿弥《もくあみ》になるのが落ちだろうよ。

あんたは悪の工業化という進歩主義に反対する。核兵器の大量虐殺《ぎゃくさつ》に反対する。それなら一歩進めて、あんたの平和的統一のプログラムに、力強い古代の悪の復活を、殺戮《さつりく》の欲望の解放を、一項目入れたらどうなんだ。殺戮の欲望だけが人間を浄化する。血だけが人間の臭気を洗い流す。

人間同士が、集団虐殺はやめにして、いつも一対一で、ゆっくりと、念入りに、敬意をこめて、さまざまな煩瑣《はんさ》な装飾で死の儀式を荘厳《しょうごん》して、快楽に身をおののかせ、相手の苦痛と流血を心ゆくばかり眺めながら、殺し合ったらいいじゃないか」

「そうそう、それには消毒済の剃刀《かみそり》が一等衛生的だ」

と床屋が、さっきの助力に感謝して、賛成した。

「剃刀でも、飛出しナイフでも、何でもいい。そうして死刑はみんな公開するのだ。車裂きや牛裂きや、中国のすばらしい天才的発明である凌遲《りょうち》や、火焙《ひあぶ》りや磔刑《はりつけ》や、あらゆる血みどろの処刑が復活される。街頭や寝室や、時には厨房《ちゅうぼう》や、人間のいる場所なら、どこででも殺人がはじまる。……」

「それで人間がみんな殺し合うまで待つのは、何と云《い》っても時間がかかりすぎるよ」と助教授は鷹揚《おうよう》にたしなめた。「そんな血みどろな毎日こそ、正に大杉先生のお好きな『人間の時』ではあろうけれど。

それに君らは血にこだわりすぎている。流血の困った点は、人間の生命を新鮮にさせ、よみがえりの幻影を与えかねないことだ。血を見ると人間は生命のイメージに酔い、他人の生命を自分の中へとり入れて活力を増すように感じる傾向がある。君らの考えのような流血の日々のうちに、人間がよみがえってしまっては困るのだよ。

やはりローラアが必要だ。一《ト》ならしにする、有無を言わせぬローラアが必要だ。私は大体において拷問《ごうもん》も好かない。永い、じわじわと来る苦痛は、どんな下らない人間にも、自尊心を目ざめさせる懼《おそ》れがあるから。いずれにしろ、苦しむ暇もない十把《ぱ》一からげの死、世界的規模のポンペイが必要なのだ。まあ、戦争はやがて起るだろう。今度は人間が、はじめて天変地異の向うを張るのだ」

「私は何とか人間を……」

「救いたいというんだろう。そんならせめてこの小さな飯能《はんのう》の町だけでも救ってみるがいい。半きちがいの信徒だけでなく、この町の警察署長や公安委員や郵便局長や、八百屋のおかみさんから救ってみるがいい。みんなお前には白眼を剝《む》いているよ。お前は今はこの町の名物男で、それなら好かれてもよさそうなものだが、みんなお前の孤高気取に鼻持ちならない思いをしている。近所で道をきいてもそうだった。きかれた娘は冷笑をうかべていた」

「私は感謝されようと思って救うのじゃない」

「それなら余計なお節介というものだ。いいか。お前の思想は、私の思想とはちがって、相手の同意が要るのだぞ。感謝はともあれ、お前が救ってやりたいと思うためには、救われたい相手が要るのだぞ。それに比べれば私の思想は明快で、同意も契約も要りはしない。滅びよ。そして否応《いやおう》なしに滅びる。……お前がちらつかせる平和だの統一だの調和だのという閑文字は、自分の思想の具現のむずかしさを自ら認めているようなものだ。本当のところはこうだろう。お前の救済のためにはまず平和が必要だし、平和のためにはまず統一が必要だ。これが求めて得られぬ『同意』のための不可能で必須《ひっす》の手続なのだ。そして救われたいと望む相手は、大てい気違いか半病人で、まともな人間は救済などを望みはしない。人類全部が生き残るために団結なんぞしはしない。『人類全部のため』なんぞに、まともで、元気のいい、食慾《しょくよく》も性慾もたっぷりある人間が、指一本動かす気づかいはないのだぞ」

「今までの救済はその通りだった。地上の宗教家たちの失敗した救済は、みんなその通りだった。だが私の救済は、相手方の宗教的心情なんか必要としないのだ。生きたいという意志があればそれでいい。それだけでいい」

「お前の愚かさは、まるで甲羅に首をひっ込めた泥亀《どろがめ》だな。見えるものを見ようともせず、きこえるものを聴こうともしない。

そんな考えは二つの点でまちがっている。

第一に、どんな種類の救済にも終末の威嚇《いかく》がつきものだが、どんな威嚇も、人間の楽天主義には敵《かな》いはしないのだ。その点では、地獄であろうと、水爆戦争であろうと、魂の破滅であろうと、肉体の破滅であろうと、同じことだ。本当に終末が来るまでは、誰もまじめに終末などを信じはしない。

第二に、人間は全然、生きたいという意志など持ってはいないことだ。生きる意志の欠如と楽天主義との、世にも怠惰な結びつきが人間というものだ。

『ああ、もう死んでしまいたい。しかし私は結局死なないだろう』

これがすべての健康な人間の生活の歌なのだ。町工場の旋盤のほとり、物干場にひるがえる白いシャツのかげ、ゆきかえりの電車の混雑、水たまりだらけの横町、あらゆる場所で間断なく歌われる人間の生活の歌なのだ。

こんな人間をどうやって救済する。やつらはつるつるした球体で、お前のひよわな爪先《つまさき》に引っかけられたりすることは、金輪際《こんりんざい》あるまい」

「私は魂の自己満足などを責め立てているのじゃない。それはそれで美しい人間界の眺めだと思っている。彼らの無意識の状態をそのままに、あなたは何も知らせずに瞬時に滅ぼしてやろうと思い、私はやはり何も知らせずに丸ごと救ってやろうと思っているだけのちがいだ。実際こういう無意識の満ち足りた人間どもは、われわれいずれにとってもの好餌《こうじ》で、そういう類《たぐ》いの人間を見るたびに、私は自分の技能をためしてみたいなどと、子供らしい誘惑にかられるのだ。こいつらが眠っているうちに、そっくり揺籃《ゆりかご》ごと平和と統一の時点へ移してしまい、そこでこいつらが目をさませば、今度は新しい王国にもっともふさわしい市民になるかもしれない」

「ふさわしい市民だと？　害毒を流すのは奴《やつ》らに決っているじゃないか。お前の言う宇宙的調和と統一の、奴らはぶざまな戯画をえがいてみせる、つまり人間の自己満足というぶざまな戯画を。すると天才も英雄も等しなみに、こいつらの凡庸をお手本にすることを強《し》いられ、ふたたび低能な俗衆が勝利を占めることになる。お前の望むのは、その程度のことなのか。それなら今の地球で十分だろう」

「いや。目くるめくような高みに聳《そび》える難解な平和と、低い谷間《たにあい》に住むわかりやすい平和とがあり、そのあいだに無数の段階がある。人間の性質のうちで平和に役立つものなら、宝石から芥《あくた》まで、私はあまねく手をつけ洩《も》れなく蒐集《しゅうしゅう》するだけのことだ」

「お前は質《しつ》には構わないわけだ。お前はお前の選民を持たない。結構なことだ。お前の運動はテレヴィジョン向きに出来ている。俗衆に媚《こ》びて、お賽銭《さいせん》をいただく。そしてそのお前の悲しそうな顔を、せいぜいブラウン管の売り物にするがいい」

「せいぜい有名になるがいい」と床屋が横から毒づいた。「いい年をしてサインや色紙をたのまれて、地球の滅亡までのわずかの間を、面白おかしく暮すがいい。髪が伸びたら私の店へおいで。剃刀で咽喉《のど》にきれいな真赤な風穴をあけてあげよう」

そして又、この小《こ》肥《ぶと》りした床屋は手拍子をとって、甲高《かんだか》い声で流行歌の替唄《かえうた》を歌った。

「ぷふっ、可愛《かわい》い髑髏《しゃれこうべ》、ハイハイ、可愛い髑髏、ハイハイ、可愛い髑髏と呼ぶのは、愛しているからかしら、プリティ・リトル・スケリトン、……禿鷹《はげたか》たちの歌う声、愛の歌にきこえるの、プリティ・リトル・スケリトン、可愛いしゃれこうべ」

これは彼の娘が食事中も離さない娯楽雑誌の、「歌のホリディ」という別冊附録から、彼が作った替歌で、羽黒も褒めてくれたのである。

「早く人間よ、滅びてしまえ・・」と銀行員は、醜くひらいた鼻孔を見せて、呪詛《じゅそ》の祈りをはじめた。「生れると匆々《そうそう》、糞尿《ふんにょう》のなかをころげまわり、年長じて女の粘膜《ねんまく》にうつつを抜かし、その口はいぎたない飲み喰いと、低俗下劣な言葉と、隠しどころを舐《な》めることにしか使われず、老いさらばえて又再び糞尿のなかをころげまわる、人間という穢《きたな》らしい存在よ、一刻も早く滅びてしまえ！　嫉妬《しっと》と讒謗《ざんぼう》に明け暮れて、水と虚偽なしには寸時も生きられぬ、人間なんぞ早く滅びてしまえ！　汚れた臓物にみちみちた、奇怪な皮袋をかぶった存在よ、もう我慢がならん、滅びてしまえ！　消えて失《な》くなれ！」

「東京都衛生局は何をしているんだ」と床屋が、調子に乗って茶々を入れた。「公衆衛生が必要なら、消毒や塵芥《じんかい》処理をやる手間で、一千万人の人口を東京湾へ突き落してやればいい。ぷふっ。そうすれば、東京だけでも、世界に冠たる衛生的な町になる。衛生の最大の敵は人間だからね。え？　そうじゃありませんかね、羽黒先生」

「人間の思想は種切れになると」と、しかし羽黒は自分勝手に荘厳な調子で口をひらいた。「何度でも、性懲《しょうこ》りもなく、終末を考え出した。人間の歴史がはじまってから、来る筈《はず》の終末が何度もあって、しかもそれは来はしなかった。しかし今度の終末こそ本物だ。何故《なぜ》なら、人間の思想と呼ぶべきものはみんな死んでしまったからだ。

人類は失語症になった。世界には死の兆候が瀰漫《びまん》している。思想の衣裳《いしょう》は悉《ことごと》く腐れ落ち、人間は裸で宇宙の冷たさに直面している。

お前のその非力な掌では、すでに冷えかかった人間の体を、温めてやることなどはできはしない。やつらを温めてやれるのは、核爆発だけなのだよ。神々が死に、魂が死に、思想が死んだ。肉体だけが残っているが、それはただの肉体の形をした形骸《けいがい》だ。そして奴らは、自覚症状のない死苦に犯されている。苦しみもなく、痛みもなく、何も感じられないというこの夕凪《ゆうなぎ》のような死苦。

終末というものは、こういう状況の上へ、夜のように自然に下りて来る。柩《ひつぎ》はすでに出来ている。柩布が覆《おお》いかぶさってくるのは、時を得て、誰の目にも自然にだ。世界中にひろがる屍臭《ししゅう》、死に先立つ屍臭に気づいていないのは、当の人間たちだけだ。水爆戦争は決して騒がしくはないだろう。それは誰の耳にも、二度と開かない扉《とびら》に外からかかる、小さなやさしい鍵《かぎ》の音としかきこえないだろう。

誰も人間のいなくなった地球は、まだしばらく水爆の残《のこ》んの火で燃えつづけるだろう。世界中の山火事は、樹々《きぎ》が灰になるまでつづき、その間、宇宙の遠くから見た地球は、多分今よりも照り映えて、美しい星に見えるだろう。

お前の望むとおりにだ。いいかね。地球は夜の果てに燃えている小さなお祭の提燈《ちょうちん》になる。地球がそんなに抒情《じょじょう》的に見えることははじめてだろう。お前の望むとおりに、地球は美しい星になるのだ。何が不服かね」

「何が不服かね」

と、ぼんやり黙っている重一郎にむかって、栗田と曽根が合唱した。

「人間はもうおしまいだ」

「救済は決して来ない」

と三人はうなだれている重一郎の頭へ、あたかもゆきすぎる海鳥の群が次々と糞を垂れるように、どぎつい、しつこい、単調な罵《ののし》りを口々に落した。

「人間の運命はもう決っている。お前はそれを知ってる筈だ。知っていて隠しているのだ」

「間の抜けた詐欺師《さぎし》。手まわしのいい火事泥」

「人間の寄生虫。宇宙人の面《つら》よごし」

「阿呆面《あほうづら》！　阿呆面！　阿呆面！」

「平和は一昨日《おととい》来るだろう。約束の時間には遅れてね」

「火葬場は要らない。火葬場商売は上ったりだ。地球全部が火葬場になるんだからね」

「喇叭《らっぱ》を吹き鳴らせ！　平和の軍隊がお前についてくるぞ。剝《は》がれた自分の皮を軍旗に立てて、焼けただれた顔を輝かせて……」

「はやく手を引け。自分の手まで火傷《やけど》をしないうちに」

「いなくなった人類万歳！」

「いなくなったみどり児《ご》よ。なくなったブランコよ。野球場は池になり、議事堂は砂場になる。いなくなった子供たちよ。君たちはどこでも遊べるよ」

「屍臭はいっぺんに消えてなくなり、空気はさわやかな放射能に充《み》ちている。空はいつも澄みきって、星はどこからでもよく見える。すべての灼《や》けた石が君らのベンチだ。いなくなった恋人たちよ」

「かぐわしい放射能！」

「美味《おい》しい、蜜《みつ》のような放射能！」

「それは抒情詩のように骨髄にまでしみ込む」

「放射能を讃《たた》えよう！」

「思えばナチのやったことは、小さな予行演習だった。思いきや、それから十数年後に、地球全体が強制収容所になったのだ。お前はやつらをどこへ向って解放しようというのか」

「下司《げす》野郎！　火星から来た宦官《かんがん》め！」

「これでもうおしまいだ」

「歴史も哲学も、銀行も大学も、みんなおしまい」

「これから永遠の夏休みが来るのだぞ」

「美しい放射能！」

「放射能を讃えよう！」

「お前のとんちきな耳、しょぼたれた目、非力な腕《かいな》、宇宙乞食《こじき》め！」

「死んじまえ、死んじまえ、地球と一緒に」

「それが分相応さ。滅んでしまえ。宇宙の裏切り者！」

「さあ、滅亡の太鼓を鳴らして、曙《あけぼの》がやってくる。人間が一せいに荷を担《かた》げ、無の中へ旅立つのを見送ろう」

「もう明日からは消えて失くなる。朝の歯磨粉《はみがきこ》が、通勤電車が、電話のベルが、既製品の背広が、パチンコ屋が」

「株式取引所が一つかみの灰になり、世界はそれこそまっ平《たいら》の、テニスコートのようになるだろう」

「人類はいなくなるぞ。確実に」

「確実に……確実に……」

「人間は滅んだ……」

＊＊＊

玄関の扉が乱暴にあけられる音、乱れる靴音におどろいて、伊余子と暁子が出てみると、すでに客の去ったあとであった。彼方《かなた》に自動車の始動の音が、すでに更《ふ》けた飯能のがらんとした広い道の夜をとよもした。

母と娘は不安にかられて応接間のドアをあけた。まことに礼儀正しい家長は、どんな客でも玄関まで見送る習慣だったからである。

重一郎は床《ゆか》の上に倒れていた。娘が駈《か》け寄って抱き起した。父はただ胃のあたりを押えて、気分が悪くなっただけだと言った。そして妻と娘の助けを借りて起き上り、長椅子《ながいす》に斜めに身を横たえたが、自分で裾前《すそまえ》を合わす力もなかった。燈下《とうか》にまざまざと良人《おっと》の顔を眺めた伊余子は、わずか数時間のあいだの怖《おそ》ろしい傷悴《しょうすい》のあとにおどろいた。

第十章

重一郎は家族のすすめにもなかなか腰をあげなかったが、ようやく、かつて暁子《あきこ》が産婦人科の診断をうけた東京の大病院へ行くことを承知した。医者は検査の結果を見なければならぬが多分胃潰瘍《いかいよう》だろうと言い、即刻入院を命じた。

一雄はしらせを受けて病院へ来たが、父の顔を見るのが辛《つら》かった。仙台の連中が訪れた晩から容態の悪化したことを聴かされていたからである。しばらく見ぬ間《ま》に父の面窶《おもやつ》れは甚しく、毛布を掻《か》きのけて一雄のほうへさしのべる手首の細さは、ぞっとするほどであった。彼は多忙を口実にいそいで帰ったが、実は黒木はこのごろ一雄に何も仕事を与えていなかった。病院を出ると、どうして暇をつぶしてよいかわからず、見たくもない映画を三本もつづけて見た。

数日にわたる検査のあげく、手術が行われた。一雄も来て母や妹と控室で待っていたが、手術は三十分足らずで終り、麻酔に陥ったままの父の体は病室へ戻された。医者の一人が、ついて行こうとする一雄をさりげなく引止めて、

「すみませんが、煙草《たばこ》の火を」

と言った。そして煙草に火をつけてから、

「御本人はもちろん、お母さんや妹さんにも黙っていて、しっかり処理される自信がありますか」

ときいた。一雄がうなずくと、医者は、重一郎は胃癌《いがん》であり、手の施しようのない状態にあることがわかったので、手術をしてみてすぐ又口を締めてしまったが、余命はいくばくもないと告げた。

一雄はこれをきいたままの顔で母や妹に会うのがいやだったので、衝撃のさめるまで待とうと思って、四階のバルコニイへ出て、初夏の街の眺めに対した。しかし一人になると、涙がとめどもなく流れた。

彼は手術室から運び出された父の目にかけられた白布から、常よりも異様に高く見える鼻がのぞいていたのを思い出した。『あの鼻は滑稽《こっけい》だ。あれは今もなお滑稽だ。あの鼻を、おやじの望みどおりに本当に悲劇的な鼻にしてやろう』と、彼は黒木の前で心ひそかに誓ったが、誓いは思いのほか迅速《じんそく》に果された。しかし彼の望んだことはこんなことではなかった。どこかで彼の望みの糸がほつれて、こんがらかって、思いもかけない局面へ彼を連れ出したのだ。人間の考える罪の感情とは、こんなものだろうかと一雄は思った。こんなに深く人間の感情の中へ入りこんだのははじめてのような気がした。

　端午の節句が間近なので、町の屋根屋根には鯉幟《こいのぼり》が風を孕《はら》み、矢車がきらめいていた。こうした場合、自分の涙に一顧も与えずに、ほがらかにうねる鯉幟を、人間だったらその対照の冷たさに、むしろ敵意を以《もっ》て眺めるだろうが、一雄は今それを一つの対照としては感じなかった。何故《なぜ》だか、自分の悲しみと、緋鯉《ひごい》や真鯉ののびやかな遊泳とが、同じ旋律で一つの円環をめぐっているような気がしたのである。ビル街の裏表には、強くなりかけた日ざしと影の、くっきりした明暗があった。すべてが一つのゆるやかな、感情の輪舞を踊っていた。同じものが影へ入るときは悲しみの形になり、日向《ひなた》へ出れば鯉になって、風をはらんだ鮮やかな尾をひるがえすのだ。そう思うと、人間と宇宙人をつなぐ大きな絆《きずな》が、おぼろげに覗《のぞ》かれるような気がした。

　一雄は自分の勝手な感情をもてあましていたが、父であるものの死と、たかが他の惑星人の仮りの肉体の崩壊にすぎぬものとの、矛盾に充《み》ちた二重性に比べれば、裏切ったのは宇宙人としての重一郎であり、悲しむのは父の死であって、それで自分の勝手な感情も、辻褄《つじつま》が合うように思われ、自分の不当な涙も、二つのものを結ぶ大きな絆の、ほんの一端が揺れさざめいているのだと思い做《な》された。そう思ってもなお、一雄はバルコニイの鉄柵《てっさく》にもたれて泣いていた。

彼はいつのまにか背後に来ている妹の影に気づかなかった。おどろいて振向いた彼は、涙の顔をまともに妹に見せてしまった。

暁子は兄の涙をしっかり拒む顔つきで立っていた。その整った美しい顔立ちには、この日頃のものうい温かさは失われ、再びむかしの涼しい拒否が、切れ長の眼や形のよい唇の上に、浮彫になっているように眺められた。

「泣いているのね。……わかった。やっぱり癌だったんだわ」

「ちがうよ」

一雄の拙劣な否定は、黙っていたほうがまだましなくらいであった。やがて彼はこれに気づいて、出来た事態を取り繕《つくろ》うことからはじめた。

「先生は、本人はもちろん、お母さんにも暁子にも黙っているようにって言ったんだ。お父さんはもう手おくれで、永いことはないんだ」

「そりゃあお母様には言うべきじゃないわ。混乱して、一等悪い解決を考え出すに決っている」

と暁子はついこの春に、この病院で示した母の態度を思い出して言った。

「君がそれだけわかってればいい」

一雄はそう言ったが、ややあって、暁子が父については触れないでいるのを発見して、俄《にわ》かに不安になった。

「本人にはもちろんだよ。知らせたら大変なことになる。わかっているね」

暁子の返事はなかった。

一雄は暁子が啜《すす》り泣いているのだと思ったので、その顔を見ずに永い沈黙に耐えた。しかし泣音は聴かれなかった。ふと見ると、暁子は泣いていない。その顔を見たときに一雄は戦慄《せんりつ》した。暁子の顔は、彼女の感情の霜が精緻《せいち》に結晶した窓硝子《まどガラス》の向う側から、室内のこの世の気配を、じっと窺《うかが》っているかのようであった。

「去年の十一月、羅漢山の夜明けに、お母様が何と言ったか憶《おぼ》えていて？『私たちは人間じゃないんだからね。それを片時も忘れないようにしなくては、』って」

「しかしお父さんの体は人間の体だぞ」と一雄ははじめて悲しみを忘れて、焦《あせ》って言い募った。「お父さんの病気は人間の病気だぞ。お父さんの痛みは人間の痛みだぞ。それをどうして……」

暁子は澄んだ声で、事もなげに遮《さえぎ》った。

「でもお父様の死は、人間の死じゃありません。私たちはそれを考えなくてはいけないわ」

＊＊＊

抜糸もすみ重一郎が小康を得た一日、母は飯能の留守宅を守り、暁子は病院に泊ることになった。宇宙友朋会《ゆうほう》の会員が、疲れている伊余子や暁子に代って附添を申し出たが、重一郎が頑《かたく》なに断らせた。それでも昼の内の見舞客の接待を、会員がかわるがわる来て手つだった。その日の午後は、高等学校の同窓会の三人が、誘い合わせて見舞に来た。東西電機の総務部長の里見と、大日本人絹の取締役の前田と、呉服屋の主人の大津が来たのである。彼らは病人の枕許《まくらもと》で、やかましく仕事の話や景気のよしあしの話をした。病人は話し疲れてうつらうつらしだしたが、見舞客は席を立つけしきもなかった。まどろんでいた重一郎は、急に痙攣《けいれん》的に身を起して、

「又来たな！」

と叫んだ。その目が宙を睨《にら》んで、目の前に怖《おそろ》しいものを認めたかのようである。

「何だよ、おい、『又来たな』は御挨拶《あいさつ》だな。見舞に来たのははじめてだよ。こっちも忙しいんだ。こんな珍しくもない病人のところへ、何度も見舞には来れんよ」

「大杉君は固すぎたから、病気になんかなるんだよ。治ったら、われわれが指南で、酒と女の修業のし直しだ。おや、奥さんは今日はいないんだろうな」

重一郎は夢うつつの裡《うち》に、この三人を仙台の三人とまちがえたのである。

彼らは帰りがけに暁子の耳へ、恩着せがましくこう言った。

「いや、お見舞に上って、ああ騒がしくやったのは、私共の苦心の存する処《ところ》なんですよ、お嬢さん。書生ッぽ流儀で、楽天的に賑《にぎ》やかにやることが、何より御病人を力づけることになるんですからね。見舞客がお通夜《つや》のような顔をしては、一等病人に障《さわ》りますす。じゃ又折を見て伺いますから、あなたも疲れすぎないように、体を大事にされて」

こんな挨拶ののち、昇降機まで暁子が送ってゆくあいだ、三人はしきりと病気の真相を、秘密情報を知りたがった。昇降機に乗りかけて、ふと呉服屋の大津が、暁子の腹のあたりへ、鋭い注視を投げたように思われた。ドアが締まるが早いかはじまる彼らのやりとりは、暁子の耳に筒抜けにきこえるのも同然だった。

「ありゃもう時間の問題だね。隠しているが、癌に決っているよ、気の毒に」

「それに、見たかい、娘さんもお腹《なか》が大きいようじゃないか」

——暁子が病室へかえって来たとき、父のまどろんでいる寝顔を見て、そこにあれほど痩《や》せ衰えていた顔が、面変りのしているのを認めた。少し肥《ふと》って来たのだろうか、と暁子は思った。間もなく回診があったので、医者にそのことを訊《き》くと、そのあいまいな返事には喜ばしい色は少しも窺われなかった。暁子はすぐに自分の観察を訂正した。それは最初の浮腫《ふしゅ》の兆《きざし》であった。

夜になった。暁子は醇朴《じゅんぼく》な会員たちを、むりに引取らせて、一人になった。窓ぎわの椅子《いす》にかけ、窓を薄目にあけて、夏めいた夜気を通わせた。目の下にいくつものネオンが見える。赤い卍《まんじ》形に焔《ほのお》の房のついて廻っている清涼飲料の商標のネオンが、特に目を休ませない。それは人間の不安を毒々しく夜空に浮き出させ、こんな神経組織の顕示によって、人に媚《こ》びようとする術策だ。

暁子の腹がそのとき微《かす》かに動いた。先月はじめてそれを感じてから、この前ぶれのない急な微震は暁子に親しいものになった。腹の熱っぽい鬱陶《うっとう》しさがそのときほぐれて、小さな稲妻が瞬時にさわやかに駈《か》け抜けてゆくかのようだ。又静まる。暁子は待っている。彼女のすべての感情は内部の広大な闇《やみ》に向けられて、何ものにも妨げられない。

眠っていると思った父は起きていた。

「すまないね。そんな体で働いてくれて。あんまり疲れすぎてはいけないよ。お父さんが治ったら、何でも欲しいものを買ってあげよう。いつ治るかなあ。今のは手術のあとの苦しみで、おいおい薄らいでゆくと思うと凌《しの》ぎやすい。今まではあんまり忙しくすごしたから、ひとつ治ったら、みんなで旅行に出たり芝居を見たりしてしばらく遊ぼうよ」

短い独白のうちに三度も言われた「治る」という言葉が暁子を怒らせた。暁子は父の人間的な希望の弱々しい盲目の表白に焦慮を感じた。あれほど天空を駈けめぐっていた父の精神は、ふと巧まれたこんな肉体の陥穽《かんせい》に落ちて、小さな等身大の闇に閉じ込められてしまったのである。

夜になると父はこのごろ鈍痛のために眠りを妨げられた。患部よりも、背中や胸が痛むのである。

「すまないが、背中をさすっておくれ」

と弱々しい、ほとんど卑屈なほどの声で言った。暁子はその声の哀願、その言葉つき、すべてに父の肉体よりも精神の瓦解《がかい》をみた。

『こんな凡庸な病人になるなんて！』

椅子を病床のわきへ寄せ、辛うじて向うむきに寝返った父の背へ、暁子は毛布の下をくぐらせて、美しい白い手をさしのべた。暗黒の空へさしのべられた繊細な網状星雲のように美しい白い手を。

しかし彼女が触れたのは冷たい宇宙空間ではなく、衰えた熱い、異臭を発する人間の背中であった。手はそのおぞましい限界に触れて、そこで止った。そのむこうにあるものは触れずともわかっていた。癌と、希望にすがりついたひよわな人間の精神。幾顆《いくか》の胡桃《くるみ》と、それにまとわりついた枯れかけた葉。……

その背をゆっくりと撫《な》で下ろしながら、父が向うを向いているのを幸い、暁子はかねて訊こうと思っていたことを、今を措《お》いてはその機会は二度と来ないだろう質問を、すらすらと口に出した。

「お父様、いつか金沢からお帰りになったとき、竹宮さんはやっぱり金星人で、お前を置いて金星へ還《かえ》ってしまったんだ、って仰言《おっしゃ》ったわね」

「ああ、言った」

と父はかすかに、痩せた兎《うさぎ》のように背を動かした。

「あれは本当だったの？」

暁子がこの質問にいかに多くのものを賭《か》けているか、重一郎はなめらかに自分の背中を流れる娘の手の動きが平静であればあるほど、永きにわたる娘の感情の累積《るいせき》を、その指先から重苦しく感じとった。しかし今の彼にとっては、それは重いだけだった。あれほど透明に感じられ、あれほどそれを高みから覗《のぞ》くのが好きだった他人の感情の構造は、今は無益な精巧な機械のように思われた。彼はなおざりの返事をした。

「本当だよ。お父さんは嘘《うそ》は言わない」

「たしかに本当だったの？」

「そうさ。本当だよ」

暁子の声が急に鋭くなった。

「いたわりはやめてね、お父様。私はそのためにどんなに苦しんだかしれないの。私はもちろん本当だと思おうとしたわ。そしてもしそれが本当なら、すべては夢になり、どんな背理も許され、私の妊娠は処女懐胎になるんだわ。誰がそれを否定することができるでしょう。だから私は自分の夢の筋道に従って、自分で決め、自分で宣言したわ、この子は処女懐胎の子供だって。それがお腹の子に現実性を与える唯《ただ》一つの道だったんだわ。

お父様は暗黙の裡《うち》に、私の決心をお悟りになり、わざわざ金沢までいらしって、私の証言の裏附けをして下さった。でもそれが、お父様が私の夢を一緒に生き、私の論理と一体になるためでなくて、ただのいたわりに出たことだとしたら、許せないことですわ。それは本当に怖しい裏切りで、真実を言うよりももっと悪いことだったんだわ。

是が非でも、私はお腹の子供を、現実の子供にしなければならなかったんです。そのためには、もし金星人同士のロマンスが本当なら、すべては夢で一貫して、お腹の子は純粋に夢と観念で紡《つむ》がれた織物になり、そこからその子の、父からも母からも負目を負わない、純潔そのものの現実性が辷《すべ》り出す筈《はず》だったんですわ。それこそは金星人の成り立ちで、金星の純潔とは、そういう創造を意味する筈だったんだわ。

でもお父様の言葉にからまるいたわりが気になりだしてから、私の心には反対の暗い仮定が生れて、(日頃はうまく隠していましたけれど)、昼も夜も疼《うず》く悩みのたねになったの。もしあれが嘘なら、すべては低い現実の事件になり、お腹の子だけが私の哀れな卑《いや》しい夢になり、生れる子供は現実性を失って、一生捨てられた母親の夢の蛹《さなぎ》になり、地球人の宿命を背負うことになるのですわ。地球人の宿命とは宇宙の私生児の宿命で、つまり一場の悪い汚れた夢にすぎないのですものね。

私の心は来る日も来る日も、悪い仮定と良い仮定のあいだをさまよい、そのうちに子供の胎動が感じられ、やがて生れる日も近づくのを思うと、日ましに耐える力も弱って来ました。ですから御病気のお父様に、こんなことを申上げる気にもなったのです。もし嘘だったら、嘘だと仰言って。そうしたら私には別の強さが生れるかもしれないの」

感動した父親は、体を娘のほうへ向けて、娘の手を求めて、それを握った。

「わかったよ。さぞ苦しんだろうね。私が悪かったのだ。許しておくれ」

「じゃあ、嘘だったのね。竹宮さんはただの地球人で、知らない間《ま》に私の体は瀆《けが》されたのね」

父親は背や胸を走る鈍痛に耐えて、永いこと答をためらっていた。

「暁子、じゃあ率直に言おう。実のところ私にも、嘘とも本当ともわからないのだ。金沢へ行った。探しても探してもいなかった。それだけのことだ。たしかにあの男は嘘つきだった。しかし地球人とも金星人とも、まだメドはつきかねるのだ」

「まだそんないたわりを！」と暁子は鞭打《むちう》つような声になった。「そんな物事をあいまいにしてしまう地球人みたいな仰言り方はいや！

二重に巧まれた虚偽が天から私にふりかかって、その複雑なからくりを見極めようと、何カ月も私が苦しんだ末に、お父様は地球人の父親のように、『娘や、我慢おし、これも宿命だ』と仰言るだけなんだわ。

虚偽の矢が、自分の誰よりも愛した恋人から放たれ、又その上に、自分のたった一人のお父様から放たれては、私はどうやって身を衛《まも》ったらいいのかわかりません。お父様はあの人の虚偽を救ったかもしれませんけれど、そんなことで私の夢は救われはしませんでした。お父様はあの人の虚偽を別の虚偽で覆《おお》おうとなさるべきではなかったし、お父様のお考えで私の夢におもねろうとなさるべきでもなかった。お父様は真実だけを仰言るべきだった。そうしたら、私に選択の権利が与えられ、私は真実に抗《はむか》って夢を信じることもできれば、又それを抛《なげう》つこともできた筈です。

宇宙人は真実に仮面をかぶさなければ真実の顔を怖しくて見られないほど弱い生物ではありません。私たちは人間とちがって、真実を餌《えさ》にして夢を見ることもできるんだわ、そうではなくて？　私たちの夢はむしろ虚偽とは反対物なのですわ、そうではなくて？　いたわりの嘘の中に一瞬間でも生きることは、自分の夢を蝕《むしば》むことになるんだわ。それが怖しい結果を惹《ひ》き起す、怖しい結果を。私たちは人間になってしまうのです」

「よくわかる。よくわかるよ、暁子。私だって可愛《かわい》い金星の娘を、人間に堕《おと》そうなどという気持はなかった。

しかし落着いて考えてごらん。真実から目を覆われていることの幸福は、いかにも人間特有の憐《あわ》れっぽい幸福だが、今われわれが問題にしている虚偽や真実は、もっと微妙な性質のものなんだよ。たとえばわれわれが世間に向って、宇宙人であることを隠しているのは、真実がこちら側にあって、人間どもには虚偽の仮面を見せておかなければならぬからだ。人間同士はそうではない。あいつらはえてして虚偽を隠すために真実の仮面をかぶるのだ。

だから、いいかね、暁子。われわれの側には真実だけしかないのだ。どこまで突きつめても、それだけしかないのだ。竹宮がどんなに嘘つきであろうと、暁子の側には、丁度漉《こ》されて残った砂金のように、真実だけが残る仕組になっている。

私はその仕組を信じたのだよ。そしてその仕組にうまく漉されるように、あまりにも粗《あら》い虚偽よりも、私が半ば消化した、多少肌目《きめ》のこまかくなった虚偽をさし出したのだよ。それがいたわりといわばいえ、私がお前に伝えたものは虚偽の形のままで十分だと思ったのだ。だってお前は、それを巧みに濾過《ろか》して、真実に変えてしまうにきまっているから」

「そうでしょうか。いくら宇宙人でも、その仕組に故障の起ることはないの？」

と反問する暁子の目は、再び父の温和な論法に対する怒りに燃えさかっていた。

「そうだ。故障が起ることはない」

「では虚偽でなくて、いきなり真実を投げ込んだら、その仕組はどう狂うの？」

「狂いはしない。つかのまは多少慄《ふる》えるだろう。それだけだ」

「私がほんのすこし慄えるのが怖かったのね」

「その通りだ」

「じゃ、私の仕組を試してごらんなさい。真実を投げ入れてごらんなさい。さあ、お父様、勇気を出して」

父親は躊躇《ちゅうちょ》していた。しかし娘の篝《かがり》のように燃える目に射すくめられて、とうとう悲しげにこう言った。

「暁子、負けたよ。真実はこうだ。あの男は地球人の女たらしだった。そしてお前の陶酔に乗じて、お前に子供を授けて、逃げ出したのだ」

重一郎はこれをきいた娘が、一瞬、めり込むほどに強く目を閉じるのを見た。彼は次に暁子が目をひらく刹那《せつな》が怖かった。

しかし目をひらいた暁子の口辺には、夜明けの光りのような微笑があって、彼女がはや、一瞬のうちに、何ものかを乗り越えたのが感じられた。

「ふしぎな感じがしたわ。少し揺れたわ。でももう大丈夫。妙なことに、今、私は一等最初からそれを知っていたような気がしているの。きっと私はそれを知っていたんだわ。あの人はただ、私のために触媒のような作用をするために招かれたんだわ。地球にいて金星の子を生むためには、あの睡《ねむ》い蜜蜂《みつばち》の唸《うな》りのうちに花園の上をさまよう嘘つきの微風のような、地球人の助力が要《い》ったんだわ。それだけでいいの。……もう私は二度とあの人のことを考えないですむでしょう」

「それはよかった」

「でも面白い遊戯だったわ。今度は私がお父様の仕組をためす番ね。その仕組がちゃんと働いていて、どんな虚偽も嚙《か》み砕いて、それをこちら側の真実に変えているか、……どう？　お父様は自信があって？」

「自信があるよ」

「本当ですね」

「本当だとも」

重一郎はしばらく痛みを忘れ、思いがけない娘の快活さにほっとして、愉《たの》しい遊戯に加わる気持になった。娘はすばらしい速度で、空中に光るメスの一閃《いっせん》のように、言ってのけた。

「胃潰瘍《いかいよう》というのは嘘です。お父様は胃癌《いがん》で、それももう手の施しようがないんです」

重一郎の顔が恐怖にひきつるのを暁子は眺めた。黄味を帯びた山梔色《くちなしいろ》の顔いろから血の気が引き、口は何か呟《つぶや》こうとして言葉にならず、みひらかれた目は、突然奪い去られたものへ必死に追い縋《すが》ろうとして、視線を射放ったままうつろになっていた。彼は枕《まくら》の凹《へこ》みへ深く頭を落して動かなくなった。

暁子はこんな父の姿を見て、今まで襲われなかった涙に急に襲われ、父の枕のかたわらに顔を伏せて、啜《すす》り泣きながら、こう叫んだ。

「ごめんなさいね。ごめんなさいね、お父様。私はどうしても、お父様が人間になってしまうのがいやだったの」

重一郎は答えなかった。その目はみひらかれたままで、突然の恐怖の落した影を宿しつづけた。

『こんな父に、どんな怖《おそろ》しい真実をも餌にして、それから創《つく》り出した夢を見る能力、あの宇宙人に必須《ひっす》の能力がまだ残っているだろうか？　果して父の歯は、折角与えられたその餌を嚙み砕くだけの力があるだろうか？　私にはわからない。もしかすると、私がそんな能力に信頼して、真実を打明けてしまったのは、まちがいではなかったろうか？』

そう思うと、暁子もまた、名状しがたい悲しみと恐怖に見舞われた。

＊＊＊

この時から重一郎はほとんど口をきかなくなった。暁子は看取《みと》りながら、罪の思いにかられ、そんな父に言葉をかける勇気も失って、じっと顔を見つめて夜を明かした。父はときどきまどろみに落ち、又物におどろかされたような呻《うめ》きを立てて目をさまし、病室の闇《やみ》のあちこちへ視線を向けた。暁子はそういう時の病人の額ににじむ汗をしばしば拭《ふ》いたが、父はもう苦痛を愬《うった》えることもしなかった。

あくる日の午《ひる》すぎ娘と交代した伊余子は、今まで面会謝絶の札をかけながら、進んで見舞客と会いたがった重一郎が、今日からは誰にも会いたくないと言い出すのにおどろいた。いろんな人間の、気休めの嘘《うそ》に接するのがいやになったのである。

手つだいの会員も帰せというので、曇り日の夕まぐれ、伊余子は良人《おっと》と二人きりになった。早い夕食を看護婦が運んできたが、重一郎は箸《はし》をつけようともしなかった。

「少しでも召上ったら？」と伊余子は言った。「栄養をつけないと、どうしても恢復《かいふく》がおくれますよ」

「恢復なんて気休めをお前まで言うのか」

と暗い目の内に冷笑をひらめかせて、病人は言った。伊余子にはこのとげとげしさの理由がまるでわからなかった。

「どうなすったんです。今日から急に」

「きのう私は真相を知ったからだ」

「真相って？」

「白ばっくれるのじゃない」と重一郎はなお、暁子に対するいたわりを示して、起った事実を少し枉《ま》げた。「一雄と暁子の様子があんまり変だから、私が糺問《きゆうもん》して、とうとう白状させたのだ。私が胃癌で時間の問題だということは、もう本人の私がよく知っているのだから、これ以上茶番狂言をやることはない」

このとき重一郎には、最後に伊余子の否定を恃《たの》む心が動いていなかった、と云《い》うわけには行かない。もし伊余子が否定すれば、ただちに彼が、そのお為《ため》ごかしを責めることは明らかだったが、そのとき彼が責め抜けば責め抜くほど、彼の糺問が常規を逸すれば逸するほど、なお譲らない伊余子の否定に一縷《いちる》の望みをかける気持が、動いていなかったと云うわけには行かない。

伊余子も前から知っていれば、少くともそういう態度をとるように努めただろうと思われる。しかしこの木星から来た母親は、子供たちから何も知らされてはいなかった。彼女は当の良人の口から、はじめてそれをきいたのである。

家族の中でも一等平板な感受性に恵まれた伊余子は、こんな直接の衝撃ですっかり目をくらまされ、良人の言葉の客観性をみじんも疑わなかった。悲しみに気も遠くなるほどだったが、この悲しみの中で独特の虚栄心が働いた。今や一家中が知っているこんな秘密を、台所を預かっている母親が少しも知らなかったということに、いたく矜《ほこ》りを傷つけられた。

伊余子はこの宇宙人の家族が、彼女を除外して、一つの秘密のために結託したという風に感じたのである。そのとき秘密の性質がどんなに人間的なものであれ、彼らは超人間的な直観でそれをつかんだにちがいなかった。何事につけ常識外れの良人や子供たちが、ひそかに伊余子の平板な感受性や古風な堅実さを莫迦《ばか》にしているのではないかという怖れは、かねて彼女の心に巣喰っていた。こんな仲間外れが面白くなかった伊余子は、この大事な瞬間に、却《かえ》って自分の乏しい直観に対する虚栄心を働かし、しゃにむに秘密に参与していたふりをしようと力《つと》めた。

伊余子はベッドの端に崩折れて、泣きじゃくりながら、こう言った。

「ごめんなさい、……知っていたんです……知っていたんです……どうしても言えなかったの」

重一郎の目はこれをきいたときに、空井《からい》のようにうつろになった。やがて静かな口調で、今夜の看護は要らないから家へかえるように、今夜は一人で考えたいから、と言った。伊余子は激しく反対したが、重一郎は肯《き》かなかった。その晩、彼は入院以来はじめて一人きりの夜をすごした。

＊＊＊

病院の一人きりの夜の怖《おそろ》しさを重一郎は詳《つぶ》さに知った。ときどき隣の病室の厠《かわや》が、吼《ほ》えるような水洗のひびきを立てた。病人の陰惨な孤独な排泄《はいせつ》。夜九時ごろ、やや隔たった向い側の病室のざわめきが伝わり、忍び泣きの声や、あわただしい跫音《あしおと》が乱れてきこえた。それも圧《お》し殺したような静けさに変った。死がその部屋に点《とも》ったのを彼は感じた。死が計器の赤いランプのように、ぽつりと、機械的に点ったのを。

彼が暮してきたこの地球上の世界と人間の生活を、どれほど愛してきたかを考えてみたが、それは一向充実した思考にはならなかった。彼はほとんど生きたことがなかった！　これに何の悔いがあろう。生きることは人間どもに任せてきたのだ。

それなのに仮りの肉体の衰滅が、どうしてこんな恐怖やおそろしい沈鬱《ちんうつ》な感情をのしかからせてくるのか、重一郎にはどうしてもわからなかった。人間は死の不可解に悩むのだろうが、彼は死の恐怖の不可解、死の影響力の不可解に愕《おどろ》いていたのである。

自分の生きて来なかった人間的な生の軽さに比べて、突然襲ってきた死のこの不当な重さが重一郎の心を惑わした。もしこの重さが人間の生活の実感であるとするなら、彼は今こそそれを生きはじめたのであろうか？

　このことと入れ代りに、彼の脳裡《のうり》からは、あれほどいきいきとしていた全人類の破滅の影像が、俄《にわ》かに力を失って、ほとんど消えかけていた。彼はその全的な破滅へ、再び心を向けようと何度か試みたが、色褪《いろあ》せた観念はさしのべた指のあいだから、砂のように漏れ落ちた。

　あれほど確実に死に瀕《ひん》していた人類は、ふたたび、しぶとい力を得て、この病院の一室で死を待っている重一郎を冷酷に嘲笑《ちょうしょう》して、一せいに歓呼の声をあげて、いやらしい繁殖と永生の広野へむかって、雪崩《なだ》れ込むように思われた。何事が起ったのか？重一郎が死滅する人類を後に残す代りに、人類が一人亡《ほろ》んでゆく重一郎を置きざりにするような事態が生じたのだ。

　病院の窓の外に、彼は生き、動き、生殖している人類の厖大《ぼうだい》な幻を見た。それは無目的な生へ向って、雀躍《こおどり》して、雑然と進んでゆき、互いに路《みち》ばたでからみ合い、又身を起しては、奇矯《ききょう》な叫びをあげ、笑いさざめきながら、泣きながら、しかし決して滞ることがなかった。彼らは歌をうたっていた。考えられるかぎり猥褻《わいせつ》で、又すずやかなその旋律。……彼らの考え出したあらゆる思想が、結局そこに帰着するような単純で野放図なその歌。……夜のいたるところに、彼らの瞳《ひとみ》と彼らのなめらかな四肢が明滅していた。夜の叢林《そうりん》は彼らの髪だった。こんなものを愛することができようか？

彼は人間が幸運や永生をねがって、考え出したいろんな象徴を思いうかべた。祝寿の象徴、紅と白の水引、のびやかに飛翔《ひしよう》する鶴《つる》、海のきわに海風に押しまくられて傾いている松、打ちあげられたさまざまの海藻《かいそう》、そのあいだにうずくまる巨大な亀《かめ》、……彼らはそれらの属目《しよくもく》の事物から、時間に対するつかのまの勝利と、繁殖による永遠の連環を夢みたのだ。死は沖のとおくから重い瞼《まぶた》をあげて睨《にら》んでいたが、これらの祝寿の象徴にかこまれた明るい汀《なぎさ》は人間の領域だった。

いくたびの夜をくぐり抜けて、又しても人間どもは、この明るい汀に集い、いくたび同じ歌を歌おうとするか、はかり知れない。重一郎は自分の悪液質の乾いた手を眺めながら、生きてゆく人間たちの、はかない、しかし輝かしい肉を夢みた。一寸《ちよつと》傷つけただけで血を流すくせに、太陽を写す鏡面ともなるつややかな肉。あの肉の外側へ一ミリでも出ることができないのが人間の宿命だった。しかし同時に、人間はその肉体の縁《へり》を、広大な宇宙空間の海と、等しく広大な内面の陸との、傷つきやすく揺れやすい「明るい汀」にしたのだ。その内部から放たれる力は海をほんの少し押し戻し、その薄い皮膚は又、たえまない海の浸蝕《しんしよく》を防いでいた。若い輝かしい肉が、人間の矜《ほこ》りになるのも尤《もつと》もだった。それは祝寿にあふれた、もっとも明るい、もっとも輝かしい汀であるから。

重一郎を置きざりにして人間が生きつづけることは、もとより彼の予見に背《そむ》いた事態ではあったが、疑いもなく、白鳥座六十一番星の見えざる惑星から来た、あの不吉な宇宙人たちの陰謀に対する、重一郎の勝利を示すものでもあった。犠牲という観念が彼の心に浮んだ。宇宙の意志は、重一郎という一個の火星人の犠牲と引きかえに、全人類の救済を約束しており、その企図は重一郎自身には、今まで隠されていたのかもしれないのだ。

彼はおそるおそる自分を遣《つか》わした宇宙の意志の存在する方向を見霽《みはる》かした。それは病室の冷たい白い天井の彼方《かなた》にあって、この消毒薬の匂《にお》いに包まれたせまい空間から隔絶した、闇が光りでもあり、光りが闇でもあるような、絶対の深淵《しんえん》の方角であった。

病室のカーテンは閉ざされ、眠られぬ病人たちの呟きが壁ごしに洩《も》れ、遠く不吉な電話のベルがひびき、忍びやかな靴音が廊下を伝い、又しても水洗の音が吼《ほ》える、大病院の深夜の只中《ただなか》に在って、重一郎はひたすら白い無表情な天井に瞳を凝らした。深夜勤務の看護婦の糊《のり》の利《き》いた白い裾《すそ》が、夜のあいだ廊下へ出される見舞の花籠《はなかご》の、饐《す》えかけた花や葉をこすって過ぎた。そのかすかな音がきこえるごとに、花々のものうげに身を崩す気配がした。

もし宇宙の最高意志が、この白い無趣味な天井を貫いて、彼を地上へ送った企ての隠された意味を明かしてくれるなら、彼は自分の死に確信を持てるようになるだろう。もしその意志が、重一郎を犠牲にして人類を救うつもりなら、彼の死はもはや、ただの人間の死ではなくなるからだ。彼の死の重みは、三十億の人類の生の重みと、匹敵するものになるからだ。ほんの少しでもその意志が洩らされれば、彼は今のいわれのない恐怖と苦痛から救われるだろう。……

しかし何度も試みて、思わしい成果の挙《あが》らなかった彼の宇宙交信法は、果して隠された最高意志に問いかけることができるかどうか、覚束《おぼつか》ない。ただ一つの方法はこれだけで、これに頼るほかはないというだけだ。注視をつづけている重一郎の眼の底は熱して痛んだ。浮腫《ふしゅ》が顔を重たくした。体のそこかしこに痛みが走り、冷たい針のような汗がにじみ、彼はわれにもあらぬ呻《うめ》きをあげた。

白い天井には何も見えず、そこからきこえる声もなかった。物質はちゃんと物質の法則を守り、地上の時間はきちんと時間の法則に納められていた。壁は天井にしっかり接着し、新式の建築資材は、夜になってもきしめきもせず、身じろぎもせず、夢みることもなかった。天井は天井であり、その下に横たわっている癌《がん》患者は癌患者だった。

重一郎は待った。待ちながら、幼時の思い出や、孤独な若い時代や、はじめて円盤を見たときの歓喜や、不吉な宇宙人たちの来訪や、彼の生涯の単純な色調に染められ、金粉を施し、百合《ゆり》や薔薇の縁かざりをつけた「御一代記」を夢みていた。愚かしさの中で、敗北のなかで、苦痛のなかで、みじめさの中で、聖性を夢みていた。彼は漠然と、人間はそんな風にするものだと考えていたが、こんな即興的な聖性が生れる媒《なかだ》ちは、あるいは暁子があれほど力強く語ったように、人間存在の「嘘つきの微風」かもしれないのだ。

彼は待った。窓のカーテンの織目が、ほのかに透いてくる時刻になった。病院の音は全く跡絶《とだ》えて、ここへ来てから、これほど静かだったことははじめてのような気がした。夜は徐々に退《しりぞ》いた。

そのとき、白い天井が左右にのびのびとひらけたように重一郎は感じた。彼の心は一方では歓喜に搏《う》たれ、一方では至極現実的な、当り前のことに直面している心地がしていた。彼は声をきいた。声は涼しく明晰《めいせき》で、重一郎は一語一語を、あやまたずに聴くことができた。

＊＊＊

朝、下宿へかかって来た母の電話を、父の危篤《きとく》を告げる電話かと思った一雄は、母がのどかな口調で、これからすぐ病院へ来るように、と言うだけだったので、ふしぎな感じがした。昨日の朝刊の新聞を見て以来、一雄はこの下宿を引払って、飯能へ帰ろうかと思っていたところだった。新聞は黒木克己が新党を結成したことを大見出しで告げていたが、一雄はそれについては何も知らされていなかった。それればかりではない。新聞には羽黒助教授が顧問に招かれた、という記事まで載っていた。このごろ黒木から何の連絡もないままに、黒木の自宅を訪れる気にもなれず、病院へ死期の迫った父の顔を見にゆく気にもなれず、さりとて学校へも行く気になれず、一雄は下宿でくすぶっているばかりであった。新聞を見たときに、彼は黒木から自分が捨てられたのをはっきり知った。

病院へゆく。母も妹も揃《そろ》っている。父は寝台《ねだい》に半身を起して、晴れやかな顔をしている。その目は歓喜にかがやいている。これを見たとき、一雄は父が何をしようとしているかすぐに察した。母も妹も余計な説明は加えない。かれらは再び、諸惑星の緊密な家族になった。

父はてきぱきと指示を与えた。今日は日曜日で、病院は手薄である。夜の十一時に出発するので、今はその打合せのための秘密の会合である。一雄は母を連れて飯能へかえり、整理万端をすませ、父の外出の支度もそろえて、又母と共にフォルクスワーゲンで病院へ戻る。暁子はこのまま病室にとどまって、不意の見舞客や手つだいの会員を追払う役目をする。すべての準備が、午後十時までには整わなくてはならない。

伊余子も一雄も暁子も、一言も言葉を返さなかった。

夜の十時の消燈《しょうとう》になる前に、家族は父のまわりに集まり、それぞれの手荷物を点検した。一雄が母を手つだって飯能の家を完全に戸じまりをすませてきたという報告をした。暁子は生れてくる子供のために手ずから編んだケープや帽子を、女の身の廻りの品と一緒に、小さな手提鞄《てさげかばん》に入れていた。伊余子が宝石の指環《ゆびわ》類をみんな持って来たのはよいとして、銀行の定期預金証書や普通預金通帳まで持って来たのは、どういうわけかわからなかった。それから伊余子は、一家に行きわたるだけのサンドウィッチを拵《こしら》えて、魔法瓶と一緒に手提袋に納めていた。懐中電燈も忘れられていなかった。

消燈後の見まわりがすむと、三人は音を立てぬように用心して、父に背広を着せた。ひどく痩《や》せたので、背広は借着のように見えた。昇降機は深夜にはオートマティックに変っていたが、それに乗るには宿直のいる医局の前を通らなければならなかったので、暗い裏階段を下りるほかはなかった。

十一時に十分をあますだけになった。一家は父をいたわりながら、廊下を見透かして、人影のないのをたしかめてのち、事なく病室を脱け出した。

三階から階段を下りるのは重一郎には難事だったが、もし一雄が背負って、人に見《み》咎《とが》められては困るので、左右から扶《たす》けて休み休み下りた。しかし途中で何度か重一郎は崩折れ、目まいの納まるのを、激痛の遠のくのを待って、又歩き出した。

裏口の守衛は、もっぱら泥棒の用心をしていたので、品のよい一家の出てゆくのを無関心に見すごした。そこから駐車場まで、重一郎はもっとも気力をふるい起して、健康な見舞客のように装《よそお》って歩いたのである。

フォルクスワーゲンの運転は一雄がやり、暁子は助手席に掛け、うしろの席に重一郎は妻に抱きかかえられて倒れかかった。

「さあ、急いでくれ。行先はさっき教えたとおりだ」

と重一郎は、無事に病院を脱け出した安心のために、聴きとれぬほどの声をようやく放って目をつぶった。

車はやがて渋谷駅界隈《かいわい》の雑沓《ざっとう》の中へ出た。

「こんな時間だのに、まだ人で一ぱい」

と夜ふけに外へ出たことのない伊余子は、無邪気な嘆声をあげた。重一郎は妻の手に扶けられて首をもたげ、薄くひらいた目に幻のように映る夥《おびただ》しいネオンを眺めた。

「見るがいい」と重一郎は言った。「みんな見るがいい。人間の街の見納めだよ」

「でもお父さん」と、すでに彼が現実的な支配をあきらめた人間の群衆に、小刻みに運転を妨げられながら一雄は言った。「われわれが行ってしまったら、あとに残る人間たちはどうなるんでしょう」

街のあかりの明滅がまだらに射《さ》し入る後部座席で、重一郎の頬にはじめて微笑がうかぶのを伊余子は見た。彼はこう言った。これはいつもの口調に似合わない、放胆な、穏当を欠いた言い廻しであった。

「何とかやってくさ、人間は」

暁子は目に映る街の美しさにおどろいていた。ここを去って二度と見ることがないと思うと、すべては恕《ゆる》し得るものになり、止めがたい動きは一枚の硝子絵《ガラスえ》になって定着され、あらゆる俗悪さは消え、初夏の夜ふけのざわめいている人間の街は、浄土のようにきよらかに輝いた。

「もっと近いところまで来てくれればいいのに」と一雄は世田谷区の暗い道を飛ばしながら言った。「お父さんは辛《つら》いでしょう」

「いや、あそこが一等近くて一等安全な場所なのだ。人に知られない場所は、東京都内では見つからない、と言っていた。私の辛抱なんぞ知れたことだ。そこまで行けば、どんな苦労も終るのだから」

日曜の深夜に郊外へ出てゆく車は少く、ドライヴは快適に運んだ。和泉《いずみ》多摩川の橋を渡ると、そこはすでに神奈川県で、間もなく、南武線のしんとした線路を渡った。登戸《のぼりと》駅近傍の、燈台のような形をした火《ひ》の見櫓《みやぐら》のかたわらを左折する。目的地の東生田《ひがしいくた》はそこからじきである。車は県道から左へ入って、あかあかと点《とも》した田園風な東生田駅の裏手の広場に止った。そこは人一人見えぬプラットフォームの夥しい光りが窓ごしに洩《も》れるだけで、暗い草叢《くさむら》が空地のあちこちに点在していた。

「そう、ここへ止めて。あとは歩くのだ。あそこの踏切を渡って、丘の上のほうへ」

「大分あるんですの」

「行ってみなければわからない」

「一雄、お父様を扶けておくれ。私にはお背中を押すぐらいのことしかできないから。それに暁子は、自分が歩くのがせい一杯で、人助けの余裕なんかないんだし。暁子、転ばないように気をつけてね」

「はい」

と暁子は素直に答えて、車を下りた。みんなが父を扶けて車から下ろそうとしていると、重一郎は薄暗がりの中で、家族の各々《おのおの》の顔をつぶさに眺めた。

「こうして又われわれは一堂に会した。われわれは力を合せた。お父さんはこんな嬉《うれ》しいことはない。……しかしわれわれの家族の特徴は、こうして緊密に結ばれた時ほど別れも近いということだね。それぞれの故郷へ帰るまでの、われわれはつかのまの家族なのだ。それまでは一そう仲好《なかよ》く、口争い一つせず、有終の美を完《まっと》うしようじゃないか」


重一郎は逞《たくま》しくなった息子の肩に腕をかけ、妻に支えられて歩きだした。線路を南へ渡ると、一二反の田畑を控えて山が迫り、山裾《やますそ》に疏水《そすい》らしい間仕切のあきらかな小川の水音が高くきこえて、小さなコンクリートの橋の向うに、外燈が一つ立っていた。そこまでは重一郎も、気力に支えられてたやすく歩いた。


しかし左折して山道にかかると、栗《くり》や楓《かえで》のさしのべた枝に隠れて、道は濃い闇《やみ》に包まれ、一雄のひらめかす懐中電燈のあかりだけがたよりになった。

「そうだ。この道だ。教わったとおりだ」

と重一郎は喘《あえ》ぎながら言った。若葉の洞《ほら》のような闇の小道は、こもった若葉の匂いに蒸れていた。道は滑《すべ》りやすく、一家は互いに無事を確かめながら昇って行った。

坂を昇りきると、寝静まった人家のかたわらへ出、そこからは丘の頂きの一面の麦畑のそよぎの上に、星空がたちまちひらけた。ここは飯能ほど清澄《せいちょう》な空ではなかったが、ゆくての南にかがやく蠍座《さそりざ》や天秤座《てんびんざ》は、それとたやすく指呼された。一家は星空を身に浴びていきいきとした。熟《う》れた麦畑の間の道をゆくうちに、遠い人家で犬の声がきこえたが、人影は全くなかった。

「南へまっすぐ！　どこまでもまっすぐ！」

と重一郎は叫んだ。南の外れは更に一段高い平坦《へいたん》な丘の稜線《りょうせん》に切られていた。

しかしこんな叫び声に力を奪われて、重一郎の歩みは遅くなった。一あし二あし行くごとに、一雄の肩に凭《もた》れるだけでは足りず、道につくばうて、頭を垂れて永いことじっとしている。

「お父さん、もうすぐだ。頑張るんだ」

一雄が励まして、立つとすぐつまずきかかる父の体を、半ば自分の体で支えながら、徐《おもむ》ろに歩いた。暁子はさっきの坂道が応《こた》えて、まだ胸苦しさに苛《さいな》まれていたが、両手の荷を束ね、父に自分の肩を貸した。

こうして道はなかなか捗《はかど》らず、茄子《なす》や胡瓜《きゅうり》の苗をつらねた畑へ入ると、すぐ近くにみえる平坦な丘へゆくには、まだ程遠いことがわかった。伊余子は良人《おっと》の背を押しながら、幾度も畑土につまずいたが、着物の汚《よご》れも意に介しなかった。

重一郎は、自分が今どこを歩いているのか、ほとんど意識も定かではなく、苦痛の堺《さかい》もすぎ、喘ぐ自分の息と、乱れる脈搏《みゃくはく》だけをはっきりと聴いた。ただそこへ到達すればいいのだ。時間と空間のこの否《いな》みがたい抵抗を越えて、ただそこへ到達すればいいのだ。しかもたえず、彼は頭上の星空の恵みを感じていた。この光りと、その伝達と、その照応と、その静けさと、その云《い》いがたくさわやかな無機質の恵み。その秩序と、その狂気の恵み。その闊達《かったつ》にひらけた空間は、彼がたまたま閉じこめられた病苦の、せまい熱ばんだ檻《おり》からの、不断の解放の恵み、否定の恵みであった。……彼は夢うつつの間に思った。もし自分の仮りに享《う》けた人間の肉体でそこに到達できなくても、どうしてそこへ到達できない筈《はず》があろうか、と。おのずから彼にはこの可能と不可能の境界がおぼろげになり、歩行と飛翔《ひしょう》の、仮構と実在の、しっかりと鉄の箍《たが》をはめられた間仕切は、わずかな指の一突きで破られそうに思われた。

……ようやく四人は、丘の稜線に辿《たど》りついた。雑草に覆《おお》われた坂の半ばで、倒れて草に顔を伏せ、一雄に扶けられて夜露にしとどになった顔をあげた重一郎は、自分が第二の丘の上のひろい麦畑に達したのを知った。その丘のかなたには、更に湖中の島のように叢林《そうりん》に包まれた円丘があった。

「来ているわ！　お父様、来ているわ！」

と暁子が突然叫んだ。

円丘の叢林に身を隠し、やや斜めに着陸している銀灰色の円盤が、息づくように、緑いろに、又あざやかな橙《だいだい》いろに、かわるがわるその下辺の光りの色を変えているのが眺められた。

解説

奥野健男

『美しい星』は、雑誌『新潮』の昭和三十七年一月号から十一月号にわたって連載され、同年十月二十日新潮社より単行本として刊行された。作者三十七歳の時の作品である。『美しい星』執筆前後の三島由紀夫の仕事を参考のため列記すれば、この作品の前には『宴《うたげ》のあと』『憂国』(三十五年)『獣《けもの》の戯《たわむ》れ』『十日の菊』(三十六年)などが書かれ、後には『林房雄論』『午後の曳航《えいこう》』『剣』『喜びの琴』(三十八年)『絹と明察』(三十九年)などが続いて書かれている。今挙げた作品からもうかがえるように、この頃作者は、年毎《としごと》に力のこもった長、中編小説、戯曲、評論を発表している。そのいずれもが衝撃的な内容を持ち、文壇や社会の話題を呼んだ問題作である。ある意味で作者の発想は、挑戦的、戦闘的とさえ言うことができる。完璧《かんぺき》な美をめざす作者の芸術至上主義ないしは唯美《ゆいび》主義的な姿勢は毫《ごう》も変っていないが、唯美主義にありがちな現実逃避的な傾向はない。むしろ積極的に現実の政治や経済に、そして思想にぶつかり、それらを自己の芸術的世界の中に引入れようとしている。現代の現実社会と、おのれの美的宇宙との格闘をめざしている。したがってこれらの作品『宴のあと』『憂国』『十日の菊』『喜びの琴』などがジャーナリズムをにぎわす社会的、思想的、政治的な事件を、作者の意志に反して、あるいは作者の意志に即して派生させたのも故《ゆえ》なしとしない。

これらの作品の中でも、もっとも大胆な冒険を試みているのが『美しい星』である。この小説はきわめて政治的、思想的でありながら、きわめて唯美的、芸術至上的であり、もっとも社会的でありながら、もっとも反現実的である。明治以来の日本の近代文学にかつてなかった型破りの小説であり、三島文学の系列の中でも異色の作品である。

実際、この小説が『新潮』に連載されはじめた時、ぼくはいささか困惑を感じたものだ。いよいよやりはじめたかという胸のおどるような期待とともに、こんなことをはじめて大丈夫なのか、いったいどう収拾つける気なのだろうという不安とをおぼえたのだ。他人事《ひとごと》ながら失敗しないでくれ、とはらはらして見ていられないような、恥ずかしいような気持さえ抱《いだ》いたのである。というのは、いささかうちわ話めくが、ぼくは作者が、超現実な怪奇譚《かいきたん》やＳＦや、特に空飛ぶ円盤の話に興味があるのを知っていた。ぼくもそういうことには人一倍関心がある方なので、作者と会うたびに話題はSFや円盤のことになった。ところが、この作品を書く一年ぐらい前から、作者は北村小松氏などに影響されたのか、空飛ぶ円盤について、異常なほどの興味を示し、円盤観測の会合にも参加したりしていた。今考えると、それは『美しい星』を書くための準備であったのだろう。谷崎潤一郎の『春琴抄』などがその典型であるように、小説家が身魂をこめてひとつの作品を書くとき、他人の目からはたとえ異常に見えようとも、その世界に溶け込み夢中にならなくてはならない。三島もある時期、空飛ぶ円盤に憑《つ》かれていた。その実在を心から信じこんでいるようであった。と同時に小説家の目でそういう自分や円盤マニアの生態を冷静に観察していたのだろう。

さてぼくが『美しい星』を読んで大丈夫なのかと心配したのは、純文学の世界に、宇宙人とか、空飛ぶ円盤とか、いわばいかがわしいものを持ち込んだことについてである。明治以来の近代日本文学は、きわめて真面目《まじめ》であり、日常的であり、リアリズムしか信用しない伝統がある。この世にあらぬものが書かれているだけで、そっぽを向き、信用しない風潮がある。奔放な空想、荒唐無稽《こうとうむけい》なことが体質的に嫌いなのである。もちろんはじめから戯画的、諷刺《ふうし》的に、喩《たと》え話として書くのなら多分許されるだろう。ところが作者は、大真面目な姿勢で円盤とか、宇宙人とかを小説の世界に持ち込んだのである。これではその上にいかに完璧な美的宇宙をつくりあげても、まっとうな純文学としては認められないのではないか、そういう危惧《きぐ》を抱いたのである。それではSF作品としてのリアリティーを持っているかと言うと、それも欠けているのだ。主人公の大杉一家は次々に円盤を見てから自分たちは宇宙人であると信じ込むのだが、その生れ故郷は主人の重一郎が火星人であることはいいとしても、娘の暁子が金星人、そして妻と息子は、人間はおろかどんな生物も住めないとされている木星、水星をそれぞれ故郷としているのだ。一家が揃《そろ》って火星人とか金星人とかいうのならSF的知識として素直に受けとれるが、火、水、木、金の星をそれぞれ故郷にするという設定からして、お伽話《とぎばなし》めいている。もちろんSFに造詣《ぞうけい》の深い作者が、そんなことを知らないわけがない。とするとこれは作者が、円盤とか、宇宙人とか、いかにもSFめいた題材を提出するに当って、これはSFではないと明らかにするため、こういう設定をしたと考えられる。作者はいわゆるSF的な制約や雰囲気からも、独立し自由であろうとしたのだ。

ぼくは『美しい星』の連載が進むにつれて、この作品の世界にひきこまれ、夢中になり、はじめ抱いた抵抗や不安など完全に忘れてしまった。高橋義孝氏が「最も困難な現実と反現実の熔接《ようせつ》に成功している」とこの作品を評しているが、その通りであり、宇宙人という設定にひとつも違和感をおぼえなくなる。だがこの「現実と反現実の熔接に成功」したのは、作者の小説技法がすぐれているためだけではない。その書かれている内容の圧倒的な重さ、深さのためである。ぼくは現代の小説でこれほど精神的な興奮をおぼえ、感銘を受けた作品を知らない。特に大杉重一郎と、白鳥座第六十一番星の未知の惑星から来たという羽黒一派の宇宙人たちとの、人類の運命に関する論争の場面は、手に汗を握るような迫力がある。ぼくはドストエフスキーの『カラマーゾフの兄弟』の「大審問官」の章を思い浮べた。ここで作者は核兵器という人類を滅亡させる最終兵器を自らの手でつくり出した現代という状況をふまえて、人類の存在の根源を問おうとしているのだ。それは地球人の生存と滅亡を賭《か》けた大法廷である。この問答は、現代人に適《ふさ》わしく、意識的に軽佻《けいちょう》化され、戯画化された言葉が用いられているが、その内容は厳しく、重い。ドストエフスキーの「大審問官」の問答に匹敵する人類の根源的なテーマが展開されているのだ。

どうして今までこのような重要なテーマが、小説において真正面から扱われたことがなかったのだろう。現代の文学者なら、必ず逢着《ほうちゃく》せざるを得ぬ最重要のテーマではないか。だが余りに大きなテーマである故、志しながらも文学者たちは、それと対決する決心がつかなかったのであろう。また従来のリアリズム中心の小説方法では、このような問題を表現することは困難だ。書こうとしても現代の複雑な政治、社会状況に足をすくわれ、泥沼の中に埋没してしまう。そこから人類の根源的存在のテーマを抽出することができなくなる。余りにスコラ的な現実の中にがんじがらめになり、究極のテーマを見失ってしまう。

ところが三島由紀夫は、現実の泥沼をとび超え、いきなり問題の核心をつかむ画期的な方法を、視点を発見したのだ。それが『美しい星』の空飛ぶ円盤であり、宇宙人である。つまり地球の外に、地球を動かす梃子《てこ》の支点を設定したのだ。宇宙人の目により、地球人類の状況を大局的に観察し得る仕組を得た。人間を地球に住む人類として客観的に眺めることができる。そこから自由に奔放に地球人の運命を論じることができる。問題の核心に一挙にして迫ることができるまことに能率のよい仕掛けである。これはまさにコロンブスの卵と言えよう。書かれてみると、今まで誰も気付かなかったことが不思議にさえ思えるが、事実は誰もが三島由紀夫より前に行う先見の明と大胆さとを持ちあわせていなかったのだ。

こういう発見は偶然のことではない。発見し得たのは、三島由紀夫が、人類の滅亡について、美の本質について、たえず心の底で反芻《はんすう》し、深めていたためにほかならぬ。二十歳という自己形成期に、原子爆弾の投下を知り、敗戦に遭遇した三島由紀夫は、その目で世界の崩壊、人生の終末を見たのだ。戦争下二十代での死を宿命として感じていたこの世代は戦争とは何か、人間とは何か、美とは何か、生とは何か、死とは何かを、終末の目で問い続けた。その圧縮状況が敗戦により、粉砕される。一切の秩序が崩壊し、尊厳な思想が喜劇化される。三島はその時、世界の涯《は》てを、人間のからくりの虚《むな》しさを、見るべからざる何かを見てしまった。その時から世界崩壊と人類滅亡は作者のゆるがぬ堅固な妄想となり美の中核となる。『仮面の告白』『愛の渇き』『青の時代』『沈める滝』『禁色《きんじき》』『金閣寺』などにもその原体験が濃密に塗りこめられている。この世の現実を確固不動のものと信じることができず、世界崩壊だけが確かに感じられる。長編『鏡子の家』には、杉本清一郎という世界崩壊を信じているが故に、もっとも有能な商社員が登場するが、それはある意味で作者の姿とも言えよう。白鳥座第六十一番星の未知の惑星から来たという羽黒助教授たちの宇宙人は、人類が滅亡しなければならぬ三つの理由をあげる。事物への関心《ゾルゲ》、人間への関心《ゾルゲ》、神への関心《ゾルゲ》の三つの宿命的欠陥、病気を人類は持っていると。これは作者がずっと考え抜いて来た人類への洞察であり、思想であり、たとえば事物への関心は『青の時代』『沈める滝』などの重要なモチーフになっている。これは人類の理性的一面の抽象であり、これらの知的関心がいずれも核戦争のボタンを押すことにつながっていると鋭く指摘する。

この理性面からの論理的攻撃に対し、作者は感性面によって懸命に人類を守り、救おうとする。大杉重一郎は人間の五つの美点をあげる。

「彼らは嘘《うそ》をつきっぱなしについた。

彼らは吉凶につけて花を飾った。

彼らはよく小鳥を飼った。

彼らは約束の時間にしばしば遅れた。

そして彼らはよく笑った」

一見ふざけたような表現だが、これは超遠距離から眺めた人間の姿である。現実に束縛され、疎外《そがい》されながら、その中でどうにか楽しんで短い生を生きて行こうとしている人間のいじらしい姿である。これは羽黒一派の理性面からの人間認識に対する芸術的、美的面からの人間救出の願いである。この五つの美徳は現実に対し無力であり、生産にも経済にも政治にも役立たぬ空《くう》の空なるものだ。けれどここに生の本質があり、人間らしさがあり、芸術があると作者は主張する。この問答は人類文明への批評であり、読者を人類への深い洞察に、反省に導かずにはおかない。

作者は政治を、文明を、思想を、人類を、すべて自己の宇宙の中に入れこみ、小説化しているのだ。文学の営為とは元来こういうものではなかったか。政治や思想の状況の中で文学を考えていた従来の小説と違い、自己の文学世界の中で政治や思想を考える。政治や思想にとらわれた文学でなく、文学の中で思想や政治をつくり出して行く。これは政治と文学のコペルニクス的転回である。この『美しい星』をめぐって、政治と文学論争がはげしくたたかわれたのも、そのためである。

ぼくは壮大な宇宙論争に心奪われ、この小説をディスカッション小説の面ばかりから見て来た。けれど『美しい星』には、ヒロインの暁子をめぐるもうひとつの主題がある。それは空飛ぶ円盤への美的陶酔であり、能面の中から見た異数の世界であり、マリアの処女懐胎を思わせる美的宇宙の形成である。作者はもっとも汚《よご》れた醜い世俗的現実の上に、美を信じる内的妄想において、超越した完璧の美を形成しようとする。それは大杉重一郎の主張する人間の五つの美徳と照応する。

思想と美、この二つの主題がフーガのごとく協奏され、作品の緊張はたかまり、ついに大杉一家は緑色に、又あざやかな橙色《だいだいいろ》に息づく円盤とともに、昇天して行くのである。

『美しい星』は、日本における画期的なディスカッション小説であり、人類の運命を洞察した思想小説であり、世界の現代文学の最前列に位置する傑作である。

(昭和四十二年十月、文芸評論家)

この作品は昭和三十七年十月新潮社より刊行された。

三島由紀夫著　仮面の告白

女を愛することのできない青年が、幼年時代からの自己の宿命を凝視しつつ述べる告白体小説。三島文学の出発点をなす代表的名作。

三島由紀夫著　花ざかりの森・憂国

十六歳の時の処女作「花ざかりの森」以来、巧みな手法と完成されたスタイルを駆使して、確固たる世界を築いてきた著者の自選短編集。

三島由紀夫著　愛の渇き

郊外の隔絶された屋敷に舅と同居する未亡人悦子。夜ごと舅の愛撫を受けながらも、園丁の若い男に惹かれる彼女が求める幸福とは？

三島由紀夫著　盗賊

死ぬべき理由もないのに、自分たちの結婚式当夜に心中した一組の男女――精緻微妙な心理のアラベスクが描き出された最初の長編。

三島由紀夫著　禁色

女を愛することの出来ない同性愛者の美青年を操ることによって、かつて自分を拒んだ女達に復讐を試みる老作家の悲惨な最期。

三島由紀夫著　鏡子の家

名門の令嬢である鏡子の家に集まってくる四人の青年たちが描く生の軌跡を、朝鮮戦争直後の頽廃した時代相のなかに浮彫りにする。

三島由紀夫著

近代能楽集

早くから謡曲に親しんできた著者が、古典文学の永遠の主題を、能楽の自由な空間と時間の中に〝近代能〟として作品化した名編8品。

三島由紀夫著

午後の曳《えい》航《こう》

船乗り竜二の逞しい肉体と精神は登の憧れだった。だが母との愛が竜二を平凡な男に変えた。早熟な少年の眼で日常生活の醜悪を描く。

三島由紀夫著

宴《うたげ》のあと

政治と恋愛の葛藤を描いてプライバシー裁判でかずかずの論議を呼びながら、その芸術的価値を海外でのみ正しく評価されていた長編。

三島由紀夫著

音楽

愛する男との性交渉にオルガスムス＝音楽をきくことのできぬ美貌の女性の過去を探る精神分析医――人間心理の奥底を突く長編小説。

三島由紀夫著

真夏の死

伊豆の海岸で、一瞬に義妹と二児を失った母親の内に萌した感情をめぐって、宿命の苛酷さを描き出した表題作など自選による11編。

三島由紀夫著

青の時代

名家に生れ、合理主義に徹し、東大教授への野心を秘めて成長した青年の悲劇的な運命！光クラブ社長をモデルにえがく社会派長編。

春の雪（豊饒の海・第一巻）

三島由紀夫著

大正の貴族社会を舞台に、侯爵家の若き嫡子と美貌の伯爵家令嬢のついに結ばれることのない悲劇的な恋を、優雅絢爛たる筆に描く。

奔馬（豊饒の海・第二巻）

三島由紀夫著

昭和の神風連を志した飯沼勲の蹶起計画は密告によって空しく潰える。彼が目指したものは幻に過ぎなかったのか？　英雄的行動小説。

暁の寺（豊饒の海・第三巻）

三島由紀夫著

〈悲恋〉と〈自刃〉に立ち会った本多繁邦は、タイで日本人の生れ変りだと訴える幼い姫に出会う。壮麗な猥雑の世界に生の源泉を探る。

天人五衰（豊饒の海・第四巻）

三島由紀夫著

老残の本多繁邦が出会った少年安永透。彼の脇腹には三つの黒子がはっきりと象嵌されていた。〈輪廻転生〉の本質を劇的に描いた遺作。

女神

三島由紀夫著

さながら女神のように美しく仕立て上げた妻が、顔に醜い火傷を負った時……女性美を追う男の執念を描く表題作等、11編を収録する。

岬にての物語

三島由紀夫著

夢想家の早熟な少年が岬の上で出会った若い男と女。夏の岬を舞台に、恋人たちが自ら選んだ恩寵としての死を描く表題作など13編。

三島由紀夫著

サド侯爵夫人・わが友ヒットラー

獄に繋がれたサド侯爵をかばい続けた妻を突如離婚に駆りたてたものは？　人間の謎を描く「サド侯爵夫人」。三島戯曲の代表作2編。

三島由紀夫著

鍵のかかる部屋

財務省に勤務するエリート官吏と少女の密室の中での遊戯。敗戦後の混乱期における一青年の内面と行動を描く表題作など短編12編。

三島由紀夫著

ラディゲの死

〈三日のうちに、僕は神の兵隊に銃殺されるんだ〉という言葉を残して夭折したラディゲ。天才の晩年と死を描く表題作等13編を収録。

三島由紀夫著

小説家の休暇

芸術および芸術家に関わる多岐広汎な問題を、日記の自由な形式をかりて縦横に論考、警抜な逆説と示唆に満ちた表題作等評論全10編。

三島由紀夫著

殉教

（『獅子・孔雀』改題）

少年の性へのめざめと倒錯した肉体的嗜虐の世界を鮮やかに描いた表題作など9編を収める。著者の死の直前に編まれた自選短編集。

三島由紀夫著

葉隠入門

〝わたしのただ一冊の本〟として心酔した「葉隠」の濶達な武士道精神を現代に甦らせ、乱世に生きる〈現代の武士〉たちの心得を説く。

三島由紀夫著
鹿鳴館
明治19年の天長節に鹿鳴館で催された大夜会を舞台として、恋と政治の渦の中に乱舞する四人の男女の悲劇の運命を描く表題作等4編。

川端康成
三島由紀夫著
川端康成
三島由紀夫 往復書簡
「小生が怖れるのは死ではなくて、死後の家族の名誉です」三島由紀夫は、川端康成に後事を託した。恐るべき文学者の魂の対話。

三島由紀夫著
絹と明察
家族主義的な経営によって零細な会社を一躍大紡績会社に成長させた男の夢と挫折を描く。近江絹糸の労働争議に題材を得た長編小説。

新潮文庫編
文豪ナビ 三島由紀夫
時代が後から追いかけた。そうか！ 早すぎたんだ――現代の感性で文豪の作品に新たな光を当てる、驚きと発見に満ちた新シリーズ。

三島瑤子
藤田三男 編
写真集 三島由紀夫 '25～'70
仮面と情熱、創作と行動、死と美の臨界を駆けぬけた男。華麗で不可解、劇的なほどに真摯な45年を、数々の写真で鮮烈に再検証する。

谷崎潤一郎著
痴人の愛
主人公が見出し育てた美少女ナオミは、成熟するにつれて妖艶さを増し、ついに彼はその愛欲の虜となって、生活も荒廃していく……。

安部公房著
他人の顔
ケロイド瘢痕を隠し、妻の愛を取り戻すために他人の顔をプラスチックの仮面に仕立てた男。――人間存在の不安を追究した異色長編。

安部公房著
壁
戦後文学賞・芥川賞受賞
突然、自分の名前を紛失した男。以来彼は他人との接触に支障を来し、人形やラクダに奇妙な友情を抱く。独特の寓意にみちた野心作。

安部公房著
燃えつきた地図
失踪者を追跡しているうちに、次々と手がかりを失い、大都会の砂漠の中で次第に自分を見失ってゆく興信所員。都会人の孤独と不安。

安部公房著
砂の女
読売文学賞受賞
砂穴の底に埋もれていく一軒屋に故なく閉じ込められ、あらゆる方法で脱出を試みる男を描き、世界20数カ国語に翻訳紹介された名作。

安部公房著
箱男
ダンボール箱を頭からかぶり都市をさ迷うことで、自ら存在証明を放棄する箱男は、何を夢見るのか。謎とスリルにみちた長編。

安部公房著
密会
夏の朝、突然救急車が妻を連れ去った。妻を求めて辿り着いた病院の盗聴マイクが明かす絶望的な愛と快楽。現代の地獄を描く長編。

遠藤周作著

白い人・黄色い人

芥川賞受賞

ナチ拷問に焦点をあて、存在の根源に神を求める意志の必然性を探る「白い人」、神をもたない日本人の精神的悲惨を追う「黄色い人」。

遠藤周作著

海と毒薬

毎日出版文化賞・新潮社文学賞受賞

何が彼らをこのような残虐行為に駆りたてたのか？　終戦時の大学病院の生体解剖事件を小説化し、日本人の罪悪感を追求した問題作。

遠藤周作著

留学

時代を異にして留学した三人の学生が、ヨーロッパ文明の壁に挑みながらも精神的風土の絶対的相違によって挫折してゆく姿を描く。

遠藤周作著

沈黙

谷崎潤一郎賞受賞

殉教を遂げるキリシタン信徒と棄教を迫られるポルトガル司祭。神の存在、背教の心理、東洋と西洋の思想的断絶等を追求した問題作。

遠藤周作著

死海のほとり

信仰につまずき、キリストを棄てようとした男――彼は真実のイエスを求め、死海のほとりにその足跡を追う。愛と信仰の原点を探る。

遠藤周作著

侍

野間文芸賞受賞

藩主の命を受け、海を渡った遣欧使節「侍」。政治の渦に巻きこまれ、歴史の闇に消えていった男の生を通して人生と信仰の意味を問う。

新潮文庫最新刊

佐々木譲著

獅子の城塞

戸波次郎左――戦国日本から船出し、ヨーロッパの地に難攻不落の城を築いた男。佐々木譲が全ての力を注ぎ込んだ、大河冒険小説。

北森鴻
浅野里沙子著

天鬼越
―蓮丈那智フィールドファイルV―

さらば、美貌の民俗学者。著者急逝から6年、残された2編と遺志を継いで書かれた4編を収録。本格歴史ミステリ、奇跡の最終巻！

川端康成著

川端康成初恋小説集

新発見書簡にメディア騒然！ 若き文豪が心奪われた少女・伊藤初代。「伊豆の踊子」の原点となった運命的な恋の物語を一冊に集成。

仁木英之著

童子の輪舞曲
―僕僕先生―

僕僕。王弁。劉欣。薄妃。第狸奴。那那と這這……。シリーズ第七弾は、僕僕ワールドのキャラクター総登場の豪華短編集！

森川智喜著

トリモノート

十八世紀のお侍さんの国で未来のアイテムを発見！ 齢十六のお星が、現代の技術《トリモノート》を使って難事件に挑む、笑いあり涙ありの捕物帳。

堀川アサコ著

小さいおじさん

身長15センチ。酒好き猫好き踊り好き。超偏屈な小さいおじさんと市役所の新米女子職員千秋、凸凹コンビが殺人事件の真相を探る！

新潮文庫最新刊

野地秩嘉著
サービスの達人たち
―究極のおもてなし―
ベンツを年間百台売る辣腕営業マン、戦後最高評価を得る伝説のウェイター……。サービスの真髄を極める8名のヒューマンドラマ。

遠野なぎこ著
一度も愛してくれなかった母へ、一度も愛せなかった男たちへ
母の愛が得られず、摂食障害に苦しみ愛情を求めてさまよった女優は、自らの壮絶な体験を綴った。圧倒的共感を呼んだ自伝的小説。

守屋武昌著
日本防衛秘録
―自衛隊は日本を守れるか―
「優等生」の民主主義では、この国は守れない！　防衛省元トップが惜しみなく明かす、安全保障と自衛隊員24万人のリアルな真実！

高山正之著
変見自在
偉人リンカーンは奴隷好き
黒人に代わって中国人苦力を利用したリンカーンは、果たして教科書に載るような偉人なのか？　巷に蔓延る「不都合な真実」を暴く。

太田和彦著
ひとり飲む、京都
鱧《はも》、きずし、おばんざい。この町には旬の肴と味わい深い店がある。夏と冬一週間ずつの京都暮らし。居酒屋の達人による美酒滞在記。

増村征夫著
ひと目で見分ける340種
日本の樹木
ポケット図鑑
北海道から沖縄まで、日本の主要樹木を「花」「実」「葉」「木肌」「形」の5つに分類し、写真やイラストで分かりやすく説明。

新潮文庫最新刊

C・マッカラーズ
村上春樹訳
結婚式のメンバー
多感で孤独な少女の姿を、繊細な筆致と音楽的文章で描いた米女性作家の最高傑作。村上春樹が新訳する《村上柴田翻訳堂》シリーズ。

W・サローヤン
柴田元幸訳
僕の名はアラム
アルメニア系移民の少年が、貧しいながらもあたたかな大家族に囲まれ、いま新世界へと歩み出す――。《村上柴田翻訳堂》シリーズ。

M・グリーニー
田村源二訳
米朝開戦（3・4）
ジャック・ライアン大統領が乗った車列が爆破された！　米情報機関の捜査線上に浮かんだのは、北朝鮮対外諜報機関だったが……。

黒柳徹子著
新版 トットチャンネル
NHK専属テレビ女優第1号となり、テレビとともに歩み続けたトットと仲間たちとの姿を綴る青春記。まえがきを加えた最新版。

津野海太郎著
花森安治伝
―日本の暮しをかえた男―
百万部超の国民雑誌『暮しの手帖』。清新なデザインと大胆な企画で新しい時代をつくった創刊編集長・花森安治の伝説的生涯に迫る。

中村計著
無名最強甲子園
―興南春夏連覇の秘密―
徹底した規律指導と過激な実戦主義が融合した異次元野球が甲子園を驚愕させた。沖縄県勢初の偉業に迫る傑作ノンフィクション。

美《うつく》しい星《ほし》

新潮文庫　み－3－13

昭和四十二年十月三十日　発行
平成十五年九月二十五日　四十二刷改版
平成二十八年四月十五日　五十七刷

著者　三《み》島《しま》由《ゆ》紀《き》夫《お》

発行者　佐藤隆信
発行所　株式会社　新潮社
郵便番号　一六二―八七一一
東京都新宿区矢来町七一
電話　編集部(〇三)三二六六―五四四〇
読者係(〇三)三二六六―五一一一
http://www.shinchosha.co.jp

価格はカバーに表示してあります。

乱丁・落丁本は、ご面倒ですが小社読者係宛ご送付ください。送料小社負担にてお取替えいたします。

印刷・株式会社光邦　製本・憲専堂製本株式会社

ISBN978-4-10-105013-3 C0193